The Sign of the Cross

Travels in Catholic Europe

走到世界尽头

〔爱尔兰〕科尔姆·托宾 著　温峰宁 译

人民文学出版社
PEOPLE'S LITERATURE PUBLISHING HOUSE

著作权合同登记号　图字 01-2018-5421

图书在版编目(CIP)数据

走到世界尽头/(爱尔兰)科尔姆·托宾著;温峰宁译.—北京:人民文学出版社,2018
(远行译丛)
ISBN 978-7-02-014540-9

Ⅰ.①走…　Ⅱ.①科…　②温…　Ⅲ.①游记-作品集-爱尔兰-现代　Ⅳ.①I562.65

中国版本图书馆 CIP 数据核字(2018)第 189831 号

出 品 人　**黄育海**
责任编辑　**朱卫净　潘丽萍**
封面设计　**汪佳诗**

出版发行　**人民文学出版社**
社　　址　**北京市朝内大街 166 号**
邮政编码　**100705**
网　　址　**http://www.rw-cn.com**
印　　刷　**山东临沂新华印刷物流集团有限责任公司**
经　　销　**全国新华书店等**
字　　数　**174 千字**
开　　本　**890 毫米×1240 毫米　1/32**
印　　张　**9.25**
插　　页　**5**
版　　次　**2018 年 11 月北京第 1 版**
印　　次　**2018 年 11 月第 1 次印刷**
书　　号　**978-7-02-014540-9**
定　　价　**58.00 元**

如有印装质量问题,请与本社图书销售中心调换。电话:010-65233595

目　录

1　第一章　土生子
17　第二章　战争的记忆
37　第三章　沙中之血
51　第四章　魔山
60　第五章　人群与权力
75　第六章　最甜美的时光
103　第七章　陈旧的世界秩序
120　第八章　十字架
133　第九章　走到世界尽头
155　第十章　宗族的语言
177　第十一章　克罗地亚在祈祷
203　第十二章　斯洛文尼亚之春
223　第十三章　天鹅绒之声
243　第十四章　英国，他们的英国
266　第十五章　意大利万岁
284　第十六章　历史的终结

290　译后记

献给帕德里克·托宾、凯思林·托宾
和哈利特·奥康奈尔

第一章
土生子

我仍记得那个清晨，火车驶进恩尼斯科西站。我母亲和舅母从露德回来了。那大概是一九六〇年或是一九六一年，我不是五岁就是六岁。我记得，那时我跑到火车上，发现遮帘被放了下来。我母亲和舅母在睡觉，她们都累了。她们刚经由陆路到露德旅游回来呢。

“陆路”这个词，和“天主教大教堂”“导游”“横穿法国”①这些新词一样，在她们讲起法国之旅之后，也变得不再新奇。那儿竟没有橘子汽水，公交车里也热得够呛，每个人都渴得要死。一瓶橙汁得花不少钱，不过也物有所值。毕竟法国太热了。

印着火炬游行、圣女贝尔纳黛特和露德圣母的明信片陆续

① 露德（又译卢尔德）在法国西南部，从恩尼斯科西走陆路到露德，得从法国北部走到南部。露德朝圣地全名为“露德圣母朝圣地”，位于露德镇西侧波河畔的山麓。1858 年，一位名叫贝尔纳黛特的女孩在现在圣地处的山洞中看到穿白衣蓝带的女子显现了 18 次，那个女子自称“无染原罪者”（即圣母马利亚）。从此这里成了天主教著名的圣地，吸引无数朝圣者前来。露德朝圣地包括山洞、附近的露德圣泉、露德医学委员会办事处和几座教堂。

寄来。她们还带了一些有提手的大塑料瓶，也有体积小些、形状像露德圣母的蓝色螺纹盖瓶子，里面都装满了露德圣水。这是我对爱尔兰之外的世界最早的印象。我的父母、叔叔阿姨们常去露德，有时还会跨越国境到西班牙的圣塞巴斯蒂安去。我的阿姨就曾去罗马和圣地亚哥-德孔波斯特拉朝圣。我家中后屋里的壁炉架上，放着他们带回来的纪念品——托莱多黄金制成的烟灰缸、套着皮质剑鞘的小装饰剑，还有一尊小圣像。

他们会不断讲起欧洲大陆的奇闻异事。大人们说，露德人用咖啡和卷饼做早餐。法国人不喝茶。我仿佛还能看见自己安静地坐着、看他们讨论的样子。有人会说，可你就想喝杯茶。其他人会点头，同时想起自己经历过的折磨、外国经历以及恐惧之物，说也奇怪，它们就是很令人难忘。接着可能还会沉默一阵，有人会接着说，不过露德的确是独一无二的，想想游行与夜晚的火炬，还有病人被带到大教堂去的情形。大家都会赞同，沉思着，以忧郁却又矜持的姿态点头。他们会说，你觉得你有麻烦，可你总会碰到更惨的人。

在恩尼斯科西的大教堂里，历代主教的名字被写在从祭坛两旁的高墙挂下的画卷上。男孩们聚拢后，神甫会开始赐福，他的声音会回荡在巨大空寂、几近昏暗的教堂里，他会说，死亡将会来临，而审判亦随之而来，现在，好孩子们，扪心自问，找出自己的罪愆。

我们这座新哥特式大教堂位于主干道的尽头，是权力的中心。它是普金[①]的手笔，屹立于我们头上，比城里那座新教教堂宏伟得多，这可是十九世纪爱尔兰天主教会富强之势的象征。但如果我暂时忽略其宏伟威严，专心想想我童年时置身此处的样子——比如耶稣升天日时孩子们的弥撒，或是随便哪个周日的十点钟弥撒，我能记起的只有数小时里都不得安宁的无聊感。

话虽如此，在这里你可以看见所有的人。你会注意到店铺主人在最后时刻骄傲地走上中心通道，也会注意到商人穿上了他们的新衣服。那时我是祭台助手，跟在一位脚穿木套鞋分发圣餐的神甫身后。我因此能近距离地观察到每个人的舌尖动作。有人会用力伸出舌头，好像抽皮带一样；还有人会小心翼翼地吐出舌头，仿佛那是不愿示人的身体私处。有的人舌头很宽，形似鳎鱼和比目鱼，有的人舌头却又窄又厚。人的舌质亦各不相同，比方说舌头表面的小皱褶和细痕，舌头的颜色亦不同，有人是粉色，而有人的粉色嘴唇上还会有棕色和灰色的涡。有的人虽然很努力，也还是没法一直伸着舌头，只好先缩回去，好像有人要就此攻击他一样。神甫会等着他再次伸出舌头，我也就站在那里看着。

在一本一九四六年出版的、庆祝教堂百年纪念日的书里，有篇冠以《教堂记录的分析》这个平凡标题的文章回顾了十九

① 奥古斯塔夫·普金（1812—1852），英国建筑师、设计师，哥特复兴运动的重要代表。

世纪四十年代建教堂时人们的捐赠。“名字列成表格，有些还会注明行业或专业，还有捐赠者的地址，他捐赠的数额——别无他物……这些条目诞生时，大饥荒正横扫爱尔兰。不少人捐的钱并不多，却帮助建起了大教堂。不久后他们会忆起闪闪发亮的河流淌过绿野之间，还会想到那正对着溪谷的、寂静的教堂墓地，他们的骸骨永远不会安葬此处——这只会让饥饿、死亡和流离失所变得更孤苦。”

文章将旧档案里的名字列了出来，他们的姓氏伴随着我长大：拜恩、博格、克利福德、邓普赛、亨德里克、基欧、罗什、沃尔什、斯塔夫、辛诺特、卡伦。到了一九四六年，历经一个世纪的时移事往，文章的作者还是能数出城中好几个捐赠者的亲戚：“史兰尼街上的客栈老板戴维·拜恩，他的两个姐妹拜恩小姐和肯尼迪太太，前几年死在恩尼斯科西。丹尼斯·拜恩是奥特拉塔德的M.恩尼斯太太的兄弟，他被逐出了巴里奥利。这事让这一带的人深感不悦。住在香农的保罗·博格是集市广场的丹·博格先生的祖父。木匠帕特里克·克利福德在新街有座房屋，现在他儿子住在这儿……布朗伍德的哈里斯夫人的后代依旧住在原来的地方，布朗伍德的莫斯·哈普家的后代也是如此……”

过往并不遥远，而是生动可感的。我常常觉得，捐赠者名单能和一百年后的城镇联系起来令人宽慰，因为比教堂更早诞生的建筑几乎没有留下来，也没有什么档案文献。天主教阶层崛起，纵使饥荒正席卷更低阶层的人，新兴的商人阶层还是打算建造一座教堂，作为其权力的纪念碑，历史这才开始变得清晰可见。在恩尼斯科西，一八四六年以前天主教徒可是几近沉寂的。我知道了，我曾祖辈的男人中，有一位在城里的小岛路上开了家小旅馆，我有副眼镜上还刻了它的名字，另外一位在教堂附近做磨石生意，有一位在城外拥有小农场，还有一位来自三十里开外的农场。他们的不少事情，我可以得知，或者想象，但是他们之前的人，我就无从得知也无从想象了。有了这座教堂，时间才开始变得真实而可以想象。

傍晚，我们会在家中跪念《玫瑰经》，大人们祈祷时念的圣事都不相同，正如每个人的字迹都不相同：有的人会轻柔缓慢地背诵《圣母经》，有的人则念得干脆利落，好像在表明他们不是闹着玩的。有时候我也会什么都不想，让自己跟着他们一起念，但大多数时间我就像身处大教堂里一样，百无聊赖，只是偶尔会被我父亲打断。有时候会发现他在双手合十握着念珠时竟震颤着笑出来。这并不常见，但一旦发生，他就会离开房间。他回来时大家会继续念《玫瑰经》，但家庭共同祈祷的庄严感很可能让他再次颤抖并紧张地笑起来。诵读完《玫瑰经》就是《万福圣母》，还有一些用作点缀的零散祷文，比如乞求上帝不要让我们突如其来地死去。结束之后，你可以将念珠放在厨房的第一个柜子里。

如果你想考试顺利，那可以向康帕提诺的圣约瑟夫祈祷，不过你也得努力学习。如果你弄丢了什么东西，那可以向圣安东尼祈祷，但你也得努力去找。我母亲有一条祷文的末尾写着，这条祷文太灵验了，所以你必须先想清楚你到底要什么。我还小的时候我父亲病了，我还记得那时的祈祷，记得修女告诉我母亲要在特定的夜晚敲动神龛，乞求耶稣让我父亲好转。她说，她只进行过几次这样的祈祷，每次都很有效。那段时间，我父亲去露德就不只是欧洲大陆异国之旅的一部分了，而是去装圣水，去祈祷，去努力好转。突然间情况就变得严肃了。

我父亲去世时，他的遗体在教堂里过了一晚，我记得当时我看着一个祭台助手双手握住一个大十字架，将棺木引到教堂的中心通道。

我的父亲去世后，我更需要去学习、去尝试、去好好表现。我的弥撒书上有一张弥撒通知单，上面有他的照片，印着我母亲精心挑选的祷文。人们给我的建议里，有的是世故的，有的则是非世俗的：有人说你需要拯救灵魂，又有人说你得出人头地。有人说你得找份好工作，同时也有人说你必须侍奉上帝、拯救灵魂——我的父亲去世后，这二者就变成了伴我在镇上长大的同一个梦魇的固定部分。

我大概十四岁的时候，一位比我年长许多的朋友曾坚称，天主教这种信仰纯属无稽之谈，彻头彻尾都是——不只是仪式，也不只是圣人和圣像，不只是遗迹和礼拜日，还有那些最基本的东西。他深信不疑地说，根本就没有上帝，他言语中没有虚张声势也没有耸人听闻之欲，而像是说一件他早就知道的事情。我问，那么是谁创造了世界呢？他说，世界本来就存在。那么耶稣基督又是怎么回事？他带着不容置疑而不露声色的权威说道，他只看到了罗马帝国的分裂，他试图将耶稣作为爱邻如己的象征，但人们却不接受。相反，我们还是面对着教士、布道和那些愚蠢的规则。

我依旧会走过教堂的通道进行圣餐仪式，接着双眼盯着地面走回自己的座位。我依旧祈祷，但我的信仰渐渐消退了。在十六岁的假期，我参加了一个关于天命的研讨班，一个神学家大谈“信仰的悖论”，即你要笃信宗教必先“相信”，信仰需要盲目的一跃，而后则需要更理性的路径。我开始半信半疑地明白，我从来都不信宗教。我一直都很清楚，我周围的人对安全感、金钱、权力、地位的兴趣要远多于对上帝的爱或对上帝之仁慈的深信。信仰是一种慰藉，如同在漫长的一日工作后听听音乐，它就是个剧院，让人们聚到一起。当时学校里的神甫大都会在美国度夏，关于信仰与道德的争论也被允许。我却跑开了，我开始读卡夫卡和D. H. 劳伦斯，上大学的时候，我也就有了别的东西思考。

在大学里我认识的人都不信教。因此，在圣灰星期三①，我看到有学生在前额抹灰走过校园，总会颇感震惊。我惊讶地看

---

① 圣灰星期三有用灰抹额表示忏悔之习俗。

着他们，很想问他们：难道没有我朋友那样的人告诉他们，这一切都是无稽之谈吗？他们怎么还不醒醒？他们怎么还信教？那是二十世纪七十年代初，是属于妇女运动、离婚行动小组和同性恋权利觉醒的时代，我和很多人都认为，爱尔兰正走向世俗化共和国的通途。我参加过国家道德审查会的会议，也只是为了嬉笑和起哄。我并不知道这些额头抹灰的学生会成为八十年代爱尔兰的道德主流。在我的学生时代，所有的改变似乎都是进步的。一九七五年，我移居巴塞罗那，有好几年我都没再想过天主教的问题。我想都没想它。

一九七九年秋，我回到都柏林，却是为寻找一份记者的工作。我为一份杂志写过几篇文章，我劝服他们给我申请采访教宗爱尔兰之行的记者采访证。

教宗来访的第一天，恰逢爱尔兰为数不多的大晴天，整日都是无云的纯蓝。我还记得他下飞机的样子。他身着白衣，脸上半是警觉半是痛苦。他十分留意民众，他仍在远处时，我们也很容易看出，他是一个父亲般的高级教士，但同时也是一位有名无实的领袖。他走向他的直升机，只见一个女人冲向他，满心渴望触摸他，也可能要向他祈福。她只是个普通女人，并不是教宗先前致敬的那些显要。我试图描绘出这个时刻，这似乎是个重要的时刻，因为教宗并未公开亮相，没摄像机也没摄像师。我看见，教宗注意到这个女人，却决意前行。她跟随着，向他呼喊，眼中有股恐惧。他慈祥温和的面容变得稍显冷酷。他不打算理会这个女人。我也不知道为什么我觉得这事很重要，或许是因为他在机场时显得慈祥自然。但现在，他的脸彻底冷下来了。这一刻奇妙而滑稽，它并不重要，却在他接下来的旅途中一直伴随着我。那时我们对他还几乎一无所知。

因为我有采访证，所以能坐在都柏林凤凰公园的前排。百万爱尔兰天主教徒团聚于此地举行教宗弥撒。活生生一场戏。就像费里尼的《罗马》，混杂了印加时期的精巧活人戏。高大的银色十字架耸立在土墩上，阳光下闪闪发亮；教宗穿着黄白相间的衣服，在蓝天映衬下显得十分迷人。他说着蹩脚的英语，仿佛在梦境之中。我前面的神甫们都激动得互拍照片了。

他先谈祷告文，之后谈到和平。但后面几天他开始谈起了性和性道德。他以十足的夸张开场吸引民众，以恐吓结束。至少我是这么看的。他充分展现出了基督教文本中的悖论，以“让小孩子到我这里来”开始，以“你是彼得，我要把我的教会建造在这磐石上”结束。[①]紧跟着通灵与神秘之事的，便是权威与权力。然而没人会这样看。对于大多数爱尔兰人来说，他的来访是荣耀之事，这在报纸上体现得很清楚。毫无疑问，没人

① 前者语出《圣经·新约·路加福音》第 18 章第 16 节：“但耶稣却叫他们来，说：‘让小孩子到我这里来，不要禁止他们，因为在神国的正是这样的人。’”后者语出《圣经·新约·马太福音》第 16 章第 18 节，全句为：“我还告诉你：‘你是彼得，我要把我的教会建造在这磐石上，阴间的权柄不能胜过它。’”

愿意发表我所写的版本。

他来访的最后一天，我碰到读书时期的一位老友，他正和女友走过圣斯蒂芬绿地。我骄傲地告诉他我曾在凤凰公园的前排，看到神甫在献祭仪式上说话。我说，他谈及我们要如何应对法律和性生活之前，全是在演戏。我的朋友和他女友一言不发。接着他平静地说，这场来访让他们很受鼓舞，他们不喜欢我这样亵渎教宗。我无法理解，走开了。

接下来一年，我想要重返巴塞罗那，我发现最便宜的方法是坐飞机到露德，再坐火车到巴塞罗那。夏季里，每个周末都有好几趟从都柏林到露德的直飞航班，我便买了张票。

我肯定是那个周五晚的班机上最年轻的乘客，也是唯一一个打算去度假而非净化灵魂的人。我觉得其他乘客以为我是个神甫。

到了宾馆，很快大家都发现旅行社已经订满了房间。店主是个高大而坚决的法国老妇，她念出旅客的名字，安排他们住在一起，真是一出欢乐的喜剧。朝圣者一开始还听不清她的口音，但当他们的名字被翻译过来后，他们全都疯了，因为他们根本不想和素未谋面的人共居一室。他们不肯让步，不肯到指定的房间去。他们愤怒极了。他们自称对拒绝共处的室友并无私人恶意。他们来自都柏林中产阶级下层以及工人阶级，惯于物有所值的消费，不能接受自己被这么一个连英语都说不了的女人摆布。法国女人耸了耸肩，让门房把他们的行李包送到指定的房间。不少人开始大喊大叫，要求维护自己的权利，但她还是耸了耸肩。都柏林来的朝圣者累了，消耗了巨大精力拒绝和彼此共处。他们开始谋划谁和谁一起住，一共有多少个房间，一共有多少张床。他们没注意到，店主把我叫了过去，给了我一把钥匙，让门房给我指路。她也认为我是个神甫。这招成功了。当我躺在舒适的床上时，我突然想到，以后我一定得再试试。

一周以后，我在傍晚从巴塞罗那回到露德。我要乘坐的是夜间航班，便把包先放在宾馆里，到街上闲逛。我注意到人们都拿着尚未点燃的火炬朝洞穴走去，我便跟着他们，一开始倒也闲适，反正我也没地方去。

天黑了，似乎某些仪式已经结束，有些人正走回城里。洞穴在地面的凹陷处，当我通过大门的时候，就已意识到自己进入了完全不同的氛围。我还以为这里会有销售雕像和念珠的摊位，但这里只有一小群朝圣者。他们拿着火炬，朝向远方的教堂，脸上全是平静与安详。一切都安静而低调。有的人唱起简单的《圣母经》，我在爱尔兰的宗教游行里听到过。我站在一群德国人旁边，他们围成了圈，各执一支点着的火炬。他们唱起我未曾耳闻的赞美诗，男男女女的声音形成奇怪的和声。这时我很确定，傍晚的献祭已经结束了，这些人是在附近徘徊的。

好几个朝圣者朝着那块据说是显灵之地的岩石走去，雕像也放在那里。我慢慢地跟着他们。我还有时间，飞机还要好几个小时才飞，但我担心我们下方的灯会被关掉，我们会被要求离开。我自己也没意识到，某种程度上，我想看到发生的事情，无论发生的是什么，我都不想错过这段经历就回家。我并不觉得让我走向那儿的是超自然的力量，抑或什么外在的力量，纯粹是好奇而已。有人跪了下来，注视着被照亮的露德圣母雕像，其他人则排队去触摸岩石。我坐下看着他们，试图去理解：这晚围绕着我的这些人，相信圣母曾从天上来到这里，她的形体曾在这儿的空中穿行。我看着这些人，试图想象，或者说试图去回想，相信这一切会是什么情形。

我站起来，加入了摸石的队伍。

大部分人都离开了，只有几个朝圣者还排着队。我前面的女人细心而全神贯注地触摸雕像下的石头，似乎其力量是真实生猛的，她能提取出某些不可思议的、生机勃勃的东西来。她待在那儿，用手摸索这块石头。轮到我了，我鞠了躬，但没碰石头。我走回座位坐着看，努力什么都不去想。

很快我们得走了，他们要关灯了。我回到宾馆，发现我们的朝圣者正在十分愉快地合唱，等着大巴将我们送到机场再飞回都柏林。

露德的情景一直留在我心中。我给电台写过一篇文章，却从未被读出来，我还在第一本小说里让一个主角去了露德，经历了我所经历的东西，但我又删掉了。我没能写好。我感到一种崭新而未曾预料的疑惑感。我总惦记着它。一九八七年我又来到西班牙，有一个机会可以重返露德，我便抓住了这个机会。这次我和朋友们在那儿待了好几天，当中有个朋友还对圣地很感兴趣。我也感兴趣，但不确定是出于何种角度。

这次我从圣塞巴斯蒂安（巴斯克人把这座城市叫做多诺斯蒂亚）出发，还找到了间小旅馆。当时正是九月初，露德即使在夜里都很热。早上，我独自去看大教堂，发现有条街全是卖各式宗教物品的。有那种变换角度图像会变化的明信片，仿佛在模仿圣母显灵，有巨大的圣母雕像、圣像、你能想到的各种念珠，还有装圣水的容器。一间间店都装满了宗教物品，商店装修得五光十色，外面全摆了宣传柜台。聊到露德时，人们常会提到这种把宗教变成产品的商业化和市场化，大家都很反感。但那天早上我在街上闲逛，看着这些宗教物品琳琅满目，却只觉十分平常——这样的物品被当作礼物和纪念品带回来，就放在我长大的屋子里。

当晚我第一次看到火炬游行。天黑了。成百上千的小马车般的老式轮椅被推往教堂。男人随时待命，他们负责此处。他们让我想到家乡那些掌控一年一度的圣餐游行的男人，双手别在背后，看上去认真庄严，仿佛突然加入了军队，正在严肃地执行新的任务。露德的男人系着特制的皮带，佩戴特制徽章，与恩尼斯科西那些系着普通红色腰带的男人迥然有别。他们军人似的装扮看起来就像二十世纪三十年代，古怪而老派。他们从爱尔兰、法国和德国的小镇来到这里度过一两周的时间，有权力举起手，斩断前往大教堂的朝圣人流。我们只能被他们管制着，拿着点燃的蜡烛，朝显灵之地走去。

第二天我去浴圣水，加入一大队男人之中，我们被另一群散发着警觉与权威感的中年男人监视着。我发现神甫不必排队，但我决定先当一会儿普通人，因我认识到自己可能会被看门的男人揭穿，然后被送回家。人们都不带毛巾，我很好奇他们要怎么擦干身体。孩提时我曾听大人讲到在露德沐浴，总想象他们会穿着泳衣。但此时没人穿着泳衣。要人们脱光衣服到大更衣室里完成露德之浴，似乎也不太可能。至少对爱尔兰天主教徒来说，端庄是基本美德。我在大太阳下等着，很好奇会发生什么。在我前面的男人年事已高，他发现自己没法等那么久。

一进去，我们就被告知要将衣服脱得只剩内裤。我心头一慌，不知自己有没有穿内裤，想起我的确穿了，又心头一慌，不知我的内裤是否干净。我跟随着其他人，慢慢将衣服脱得只剩普通款的三角内裤，就像大部分的圣水浴客，理智有规矩。会发生什么呢？我们得穿着内裤沐浴吗？还有，水有多深？冷吗？我们一直听说，即使你前面的人有传染病，那也没什么问题，这水是被赐福的，很有力量，你不会得病。我站在那儿，自感仍相信这一套，我前面的老汉脚上有不少痂，我却不害怕因与他同浴而染上可怕的皮肤病。

我们走进洗浴的房间。我循着指示站到角落里，面向墙壁。我顺从了命令，尽管看不出其中的道理。一个男人拿了条毛巾过来，在我身后展开，挡住我的屁股使其不被看见，并让我脱下内裤，挂在上面的钉子上。我做完后，他将毛巾包紧我的身体，却没碰到我一分。他敏捷而富于技巧，仿佛已干了一辈子。我转过身来面对浴池。有三个男人已在等待，他们示意我过去。

“英国人？”他们其中一人问。

“不，爱尔兰人。”我说。

“用爱尔兰语祷告？”他用爱尔兰语问。我很惊讶。我不知道这里还有爱尔兰人，同时也意识到我可能早忘了爱尔兰语祷文，只能说，不，请用英语吧。他们准备好了。昨天有人提到一个身患癌症的爱尔兰女人，十分迷信这沐浴，狂热地相信这水的力量，相信自己会被治愈，回国后肯定就会健康地活下来。因此，她在弥留之际更为痛苦，因为她不能相信癌症并没在露德消失。

男人们把我按倒，在我上方祈祷着，让我重复祷文。我躺在胜似阴沟的浴盆中，让他们将冷水倒在身上。

我走出去取内裤时，浑身都在发抖。我讨厌被按倒。我以为能自行浸入满是冷水的浴盆中。但我同样感受到了此处的力量，感受到四壁之内经年累积的希望与灵气被释放的力量。我困惑了，我对教堂的权威怀着憎恨与畏惧，却对其仪式和纯净的力量怀有感情。我想独自走开，在暗处蜷腿坐下。在困惑之中，男人松开了我的毛巾，并举着毛巾不让别人看见我赤身裸体，让我不擦身体穿上内裤。我穿反了。我正准备走回去穿衣服，他注意到了，让我回来穿好内裤。他说，总会发生这样的事情。他举着毛巾以保我的庄重。随后，我走了出去，和其他人一样不擦身就穿上了衣服，因洗浴圣水而发抖。我走回宾馆和朋友碰面，外面的阳光很猛，炫目刺眼。

第二章
战争的记忆

从布拉格到华沙的火车还有一小时就要开，站台上有一股狂暴的气氛。波兰男人到商店里买啤酒，装得满袋都是，互相喊叫着价钱的问题，推推搡搡挤到柜台去。布拉格是沉静安稳的，街上没人会大声说话，似乎人民已学会与物质世界保持距离。但火车上的这些波兰人不一样。他们用肘部推搡往前挤出路来，似乎因就要回家而激动不已。

火车上很拥挤，大多数乘客都是男人。然而在我的包厢里，却有一个波兰家庭看来不太想让陌生人加入他们。当我把行李放到头上的行李架上时，他们表现得安静而狐疑。但他们很快就恢复了富有生机的谈话。他们很开心：他们交谈、大笑，还咯咯地笑个不停。离开车站前，他们就似乎已经习惯了我的存在，当他们得知我并不打算直达华沙，而是在卡托维兹[①]就下车，他们再度大笑，告诉我火车会在凌晨五点抵达那儿。他们

① 卡托维兹，波兰南部城市。

用手势表示，我最好不要睡得太香。

火车开出后，不同的列车员前来检查车票和签证。每个列车员离开包厢后，我的波兰同伴们都会尽情大笑，他们似乎带着巨大的欢愉与不敬来看待权威。过了一会儿，其中一人要到走道里吸烟。车上并没有允许吸烟的标志，一个捷克列车员让他灭掉烟，开始质询他，记了一些笔记，并没收了他的票。这个波兰人看上去真的很吃惊。

他的家人全神贯注地看着这一幕，这让他们冷静下来，但吸烟者一回来，他们又开始大笑那列车员的架子。但那列车员却在严格地执行任务，在布拉格和波兰边境，这位波兰烟民又被质询了好几次，最后被罚了相当于一美元的钱，这不是笔小钱。他被捷克人挫了锋头，拿回了车票，安静地坐了一会儿，这才恢复正常，在家人的陪伴下咯咯地笑着说起这事好的方面。

凌晨时分，我们的车位于边境，一个穿制服的女人打开包厢的门，把我叫醒，问我带了多少钱。波兰家庭也醒了，当我给她看我的美元和旅行支票时，他们显得很不自在。我知道，对他们而言这是很大的一笔钱了，他们可能可以过上一年。她离开时，他们调转了视线，一言不发。

凌晨四五点间，火车抵达卡托维兹。尽管外面伸手不见五指，人们却已开始工作，火车站里一片忙碌。我需要波兰货币兹罗提，却不想让火车上的波兰家庭给我换钱。我想到，这么早火车站不会有店开门，便溜进漆黑冷冽的城市中，在黎明破晓前找到一间大宾馆换钱。回到车站后，我仔细看时刻目的地表，却没看见我想要去的地方。人们匆匆走过，面色苍白疲惫。我最后还是拦住一个二十出头的男人，给他看了我想去的地方的名字：奥斯维辛。他显然是在上班的路上，但还是示意我到售票窗口前，拿了钱帮我买了张票，告诉我应该到哪个站台去。

火车很老，只有几节车厢，缓缓穿过阴郁的风景，烟囱与旁轨上的运煤车点缀其间。一片凌乱，机械外观很老，在清晨的微光中这地方看来很破旧，仿佛工业世界的边境。我知道，从车站到集中营还有段距离，但这正是运送死囚的火车线路。我在奥斯维辛下车，坐出租车到集中营。

我站在接待中心的门边，马上感到自己来到此处是个错误。圣衣会修女住进了集中营的一栋建筑里，这早就引起争议。这又不是天主教圣地。这里被杀害的大多是犹太人。我想要转身去华沙。昨天在布拉格的时候，我在老犹太人墓地旁的博物馆里，看到集中营的犹太儿童的画作。这些画作有着暗淡的色彩，还有儿童画作的那种天真视角。如果你不仔细观察，是不会发现这些画作都是关于集中营的。他们就像其他孩子一样画下天真的场景，也画了门帘、铁丝网、武装警卫、警卫犬。这些作品中看不到恐惧，也没有表达恐惧的暗色。注解说，这些儿童后来大多数都被运到波兰，死在奥斯维辛——波兰语叫Oświęcim，德语是Auschwitz。

接待中心旁边是一间小而朴实的宾馆。我整夜没睡，也没想过来到这里会是什么样子，竟如美术博物馆或海边旅游胜地一般。我走进宾馆，按响门铃。走出来的女人可能是个修女。她沉默寡言。此处有种修道院的气氛。她拿走我的护照，收了一点钱，给了我房间钥匙。

我想或许遇难者的亲属会觉得参观集中营难以承受，会马上离开。但宾馆或许是个好主意：他们可以在惨遭屠杀者的残骸附近度过一晚。宾馆的地上铺了光滑的油地毡，我的房间里空空荡荡，只有床和桌子。墙上什么都没有，这更像个牢房。我睡了一会儿，却被学校旅游团的声音吵醒了，这些年轻人的声音打破了沉寂。我起身下楼，在隔壁的建筑买了张集中营博物馆的票，还买了票准备看一场关于解放奥斯维辛的电影。

我走入门中。我想，光是来到这里，记住一切，已经很重要。那天，大多数人都安静而顺从。馆中也有提示让游客们保持安静。我经过一个办公室，这是火车运来的囚徒要经过的第一关。我在这砖砌建筑间逡巡，有一半空间都关闭了。我看到为集中营头子鲁道夫·荷斯准备的绞刑架。他在纽伦堡被审判，被带回这里执行绞刑。我看着地图，上面指出哪些建筑是用于灭绝方案的。我走进其中一栋建筑，此处正举办表现主义式的展览，描绘着在此发生的恐怖之事，却太冷漠、太人工化了，我走了出去，仍在思索来到这里对不对，此处是否该被关停，被交回大自然手中，用栅栏围起来，以纪念那些死于此地以及生活被其毁灭的人。

走出来，我发现一个导游正在用英语对他的团作介绍。“现在，”他说，“我们就要去毒气室和一号火葬场了，跟着我。”我走开，退回门边。我决定看完电影就走了。至少我保持了沉默，但在此处无论做什么都不会是正确的。

电影也无济于事。这就是战后盟军拍的宣传片，更关注苏联军队的胜利而非奥斯维辛居民的困境。有些画面还是打动人的，但那老式的新闻片旁白却充满了胜利的喜悦。电影在罗斯福、丘吉尔和斯大林共商世界和平的影像中结束。

我又走进营中，在一所砖房里碰到另一个旅行团。“我们现在所处的地方，曾有六百人丧生。”一个男人在说。我们站着，看着这狭长空荡的房间。我走了出去，走进隔壁的屋子，此处一整面墙用玻璃制成，如同动物园，后面凌乱地放着囚徒用过的脸盆和水壶。在走廊里，还放着几个高抵天花板的玻璃柜子，其中一个满是囚徒的鞋子；另一个柜子则是木腿；还有一个满是孩子的衣服；另一个则满是头发；还有一个柜子，全是汽油罐。

“站立牢房”所在区域的门口，人们放了几株水仙花。刚刚那位导游解释道，囚徒被令整日工作，在夜里却被关在一个只能站立的地方，一直到白天。最后，他们会死去，但得花上十一天。所有人似乎都陷入了沉默。为什么不直接射杀他们？为什么不用毒气？相反，他们让囚徒白天整日工作，而每晚则陷入长夜的折磨，直到死亡。人们安静地走了出去，没有说话，也没有互相张望。

所有的展品中，最可怖的是手提箱，上面的标签写着囚犯的姓名和地址。所有的箱子都堆在一起。但对我来说，更可怖的是那堆被压碎的废弃眼镜和镜片。我站在那儿，想到欧洲的犹太人。他们将孩子送去学音乐，他们有的成为作家、哲学家、艺术鉴赏家。想象一下他们读过的书籍，他们所居住的灯火通明的房间，他们一生的所见，他们眼中的温暖光芒。再想象他们的眼镜被带走的时刻，他们的眼镜再无用处的时刻。每个镜片都被精心打造，只为适应每个人的视力。

在其中一些房子的走廊上，能看到囚徒的照片，其拍摄的精准感，正合纳粹兴味：所有人的头发都被剃光，每个人的姿态都如出一辙。摄影师显然是位艺术家，每个人的脸上都有种奇特但直率的美感。他们所承受的一切也并未让他们容颜受损。他们的头颅向后靠着，配合摄像师的闪光灯，每个人都具有一种憔悴但无畏的尊严感。世界一定会想念这些人的。而孩子的照片，如同装满孩子衣服的柜子，让人不忍直视，但这些孩子无一面露惧色。他们如同父母，在相机前表现出一种劫数难逃的镇静。每张照片下方，都写清了囚徒的生日、抵达日和忌日。

这些是死者的照片，而这是他们最后的栖身之地。没有任何信息能告知他们来自何处、究竟是何人。在替他人赴死、英勇牺牲、饥饿而死的圣国柏神甫[①]去世之地，有一大束鲜花和一

---

① 圣国柏神甫（1894—1941），在二战爆发后为波兰地区的难民提供避难所，其中有2000名左右的犹太人。1941年国柏神甫被盖世太保逮捕，同年被投入奥斯维辛集中营。该年7月底，有3名囚犯从奥斯维辛逃脱，集中营指挥官下令挑出10名囚犯投入禁闭室饿死，以恫吓企图逃跑者。一名叫弗朗西斯克·加容尼策克的囚犯被挑中，哀求道：“我还有妻子和儿子！”国柏神甫听到后主动要求替他赴死，得到许可。

段解释文字。但没提到犹太人、同性恋和吉卜赛人。

我走出大门，来到餐馆坐下，和早上从火车站送我来的出租车司机碰面。我们用英语交谈了一会儿，我说我不打算在这儿过夜了。我想回卡托维兹，可能明天去华沙。他说他可以载我到克拉科夫[①]，不到一千公里，二十美元即可。他现在就能启程。我去意已决，便回到宾馆退房。我在房间里合上眼睛站了一会儿，也不知道是试图把我看到的东西驱逐出去，还是把它们留存下来。

车开到集中营主干道时，我让司机在营前停下。圣衣会修女的修道院就在这里。巨大的十字架直对大路，一个修女在路上来回走动。看上去似乎整个奥斯维辛都成了天主教机构，仿佛已被天主教会接管。这本是纪念被运到此地、葬身此地的人的，其效果却被彻底削弱了。我很想知道，波兰快要成为一个天主教国家了，那么集中营在未来会被如何对待呢。

司机问我想不想到邻近的比克瑙看一看。那是个大地方，比奥斯维辛大得多，但建筑都是空壳了。司机在车里等我，我站着看了一会儿。战争年代，四百万人在这两个集中营死去。

司机不想谈集中营的事情，我来到这里，他还挺震惊。我先去了他家，这是一所新房子，用四处可见的砖块砌成。这种

① 克拉科夫建于公元700年前后，是中欧最古老的城市之一。在第二次世界大战期间，波兰全境陷入战火，仅有克拉科夫幸免于难，完整保存了中世纪的旧城光华，因此联合国教科文组织在1978年把克拉科夫的旧城区列为世界文化遗产之一。

砖和建集中营的砖一个样。房间大而舒适，还有用平板玻璃制成的窗户和上过漆的地板。司机说，他在美国干过几年，赚到了买房子和出租车的钱。他说，在波兰可搞不到那么多钱。我们开上奥斯维辛和克拉科夫之间笔直平坦的大道后，他告诉我，黑市上的美元汇率曾经很高，但现在的汇率已经和官方汇率差不多了，让投机客都不干了。他说，共产主义者们走了挺好，但物价开始上涨。有些东西的价格都涨十五倍了。

他把我在克拉科夫的老城区边缘放下。当时正是一九九〇年复活节前一周的周二傍晚。街上商店林立，人头攒动。微光之下，这城市显得生气盎然而忙碌。在老城区我很快就找到了宾馆。我没预料到会来克拉科夫。之前在薄暮前的夜色中我曾瞄了卡托维兹一眼，并幻想自己睡在当地一个昏暗的新式宾馆房间里。现在，我突然来到这座逃脱二战硝烟、未经破坏的中世纪旧城，若望·保禄二世在成为教宗之前，在此担任大主教和红衣主教。中心广场本身就像一座小而平坦的城市一样，有大教堂、一座老旧低矮的天主教大教堂、一家咖啡馆，还有一个室内市场。夜幕降临，满地都是卖花的人。咖啡馆里聚集了一群时髦的本地青年，他们穿着西部风格的服装，留着长发。其中一位还拿着一个烟斗，香烟成直角插在上面。他伴随着同行者的欢愉，一口一口地抽着烟斗。

我的宾馆里有个赌场，晚饭后我逛到那儿，发现里面全是用美元在赌钱的波兰人，有些人甚至在豪赌。一个年轻的波兰女人将美元摊在桌子上，好像它们是兹罗提而非美元。我晚饭只花了两美元。我不明白她哪来那么多钱，也不知道她有无想过会在赌场里输个精光。

午夜，我重新进入黑暗的城市，再次停驻在宽广的广场。约瑟夫·康拉德就是在克拉科夫长大的。他写道，广场“在月光之海中……因孤独而更显广大。建筑底层的灯火之环，如同在一个蓝色的池底里燃烧起来”。在广场的边缘，我瞥见一个浑身大包小包的女人，随即她便消失在小巷的阴影中。那一刻，她看来如同鬼魂，我一看到她就如此想象。不久后我意识到，她不过是个拾荒女人，这个钟点只有她会穿行于克拉科夫的街道。

到了清晨，整座城市在倾斜的春光中显得宏伟。我找了一个在美国待过、会说英语的出租车司机，让他带我去从前的犹太区。集中营的残骸仍留在我脑中，我想去看看亡者在克拉科夫的住所。他解释，现在没什么可看了。他觉得克拉科夫已经没犹太人了。他带我穿越城市，将几个意第绪语街道牌和一个废弃的犹太会堂指给我看。他将再无犹太人的犹太区展示给我看。他看着我，思考接下来要干些什么，他说，这就是犹太区了。我让他把我带回中心广场。

每个小时来临，一名小号手会出现在教堂其中一个尖顶的空位处，预示新小时的来临。我注意到大教堂外面的长队。我没多留意，只觉是特色旅游团，便到二手书店和印刷作坊里去了。但后来我看到还有人在排队，我就明白了：这是忏悔的队伍。人们正准备履行复活节的任务。神甫坐在教堂敞开的忏悔间里，忏悔者们能听清他的细语。

队中间的大多是少年或二十出头，他们的面容大都虔诚而严肃至极。女人的衣着、发型以及无妆素颜，让她们显得恍若二十世纪四十年代或五十年代初旧照片上面的人物。这是天主教历史的梦幻之地，我从未期待会看到，此情此景在爱尔兰的圣周都消失了。他们和我前一天晚上在咖啡馆里见到的年轻人迥然不同，他们举止如此文雅，如此温和，看上去如此顺从，我都想知道他们还能犯下什么罪。

在克拉科夫的那个周三，店铺里用廉价磁带播放着流行音乐：西蒙与加芬克尔、警察乐队、滚石乐队。不少店铺都贩售装饰鸡蛋。店里满是面包水果蔬菜和衣服。似乎只有肉是短缺的，肉铺外大排长队。没有人像是营养不良或饥肠辘辘的。整座城市看来欣欣向荣。我的餐馆能俯瞰整个广场，这是家热门餐馆，吃顿午饭都要排队，但因为我单独一人，或我说英语，抑或那位傲慢、打扮得一丝不苟的女主管喜欢我的样子，所以她给了我一张靠窗的桌子。此处菜单和服务都很精致，装修豪华，广场之景十分壮观，侍者傲慢得令人难以置信。账单还不到三美元。

当晚我坐火车到华沙。车站里满是赶回家过复活节的人。这趟火车行程很舒适。我的包间里的另两个人正在读平装小说，还有一个年轻人在看课本。要去一个从没去过的城市，让我感到轻松、安适而又激动。然而，奥斯维辛中的站牢房，那漫长而无缘由的残酷，让一个男人整日工作、回来还得站一晚、不能睡也没地方倒下的画面，仍留在我脑中。谁想出来的？我没法忘怀。

华沙的火车站有好几家餐馆，还有个赌场。我在附近的现代宾馆过了夜。到了早上，我搬去了历史更悠久的欧罗普斯基酒店。酒店附近的街道和广场都宽敞而通风，都是在战后的碎砾中重建的。此时正是耶稣升天日，糕点店外大排长龙。我想要找到导游手册上声称就在不远处的那座犹太人博物馆。我走过了精致的服装店，还有珠宝店和餐馆，最后在一条小巷边找到了犹太博物馆。我推开了门，门房看起来很吃惊，示意我等会儿，并从隔壁叫来一个女人。尽管高天花板和阶梯都暗示着此处曾经的辉煌，但现在的走道昏暗而破败。女人用英语问我要干什么。我说我想要看看博物馆。我说我对华沙的犹太贫民区很感兴趣。她说，我可以上楼四处看看，如果我还需要什么的话，下楼就好。

楼上几乎什么都没有，只有一些放大的照片，拍下了愁苦之人被带走的情形，还有一些纪念品，没别的东西了。我都不知道我在寻找什么。我走下楼梯，那个女人对我说她正忙着，如果我在这儿等，她会给我找别人来。

过了一会儿，一个年轻的女人来了，随即便问我是否愿意讲希伯来语。我告诉她，我不是犹太人。我问，这是不是唯一的博物馆，这座城市里还有没有别的犹太纪念遗址。我还想知道，犹太区从何而起，从何而终，现在有无被标志出来。

她微笑了。她还年轻，有人到此游览、发问，她感到高兴。她说，远处有个纪念碑，博物馆里还有个房间，如果我想看，她可以去打开，但也没什么特别可看之处。她也不知道为什么要上锁。她还说，没什么人来这儿。华沙的犹太区一度聚集五十万犹太人；现在这座城市里也就三百个信教的犹太人。很长一段时间里华沙甚至没有拉比。反犹太主义在波兰仍盛行，二十世纪六十年代晚期共产主义政权甚至清除了政府里的犹太人。但总的来说，没什么人对这个主题感兴趣，此处也没有明确标志说明犹太区的起点。

这座城市变化莫测。现在，华沙有两个作家协会。共产主义时期的作协在我的宾馆附近就有座高大的建筑，一些可能是作家的人在里面坐着聊天。在办公室里，他们不肯告诉我另一个作协在哪儿，只说现在正值圣周，他们可能关门了。不过，我还是找到了忠于作家的机构，他们去找能说英语的人，我便在办公室里等。我坐在那儿，留意着房间里的每样东西——圆柱形的归档系统、窗户上的遮帘、桌上的台灯、桌子的造型，还有打字机，迥异于我平生所见。它们全都有种与众不同而老式的典雅。

一个二十多岁的波兰女人来到办公室里。她刚从伦敦回来，她的英国口音相当傲慢，还夹杂着波兰口音。她虽坚称自己和我一样对此处完全陌生，却也同意和我一道逛逛。她回答问题相当尖刻，对大多事物都有自己的一番看法。她衣着得体，健步如飞。她解释，我之所以没在华沙见到穷人饿鬼，只是因为我住在市中心的现代酒店里。大多数人都没钱到市中心去。对大多数波兰人来说，现在巴士的价格都是难以置信的。我向她描述了糕点店外的长队，以及克拉科夫的赌场和崭新的出租车。她解释：金钱是流动的，物价上涨、向西方开放意味着有些人会有钱，就像在西方一样，但总的来说人们的消费力下降了。

我们散着步，途经一群正去做复活节礼拜的人。我建议，不妨到市中心的一座教堂里去，看看在发生什么。她不同意。她甚至不想看那些进入教堂的人。

她说，波兰被波共弄糟了，但天主教徒会弄得更糟。现在，打开电视机，你不会听到党员在赞颂党，却得听着天主教徒告诫已婚之人，如果他们养了狗，最好扔掉狗，再养个小孩。她说，我们用了四十五年才让波共下台，恐怕还得再花半个世纪来除掉教会。

"看，"她说，"看看这些团结工会①成员的眼睛。"这时我

① 团结工会，是波兰的工会联盟，于1980年创立于格但斯克的造船厂，由莱赫·瓦文萨所领导。在20世纪80年代它组织了波兰国内从天主教徒至反共左翼人士结合为一股强大的反共主义社会运动，并主张非暴力的反抗模式。

们经过了另一群上教堂的人。我一直在观察人们的面容，我想我知道她在说什么。几乎每一个经过我们的人，甚至那些排队忏悔的人，脸上都隐藏着一股和善、安定以及一丝谨慎警觉。

当晚我在宾馆里独自进餐，其服务就如克拉科夫的餐馆一般讲究。还来了一支乐队，演奏了几首英语老歌。好几个侍者来用俄罗斯鱼子酱兑换美元。饭后，有个侍者告诉我，楼下小饭馆有歌舞短剧表演，宾馆的住客可以免费参加。十一点后，我下楼去喝一杯。里面全都是人，大多数是波兰人，但也有旅客。两个男人穿成女人的样子，走到小舞台上唱了两首歌，演了个有模糊性暗示的短剧。一个女人表演了一半脱衣舞，那两个男人又回来了，这会儿的性暗示变得更明显。这位女士开始“脱衣”，而非“舞”了，一开始她只是袒胸露乳四处走动，后来则脱掉内裤，彻底裸露，巡回演出，让每个人都能看到。我甚至得提醒自己，这里是团结工会刚开始执政的波兰。此时已过午夜。我没想到会在波兰度过这样的耶稣受难日。

到了早晨，我又走到城市里。阳光有着淡淡的暖意。我又一次来到老区，战后人们利用照片和回忆从废墟中重建此地，但重建的痕迹仍在，没有格格不入之物，没有随意之感，亦无小花饰，一切都各得其所，如同电影布景——也像专为旅客而建之处，为隐藏、消灭战争回忆而建的地方。人们希望能为这人造城市带来生机，但即使在夜里，微光亮起之时，它看起来也不曾真实，它永远都像一座满是缺失的城市，空空荡荡。

几周之前，俄罗斯人终于承认一九四〇年谋杀波兰军官的卡廷惨案。在英国和爱尔兰的报纸上，它只占不大的篇幅，这不过是苏联正在发生的巨变的一个侧面。五十年过去了，在华沙的这个耶稣受难日里，市中心的一些教堂里展示出卡廷从一九四〇年到一九九〇年的照片，如同在宣告一场朝圣之旅，也像爱尔兰教堂在布告牌上预告连续九天的祷告。

当天下午，耶稣受难日的祷告开始了，我便在市区从一座教堂走到另一座教堂，一共拜访了十二座有余。教堂里人潮拥挤，圣会上满是温和、顺从的举止，我在克拉科夫忏悔的队伍里就看到过了。就连孩子都是肃穆的。街上则人迹寥寥。

入夜后，他们打开教堂里的神龛，在圣坛上展示圣体。但圣体匣附近的圣坛上却在展示别的东西：戴皇冠的鹰，波兰复活的象征。前来跪拜的人，既跪在殉道而后复活的耶稣面前，也跪在殉道而后复活的波兰面前。教堂成为广阔的公共空间，不只提供宗教仪式，更成为整个国家聚合在一起、目睹自身在变动中从被占领中获得解放的中心。

那晚，我到华沙的犹太区去寻找纪念碑。他们把市中心重建了，但犹太区了无踪迹，也无建筑可以仁慈地容纳五十万犹太人。在战前，此时应是安息日，大街上的景象、那气息、那声音、那祈祷的古老方式都会很受欢迎。但一切都不在了，也不会再现。此处已是树木茂盛的郊区街道，两边都是低矮、理性主义的、被悉心打理的公寓区，而非犹太屋子、商店和犹太会堂。此处有人在生活，窗户透出灯光，家人正在吃饭。灯光昏暗的街上，不少行人正在走着，被说外语的人问路也并不害怕。最后，我在一个草坪上找到了纪念碑：华沙唯一的犹太人纪念碑。

到了周六，路上还满是去教堂的人。有三个理由上教堂。早上，孩子得去教堂拿被赐福的复活节鸡蛋。我在老城区里行走时，看见孩子全都盛装打扮，和父母、祖父母笑着走出教堂，为得到复活节彩蛋而喜悦。而后有圣餐仪式，可重访戴皇冠的烙印，这是信仰与祖国的象征。之后还会有忏悔的长队。这周六要是不上教堂，你都不知道还能干什么。

午后不久，我到郊区的火车站去，等车去格但斯克[①]，即以前德国的但泽港。火车到了，显然我们没位子可坐了。人们开始推搡前行。有的人不明就里，觉得我挡了他们的道。还有人全家出阵，互相叫嚷着挡住去路不让别人过，占领了隔间。我还算幸运，上了车，在走道里站着完成了整趟旅途。

我在旧城附近订了间现代的高层宾馆。停车场里还有德国的旅游巴士。透过我房间的窗户，能看到造船厂里的吊机和起重机架，在天空下绵延数里，在初入傍晚之时十分美丽。我坐上出租车，沿着海岸来到格丁尼亚，买了张到柏林去的火车票。

---

① 格但斯克，德语称但泽，1308 年条顿骑士团征服该市以后的 600 多年间，它一直是德意志和波兰两大民族之间反复争夺的主要焦点。

海边满是老屋宾馆，如同十九世纪的海滨旅游胜地。我还以为格但斯克彻底工业化了，但它其实更为温和，更为本土。

回去的路上，我让出租车司机在码头停下，我走到建于一九七六年的约瑟夫·康拉德巨型石雕下，他的签名被刻在石头上。天空飘荡着一层灰蓝的云彩，波罗的海在将近黄昏的阳光下呈现出柔和的绿色，浪花冲到码头的石头上时尚且平静，但目之所及的远方却波涛汹涌。约瑟夫·康拉德坐在边上，庄重而丰满的形象刻在石头里。离开波兰后，他说，他眺望大海时，就如"一个人走进梦境"。

天黑后，我发现了一座梦幻城市——不是波兰团结工会的格但斯克，而是君特·格拉斯《铁皮鼓》里面的但泽。整座城市在战后被仔细重建，街道狭窄，高而险峻的砖房在昏暗街灯下隔道相望。（离开但泽后，我在都柏林见到了君特·格拉斯，他告诉我，战后，建筑师和施工人员如释重负，因只需进行恢复，而不是为新政权建造理性主义的建筑。格拉斯自己就是战后无家可归的欧洲人中的一员，他说，他回来的时候，大部分人都明白他失去的是什么，也明白他看到这座城市时心中所感，因为格但斯克大部分的新公民都并非土生土长，而是从别处搬来的。[①]

复活节之夜，我穿行于这个由旧商人家庭、新教伦理、行

---

① 1945 年前后，但泽被苏联红军占领，然后苏联吞并了波兰，驱逐境内的德国人。君特·格拉斯无法回家，只好在西德居住于避难所内。

会构筑的世界里。这座昏暗而又奇怪的汉萨同盟城市，充满早期资产阶级的富足景象。每条路的终点都有通往码头和海边的门。街上空无一人，我想在旧城里找间酒吧或餐馆，却一无所获。

但所有的教堂都门庭大开，卡廷惨案以及掘墓的照片仍在展示，似乎卡廷惨案是耶稣受难的一部分，而与之相关的记忆也已成为复活节仪式的一部分。在恩尼斯科西的教堂里，爱尔兰国旗飘扬，人们会觉得教堂与国家是紧密交织的，但祭坛是神圣的；与国族相关的一切都无法跨越祭坛围栏。这里不一样，夜间弥撒开始前我在教堂附近闲逛，注意到圣体附近的祭坛上并无十字架受难或耶稣复活的意象，而全是波兰的意象。波兰太执着于自身的牺牲了，也过于关注自己从受害状态中复活的状态，所以在华沙，神甫们会将飞鹰雕像和波兰国旗放在圣体匣旁边。

教堂里满是做弥撒的人。一切如旧，他们的面容严肃而专注，没有人四处张望，不让自己分心。接着，他们走近被两个身着军装立正、面容严肃的年轻人守卫着的副祭坛。然后他们去参观卡廷惨案的展览。我开始明白为何教堂和仪式如此重要：他们没别的地方可去，也没别的事情可干了。我在格但斯克度过的这个夜晚，教堂十一点关门了，幽暗的街道上便无人游荡，做生意的店内也无生命迹象。整座城市死气沉沉。

到了早上，街上还是什么店都没开。没有报亭和咖啡馆，没有面包店和酒吧。市民们全都在前往教堂，整座城市显得简朴而无趣。大教堂里做早间主弥撒的人甚至比昨晚还多。

当晚我要坐车去柏林，所以把行李箱寄存在车站，坐出租车到了索波特大酒店，这个名胜就位于格但斯克和格丁尼亚之间。酒吧没开，酒店只有咖啡和蛋糕供应。客人大多数是外国人。大酒店还是很宏伟。它建于二十世纪初，全是高而宽敞的房间，维持着一种破旧的豪华。它背靠海滩和波罗的海。宾馆的边上便是长长的码头，一整个下午，都可见来回散步的家庭。刚到正午，四下明亮而沉寂，细浪轻轻翻卷。这里的复活节就和北欧任何一个海边小镇一样。

不过这里还是有所不同的。缺了一些东西。没人卖东西。我走出宾馆，就什么都买不到了。没有酒吧和餐馆，但我最想念的还是那些卖软饮料、雪糕和糖的摊位和小店。这些波兰人似乎光是在码头上闲散逛荡就够开心了，不需消耗购买力换来兴奋与激动。他们看来温和而随和，在一个没有东西可买的世界里，我们或许也会如此。

格丁尼亚的咖啡馆沉闷而昏暗。一群衣衫褴褛的人在排队等炖菜。这里就像施粥场，而炖菜看上去也已经放了好多天，散发出悲苦的气息。咖啡馆里的人有着靠救济过活的人那种呆滞而警觉的表情，我想要是家里没有饭菜，这是唯一能来的地方了。这里是教堂之外唯一还能找到一些温暖以及可能的陪伴的地方了。

我坐夜车去柏林，给了那个乐呵、矮胖的收票员十美元，换了一个卧铺。车刚开那会儿，他四处推销可口可乐来换些外币，后来在他那小隔间的凳子里睡着了。早上九点，我们到了东柏林，我坐上地铁来到西柏林，在库丹大街旁找了间宾馆。

突然间，我回到了一个我能理解的世界里。尽管我不懂德语，但我能看懂大街尽头宽敞的商业中心，还有在这个放假的周一里在城里盲目逛商店的人。他们的着装、举止、大街上的民风，都让人感觉熟悉安心。我在这儿感到很舒服，我回到了硬通货的世界。我本来可以待在东柏林的，那样会便宜一些，但我在西柏林的酒吧里穿行的时候，我意识到，这就是我一直要找的东西。如释重负。

我碰到一个爱尔兰画家朋友。我们在时髦的地方转悠，这些地方每个人都衣冠楚楚，从发型到面部表情都经过一番精挑细选，又酷又性感。有人说，再喝一杯吧，这里开到很晚，有家新酒吧甚至开得更晚。也别担心回不了宾馆。出租车整夜都会有。我离开波兰了，我可以消费和选择了，我能分辨时髦和过时。我可以将头靠在墙上，让目光扫过一排排酒瓶、一群群人。我能放松下来，我感到回家般舒适了。

第三章

沙中之血

塞维利亚[①]宪法大街附近的街道上响起了鼓声。那些堆起来、上了锁、放了好几天的凳子全都摆好了。你可以买张门票，再找教堂附近摊位里的男人租张凳子。多花点钱还能搞到张靠前的凳子。此时正是塞维利亚棕榈主日[②]刚到下午的时候：会有九个游行队伍穿越这座城市。有的甚至会用上十二个小时，从它们本区的教堂走到大教堂，再折返。

一听到鼓声，我便穿越围观人群，走向游行队伍。游行队伍正被带到主干道，带路的男人们身着奶白色束腰长衣，戴着眼睛处露出两个细缝的黑色圆锥帽，就像3K党，他们手中都拿着一支巨大的黄色蜡烛。有上百人在行进。人们惊奇地围观，还将孩子举高，让他们看得更清楚。鼓点变成进行曲的节奏，在大街上响彻人群，并宣告真正的奇观出场：一个除掉了束腰长衣、活人大小的耶稣造型，安坐于一艘花车上，被三十二个

① 塞维利亚，西班牙西南部港口。

② 棕榈主日，复活节前的星期日。

人扛着，而第二个舞台上则是活人大小的圣母马利亚。花车有些艰难地缓缓穿过街道，后面跟着乐队。每艘船都被数不胜数的鲜花以及昂贵而色彩缤纷的布装饰着。

人们凝视着塑像和舞台，仿佛他们人生中从未看过如此事物，仿佛世界奇迹刚经过他们面前。从下午到深夜，我都站在塞维利亚大教堂周围的街道上，看着八支游行队伍穿过。有的队伍有吹奏乐队伴奏；其中一支队伍里，上百个穿着蒙头斗篷的人跟在舞台前后，其中一些人还光着脚；每支游行队伍的中心都有巨型花车，载着真人大小的耶稣或圣母塑像；花车看起来沉得惊人，全都装饰了灯和鲜花。有些塑像和布景甚至能追溯到十六世纪。耶稣的塑像全都取材于受难的故事。而那些穿着黑色斑点蒙头斗篷的人还会扛着十字架。

就像世界上所有天主教游行一样，这场游行也在走走停停中进行。每次他们前进时，都得将花车抬高，还得确保雕塑不掉下来，尽可能轻柔地搬运。人们站着观看。圣母或者耶稣雕像经过时，人们都会陷入一种充满惊奇与钦佩的沉默。观看者的面容，就像舞台之上雕像的面容一样有趣：每张脸都被舞台上的场景深深吸引，如果舞台上的圣母是悲伤的，或者有眼泪滑过她的被雕出来的面容，肯定会有观众也流下眼泪。

这座城市美丽得令人难以置信。大教堂后方远离游行之处，便是圣十字区，如同城市中间一座小而舒适的安达卢西亚村庄。小广场以及狭窄而蜿蜒的街道上的大部分建筑都被漆成白色，阳台上还有喷泉和花箱。摩尔人的建筑风格还有残留，比如宏伟的钟楼巨塔，高耸于大教堂旁边的广场上。塞维利亚很忙碌。长长的商业街上满是游客车辆，酒吧餐馆随处可见。即便此时天气仍冷，他们还是把桌椅摆到了外面。过了河，就来到了特里亚纳，大街上四处是酒吧，酒吧里聚集着漂亮的年轻人。城中一共有六十座教堂，在复活节前一周，每座教堂都得派出自己的队伍游街。每座教堂都有自己的传统，教堂之间的竞争也很激烈。

到了周一，我站在街上继续看游行。真人大小的犹大也出现了，抹大拉的马利亚和圣约翰也在鲜花环绕中出现了。圣母马利亚的塑像全都如同面对人群的真人一般。他们看着她的样子，仿佛她是活着的，能和他们这些男男女女说话。到了傍晚，我站在街角看着男人们举高花车并缓缓走向我们。街灯被关了。圣母衣着繁复，被蜡烛照亮。一位神甫拿着焚香，乐队奏着轻柔的音乐。我观察着我对面和周围的人。他们笃信于此，敬畏地看着她的脸。他们在胸前画着十字，迸发出欢呼。他们眼睛没有一刻离开过塑像。

我感到困惑。我在爱尔兰还从没见过人们会像塞维利亚人这样凝视被扛着游街的塑像。我也为此地的政治氛围困惑。在加泰罗尼亚，左派和教会毫无联系。在内战时期就更是如此。教会是为中产阶级和老弱者预备的，投票给社会党和共产党的人不会在宗教游行时举起旗帜，即使在乡村也是如此。整个社会弥漫着一股反对教会干政的气息，大家普遍厌恶教会。在这里，我却感到整个社会都卷入游行之中，可塞维利亚的人几乎都投票给社会党和共产党。这里是社会党首相费利佩·冈萨雷斯及其副手阿方索·格拉的故乡。我曾走到一些游行队伍出发的教堂里，发现有不少其实处于城市的贫穷区域。

有什么东西变了？西班牙工人阶级的反教会干政思潮消退了吗？周三晚，我站在圣洛伦索的教堂外面，等着圣母马利亚被扛出来。我周围都是普通的工人阶级，全都驻足观看，等着游行开始。从八点到明早三点，会有五百人伴随着她穿越街道。遮蓬从教堂的门中被抬出，显然她差点出不来。圣母戴着花冠，身着刺绣袍子。小号和鼓声响起，人们鼓起掌来。遮蓬上绣着流苏和粉色康乃馨，还有摇晃着的金布。舞台后面亮着的是高蜡烛和灯。它被抬到高于人群之上的位置，得意洋洋，再被抬着穿越人群。

教堂里，人们正排队亲吻真人大小的木刻耶稣，他的面容在痛苦中扭曲。两个年轻女孩向后退，盯着他的脸看，为他的表情、为精湛工艺而惊叹。墙上贴着电脑打印出的名单，全是为游行付出辛劳的人。我打算回圣十字区喝一杯，却突然想到，这周要是待在塞维利亚，想要不参加任何庆典，简直不可能。我也不可能回到圣十字区，整整一个多小时，我都站在交叉路口处看着游行，想到老城区中心的一间L形的酒吧，我对它产生了一种奇特的热爱。到了周日，街上的人甚至更多。鼓声和焚香味道无边无际。游行缓慢进行着。巨大的镀金二轮马车出现了，后面舞台上跟随着东方三贤，和其他塑像一样是真人大小，人们在自己胸前画起十字。但他们都没有圣母引人兴趣。即使是被鲜花包围的、恐怖的耶稣受难像也没引起那么多关注。她一经过，人们就会拥过去观看，你动弹不得。她的面容在我们面前缓缓经过的时刻，散发着一种纯净而奇特的美。人们会跟随着她。

宪法大街变得更加拥挤、更吵闹，也更喜庆。远远传来鼓声，另一支游行队伍出现，走向大教堂。他们正好在我面前停下。舞台下面至少有四十个搬运的人。他们屁股一蹲坐了下来，听到木棍敲击地面的声音，便同时站起来，扛着巨大的舞台走向大教堂，狂欢的音乐跟随着他们。我好不容易才到了圣十字街的酒吧。

早上，我给党部办公室打了电话，问有没有哪位长居塞维利亚的党员可以和我自由地交谈。我还震惊于这座城市对圣母和教会的狂热。我想找个意见相左的人，告诉我为何城市中所有的无产阶级都会在复活节前一周聚集此地，乃至整夜扛着沉重的舞台前往教堂。我按要求重拨电话后，他们让我找阿图罗·卡博，他会在当天下午等我。

他大概快八十了，和妻子一起住在市中心附近一栋闪亮大楼的四楼。屋中有张桌子摆满了家庭的照片，他在旁边坐下，讲述了他的人生故事，下午的时光就这样缓缓流走。他父亲来自马德里，母亲来自马拉加。他十几岁时，他们分手了，他跟着父亲学习美术交易。他说，这是学习政治的好方法：他周围不少老工团主义者，有的还到过巴塞罗那，他们常谈起工团主义。他加入了共产党，又为一份右翼报纸工作。他和同侪一道喝酒，赢得信任，数月之后便开始谈薪水和工作条件的问题。报纸老板痛恨他，甚至想雇杀手毙了他。

一九三一年，他被派到了莫斯科，度过了一年时光。他和来自全世界的同志一道学习充满革命性的马克思主义理论。一九三二年十月，他被送回西班牙。一开始他在马德里工作，而后环游全国，组织党派。他说，安达卢西亚的左翼运动最为激烈，尤其是在塞维利亚。一九三四年发生了一次大罢工，整座城市分崩离析。

他最难以置信的是，城中坚定的共产主义者和教会之间的关系。无论发生了什么，他们都会照旧出门，背负起宝座和塑像。那些平常不想去教堂的人，那些左翼之人，一到复活节，就会和善会一道穿上传统服饰穿越城市街道。开完会回家的路上，他们会讨论去年圣周上哪支乐队演奏得最好，谁的圣母最美，谁的善会最具奉献精神。他觉得他们都疯了，不过他也了解到：他们在这场宗教仪式中的献身多与宗教无涉，而与塞维利亚关系更密切。但他说，他还是不理解。

内战时，他在塞维利亚对抗拉诺的军队，逃离前，他在橱柜里躲了十八个月。战后他先到了莫斯科，又到了法国，用假护照来过几次西班牙完成党的任务。佛朗哥死的那天，他坐火车从巴黎来到马德里。警察等着他，但只是询问一阵就让他走了。他来到塞维利亚，再次卷入政治。他说，他不会参加宗教游行，也没加入什么善会，对圣周毫无感觉。他毕竟是外来者。那些扎根于这座城市的人，无论政治倾向如何，都会有不同的感觉。这太奇怪了。

这一周不断有游行进行。每次出门我都为这类景观所震慑。周三晚，我去了大教堂附近的冈萨洛酒吧。此时城市中的游客更多了，无论我去哪儿，都是人。每当舞台上的圣母以及她被钉在十字架上的儿子经过酒吧，那些坐在酒吧外面桌子上的人都站起来。十字架上，两道阶梯正抵双臂。木制十字架上沾着红漆伪装成的血，形象细致。不久，窗外一个男人开始向圣母献歌。这歌听来像是传统的安达卢西亚情歌。他展开双手，声音高昂雄厚，声调中全是渴望和爱的哀愁。

歌声接连不断。又出现了一位流泪的圣母，她双手放在身前，做出痛苦的手势，窗外的一男一女向她唱起歌来。歌声很有感染力，他们升高声调以表达无限的绝望，同时用动作示意。街上的人则保持沉默。扛舞台的人再次举高舞台，朝大教堂行进，一个女人大叫："万岁！"其后四十个民防队队员持枪游行而过，排场十足。

我回到圣十字区的L形酒吧。我问当地人——主要是男人，怎么看待游行。没人能准确地说出感受。他们指着胸口承认，当看到塑像和鲜花（尤其当它们来自自己的教区时），只觉热血沸腾。但无论这一切来自哪个教区，他们都很乐意去看其精妙之处：花朵新鲜欲滴，服饰雍容华贵，人物栩栩如生。花车经过时，他们内心的情感难以描述，不只是宗教性的，而更多关涉你的身份、你的根、你对塞维利亚的骄傲之情、你的外祖父母、你的童年回忆……太难以分辨了。人们摇着头，眯缝起双眼，想了好一会儿。他们也说不出这究竟是什么，但它的确存在，并且十分强烈。

但，他们说，你还没见识过真正的圣周呢。等到周四的午夜吧。那时“真正的”游行才会开始。午夜降临，马卡雷纳圣母教堂的大门便会打开，圣母出现后，两千一百个当地男人会穿着传统服饰陪伴圣母穿越街道；他们会整日整夜地游行，一直到第二天下午一点。塞维利亚人会一起度过这个夜晚，这是传统的一部分，圣母被扛着穿行于街道之时，每个人必须至少见到她一次。

周四晚天气晴朗，满月将至。十二点到了，马卡雷纳教堂大门打开之时，教堂前的大型广场上的人都屏住了呼吸。简直就像中世纪的天堂之门，金碧辉煌。鼓点和吹奏乐响起。一个十二英尺乘六英尺的巨型舞台被从教堂里推出，载着九个真人大小的塑像，前方是超过一千个穿着制服、戴着头巾的男人，还有另外一千个人在教堂里等待。人们目眩神迷，还将孩子举高让他们看清。

一个女人在窗口边唱起来。她向圣母致敬，表达自己的哀痛。舞台穿过广场，人们开始对着圣母大叫："Guapa！Guapa！"意思是："美啊，美！"他们吹着口哨欢呼，仿佛塑像能听到。"面色苍白，"我身后的女人说，"她看上去面色苍白。"花了数小时，游行队伍才到达人潮拥挤的中心地区。凌晨四点，大街上仍然人潮涌动，女人们穿着毛衣御寒。游行队伍用了一小时才从英格列斯百货商店到达圣弗朗西斯科广场，而这平时只是五分钟的步行路程。两千一百个善会成员光着脚。一路上人们从窗口向她献歌，述尽她的美丽、纯洁、她所背负的苦难。清晨六点，大教堂附近的街道上已经满溢焚香的气味。游行队伍慢慢移向大教堂——人们的速度太慢，善会成员完全可以在邻近的酒吧停下，脱掉罩帽，喝上杯啤酒，聊聊天，大笑一番。

他们还要行进七个小时。

到了周五下午，我到马卡雷纳教堂里面看了看。数百人围绕刚在大街上逗留许久而后重返教堂的舞台的塑像打转。我注意到教堂出口左侧的两座坟墓。我走过去，念出葬于此处之人的名字。其中一人是拉诺将军，另一人是他的妻子。拉诺将军在一九三七年为法西斯军攻下塞维利亚，在西班牙内战中由他指挥南部的国家主义者。他让数千个囚犯遭到处决。他在那场著名的演讲里用极为逼真的词汇恐吓共和党人。他或许还一手安排处决了诗人洛尔迦；在一次广播节目中，他还警告卡萨尔斯[1]，要是国家主义者占领了巴塞罗那，他的手臂会在肘部被斩开，再不能拉大提琴。对我来说，这就像偶遇了戈培尔的坟墓一样。然而，教堂里没有一人对这两座坟墓产生哪怕一丁点的兴趣。

第二天，我安排在大教堂旁的老雪莉酒酒吧会见了一群社会党人。他们没人觉得自己是遵从习俗的天主教徒。然而他们与天主教的关系是复杂的。他们承认教堂里有些进步的神甫，在二十世纪六七十年代，这是他们唯一聚会的地方。那些年月里，教会为法律不容许的抗议提供了很多方便，虽然它在官方上对佛朗哥政权亲近而忠诚。

他们看到马卡雷纳教堂周四晚和周五早上的游行了吗？他们说，看了。他们去教堂观看塑像和鲜花了吗？他们说，去了，然后他们就去了酒吧。他们相信上帝吗？他们说，不信。那为何他们还要去看塑像呢？

那含糊不清的陈词滥调又开始了：你的根、你对塞维利亚的骄傲感、你的祖父母、传统的观念、难以分辨的遗产。其中一人说，通过这种方式，不管是谁，都能走到大街上，去占领街道，在天气即将变化之时。他说，这是个宗教节日，也是个受欢迎的节日。他们开始讲故事。我知不知道马卡雷纳的圣母

---

① 巴勃罗·卡萨尔斯（1876—1973），西班牙大提琴家。

实际上是个西班牙将军？他戴着将军的腰带，在旧政权勋章累累？另外一人则说起，每年纪念著名斗牛士的悲剧之死时，她会身着黑衣现身。他们说，大教堂附近的人全都是彻底的工人阶级，全都投票给共产党和工人党，但他们也会参加善会。

我还询问了拉诺将军之墓的情况。怎么会有那么多左翼之士在埋葬他的教堂参加游行？他们说，那是那场战争的事情，战争已经结束了。他们耸耸肩。我说，战争就在不久前。他们摇摇头：没人想重复这创伤，也没人会去想它。我问，那他该被埋在这儿吗？他们看着地板，一言不发，再度耸肩。其中一人说，没人在乎。

在新西班牙，人们感觉历史已经结束，从前的敌人应被包容。新西班牙主要的建造者费利佩·冈萨雷斯和阿方索·格拉出身的这座城市，教堂不是敌人而是丰饶之物的其中一面，过往也不是缠绕不清、危险的存在，而是该被遗忘、耸耸肩甩掉的东西。但我还是为人们对塑像如此感动感到疑惑和震惊。我热爱他们那种渴望被打动、被征服的热情。游行及街上民风有着欢快的一面，但我并不知道，他们还有相反的一面。我买下复活节当天举行的本季第一场斗牛赛的票时，就该猜到这一点。

加泰罗尼亚人并不喜欢斗牛，虽然巴塞罗那有两个斗牛场，但它们是游客和南部来的人去的地方。每个人都说，要想在合适的气氛里看一场合适的斗牛赛，那你就得去南部。在巴塞罗那时我曾去过一次，但很快就离开了，除了残忍和鲜血，我看不到别的东西。现在，他们告诉我，本季第一场斗牛赛将告诉我什么是顶级斗牛赛。

傍晚六点三十分，斗牛开始了。凌晨夏令时刚调整，现在天还是亮的。此处人潮拥挤。没多少游客，大概三分之一的观众是女人。场上有三名斗牛士，每人会杀两头牛。开始了，号角吹响，骑马斗牛士骑着马绕场一圈。不久后第一头牛出现了。它围绕着跑道冲撞，好像因人群而困惑、不安。我以为没那么快，骑马斗牛士却已将长矛插进它的背部：突如其来的这一幕，没有任何冲突感或戏剧感。

它已受伤，我们能看到黑色的血从它背部漏出来。人群中有股沉默着的激动，牛开始无目的地乱跑，响亮的掌声才响起。现在你能看到这动物多么沉重，多么有力量。斗牛士让它靠近，将剑插入它的肩膀间，观众们似乎也了解、欣赏这种技艺。他戏弄它，先走开，再回来施展致命一击。马拖着牛跑起来，我周围所有的人都疯狂大叫。

第二头牛比第一头更为凶猛。它跑到马的周围，却没造成伤害。相反，它被长矛刺了，我能看到它背上的鲜肉，还有溅到沙子上的鲜血。马随之后退。我看着这受伤而不知所措的动物站着被斗牛士杀掉，人们欢呼、吹口哨，挥舞白色手帕。

我在其中看不出戏剧性，我和我周围的激动毫无共鸣。第三头牛出现了，斗牛士戏弄着公牛，喊着“嗨！啸！”来吸引公牛，然后跃开，让公牛撞到红披风上，观众们都很高兴。傍晚轻柔的光线之下，一切都色彩缤纷：赭色的沙子、斗牛士的金色制服和粉色长袜、红色的披风、黑色的牛，以及它背上粉色的鲜肉和红色的血，红黄二色的短扎枪插在它身上。

斗牛士开始炫耀。他在响亮的掌声中，将剑平放在公牛的头上，表示只要他想，他现在就能杀掉这头牛，随后便骄傲地走开。他又开始戏弄公牛，此时欢呼与喊叫全都停止，所有人都在沉默与敬畏中观看。我没法理解。他持剑奔向公牛，如同舞蹈中的一幕，优雅、决断地将剑插入，完成了动作。对我周围的人而言，这是真理的时刻。牛被拖走了，斗牛士昂首阔步地绕圈行走，满心骄傲。我想要离开。

观众们十分喜爱观看斗牛士挥舞红披肩怂恿受伤的公牛来到他身边的情景。灯亮了，颜色也变得深沉。燕子猛然飞过，在空中盘旋。他们杀掉了第四头牛，随后是第五头。其戏剧性在我看来稍纵即逝，也不强烈。一切迅速结束，并无太多冲突。最后一头牛狂暴地绕圈奔跑，用牛角撞击两侧的木头。接着它一动不动地站立着。灯亮起来了，所有的颜色都更为深沉。牛向马冲去，想要钻到它下面把它顶起来。斗牛士将长矛插进它的背部。它愤怒地吼叫，向马发起好几次冲击，却总是腹背受敌，逃脱之后，血从它侧腹流下。带颜色的短扎枪从它身体里穿出来，它向马冲去，它们却在它背后摇晃，刮出它的肉，显然让它痛得发疯。马向后退去、斗牛士向它走去时，它试图拱背想摆脱它们。它成功甩掉了其中一支短扎枪。

人们等待着杀戮，人群中再一次笼罩着沉默，一种警觉的沉寂。斗牛士喊着：“嗨！咿呵！”牛靠近他，他却冷淡地走开。我想，之后我可以穿越城市，回到圣十字区，在那些墙漆成白色、鲜花从走廊悬挂而下、光线微妙的漂亮广场中，找一个歇脚处。或许在这样的广场里坐一会儿，我现在所感到的抑郁会消散。

斗牛士将剑插入牛的肩胛骨中间。公牛在痛苦中嚎叫，但并未倒下。这两个形体对峙徘徊，斗牛士插进第二把剑，但公牛仍有一口气，人群咆哮起来。它就是不倒下。它终于要倒下时，看来更像要短暂放弃、但又聚拢更多勇气努力站起来。天色已经全黑，夜幕降临了。我周围有人离开，想避开最后的毁灭，仿佛一切只是碰巧和例行公事。这伤痕累累的动物站在环中，背上是鲜肉，血在涌出，在我们面前缓慢死去，而斗牛士穿着色彩明艳的衣服，在一旁看着。

第四章
魔　山

我开车出戈尔韦时开始下起雨来，过了一会儿变成倾盆大雨，汹涌猛烈如同永不终止。七月的最后一个周六，我正在前往梅约郡的韦斯特波特。第二天，全爱尔兰的朝圣者都会循例攀登克罗帕特里克山。这座圣山位于城外，可俯瞰克鲁湾。要是雨不停，还有风，那么攀爬就更困难了。

但我驶近韦斯特波特时，雨消停了，仿佛进入了新的气候，或者是新的季节。突然间，我就来到了繁忙的爱尔兰市镇，正值夏季傍晚，车辆拥挤，交通滞塞，人们四处闲荡，也有人去做早傍晚弥撒。我和两个朋友如约碰面，我们发现所有的宾馆都被预订了，必须驶出市镇才能找到个地方睡觉和吃早饭。

我们重回韦斯特波特时，购物者和做弥撒的人都已回家，此处现在全是年轻人，气温也还温暖。他们站在酒吧外，手持健力士啤酒，欢笑交谈，或在街头闲逛。年轻男女们都衣着得体，心情愉快。有些酒吧还有人演奏传统音乐。四处洋溢着丰足、安全、惬意的气息。你很可能会误以为这里很富裕。你要是不知道过去五年里爱尔兰因移民而人口剧减，单是一九八九年就有五万人离开了本有三百五十万人的爱尔兰共和国，那么你误识这夏夜集镇的气氛倒也不奇怪。不少村子一个年轻人不剩，还有不少足球队的全部队员都在一两年间离开，去了波士顿或纽约。

爱尔兰以前也面临过移民问题，不只是在十九世纪的饥荒，独立后也有。一九三一年到一九四一年间在爱尔兰共和国出生的孩子里，每五个里就有四个在二十世纪五十年代移民了。我出生于一九五五年：两年后，爱尔兰才加入世界银行和世界货币基金组织，三年后政府才颁布第一个经济扩展政策，摒弃失败的保护主义政策，向国外资本和投资开放。政策颁布的七年后，工业出口增长了百分之一百五十。

我就来自这希望的氛围。我生活的世界有免费教育、返家的移民、电视机，审查也减少了。即使二十世纪七十年代末期失业率上升，我也没想到人们会移民，我以为他们会相信国家的未来，耐心等待。但到了八十年代中期，移民潮再起，而且相当汹涌，像我在韦斯特波特的这个夜晚，我忍不住四处张望，我知道情况没看上去那么好，这里的许多年轻人都会离开，其中一些人只在假期回家，情况改善的可能性也不大了。

但你也可能会误读数据：你看到失业率上涨了百分之二十；你可能会被告知所有个人所得税都被用来付国债的利息了；你可以看看移民的人数；但有些人在爱尔兰过得很好，或许当晚我们在韦斯特波特见到的年轻人并不打算移民，而是会留下来继承父母和祖父辈所巩固的产业。十八世纪末，新的天主教阶层出现在爱尔兰——他们开设商店，教育孩子以进入专业领域，逐步扩展自己的农场规模，并取得对城里商业的控制。这个阶层十分保守谨慎。他们乐意将钱放到银行里，而不是冒风险。总的来说，爱尔兰的神甫都来自这个阶层。

一旦人口被恰好分成有产者和无产者，外部力量想要控制这个国家就很容易了。随着移民以及稍后于十九世纪末将土地移交给佃农的法规出台，来自无产者的威胁减轻了，这个国家也变得稳定但保守。其国民不安而恐惧，紧抓他们命运中的小小改善不放。

或许那天我们伴着飘浮在微暖夏日空气中的音乐，坐在马特·莫洛伊的旅馆外面的地板上所看到一切，展现出了新的信心，新的一代可以在周六晚自由逛荡，不带有与生俱来的恐惧或不安感。或许等他们老了，他们会经营自己的产业，也会带着父辈的谨慎生活。局外人很难对小社群下论断。

当晚我们还开车去了克罗帕特里克山山脚下的莫里斯克，还找到一间全是游荡者的酒吧，他们睡在大篷车里，环游全国，靠救济金和销售毯子、家具过活。数以万计（大概在两万和六万之间）的朝圣者第二天攀爬山丘时会需要粗制的木棍支撑。他们在酒吧外为卖东西的地盘争吵。酒吧里的气氛很紧张。喝酒的人会起身出去，看看发生了什么，又回来兴致勃勃地交谈。

他们达成了交易。一个高大的肌肉男游荡者抓起我们这儿的空椅子。我们没出声。

早上下起昏昏沉沉、不间断的毛毛雨，很快又变成小雨。我们坐着吃早饭时都在想，我们是不是应该等等，天气会不会好转。女店主告诉我们，通常情况下，你能从她厨房的窗户里看到远处的克罗帕特里克山，但现在你什么都看不见。我们开车到韦斯特波特，在宾馆酒吧间里喝起咖啡。我多备了双鞋，但并没有像样的雨具。我的朋友们也和我一样。

克罗帕特里克山山脚之外已经停满汽车，还有很多车正开往临时停车点。似乎没人担心雨水。有的人已经上了山，正在下山。我们花一英镑买了木棍，我看到一排人就像带色的溪流一样蜿蜒上山，最后消失在雾中。

根据传说，这里是公元五世纪圣帕特里克斋戒四十个日夜的地方。但人们认为，爬圣山的传统更为悠久，这是个异教传统，而后来被合并到基督教的历法里。也有人说，以前攀爬圣山还会伴随着盛大的节日，但神甫们中止了，现在这一天只用于苦修忏悔。

一八四二年七月的最后一个周日，威廉·梅克比斯·萨克雷就在韦斯特波特。他到莫里斯克探险，听说："正在上山的神甫们提醒，这一天不应该运动也不应该跳舞。"他厌恶朝圣的念头："真难想象，竟有一个宗教的神职人员会在这一天指挥这山上的人进行如此令人讨厌的自我牺牲。”

我们在自我牺牲的精神中启程。一开始还挺容易，和平常的爬山一样。有的人光脚爬行，但大部分人还是穿鞋的。雾气潮湿，地面不平整又浸水，爬着爬着木棍逐渐变得不可或缺。不久，我们分开了。我的两个朋友走到前头，加入了其他人，似乎消失在天边。攀爬变得困难，雨也下得越来越猛。一个光脚的女流浪者在她两个儿子的帮助下经过我身边。他们互不说话，看来只专注于爬山，脸上有一股强烈的专注。然后，昨晚在酒吧里拿走我们椅子的男人也超过了我，他也光着脚。我原以为这些游荡者只是来摆摊卖棍子赚钱的，但这一天他们中有好几人都在攀爬圣山，仿佛这是强烈的天主教精神中的重要部分。

萨克雷没有攀爬圣山，但他收到朋友的报告，得知上山路“陡峭、难行……数以千计的人光脚前往山上的‘站点’”。一百四十九年后，站点还在那儿，还会有指示语指导到达第一个站点的朝圣者“绕着石堆走七次，吟诵七遍《天主经》，吟诵七遍《圣母经》，还有一次信经”之类的事情。

过了第一个站点就什么都看不见了。山路变得陡峭，我只能看到眼前几码的路。急救队扛着空担架经过我身边，前面肯定出了什么意外。有人正在下山，一个男人经过我身边的时候笑着说，没多久我就能到山顶。

我身后突然传来一声喊叫。一开始我还以为有谁摔倒了，但我转身才发现浓雾已消散，我们能看到克鲁湾了——小岛呈灰色和银色点缀在灰暗的水中，浓雾在它们上方盘旋，而后又聚拢，再次封锁一切。每个人都转身观看，如同小型神启。我们又转身跋涉，地形也变得越发陡峭。雾气消除过好几次，从中透出的阳光照在海上，让大海显得就像是我们下方的一团金属，接着云雾又慢慢遮蔽这些风景。

我还没准备好登途的最后一段路。坡度很陡峭，也没东西可以搀扶。我每走一步，都会陷入一堆大而光滑的石头中。我在风雨交加中，手脚并用地缓慢前进。一个受伤的男人被扛下山，我向后退让担架过去。

大家对每一步都小心翼翼，确保不会跌倒也不会撞到他人。我们向上攀爬。我们根本看不见顶点离我们有多远。有时候我们几乎无法前进，根本没有立足点，移动身体只会碰掉岩石和石子，而你还是没立足之处。下山的人也尽了全力，他们将木棍插入前方的地面，让它陷入石头之中，再小心翼翼地滑下。如果你和他们目光相接，他们会鼓励性地微笑。他们不断告诉你，你很快就能登顶。

终于到达顶点，我精疲力竭，颇感愉快。所有的人，包括年轻人，都在专心做弥撒。不久后，许多人开始进行忏悔和圣餐仪式。我感觉很开心，十分愉快，所以我差点半心半意地向神甫说出我所有的罪孽，并获得圣餐。但我没采取行动，只是看着。人们爬圣山可不只是为了锻炼身体，此时此刻，我能看出这些登顶的人对朝圣极为严肃，他们画十字祷告，一起念悼词，当中还有不少青少年。年龄似乎没有影响虔诚的热度。

为何爱尔兰的天主教会变成这个样子？为何宗教改革没有作用？为何此处天主教信仰在年轻人中如此盛行，而其他地方却没有？一周前我去了梅努斯，那里建于一七九五年的天主教神学院和大学离都柏林很近，我在古爱尔兰系和一个叫慕依拉恩·尼布楚安的讲师就基督教怎么来到爱尔兰的问题谈了一番。

她说，我们对天主教来临前的爱尔兰知之甚少。凯尔特人没有建立庙宇，更倾向于在公开场合敬神。我们知道他们的信仰属于另一个世界，但他们似乎和公元四三一年和四三二年出现的第一批基督教徒没有冲突。早期的爱尔兰教会也不见殉道者。这两个世界似乎相安无事。比方说，圣高隆死于公元五九七年，有一首哀悼他的长诗显然就是异教徒所作。

她解释道，直到十二世纪中期，罗马教会系统才到达爱尔兰，这是重要事件。此前那些自己运营修道院的修道院长和僧侣传播了基督教。十二世纪前，没有中央权力，也没有主教教区。僧侣并未广布言论，也未和异教教士辩论，而是花时间复制手稿，写下异教时期的故事，将基督教义写入先前的事物之中，将男女神祇写成圣徒。有些僧侣前往遥远之地居住；而其他人则建立起赠款甚巨的修道院，在修道院中，修道院长和僧侣是地主和佃农的关系，权力则由父传子。每个修道院的规矩与规章都各不相同。

然而，基督教在爱尔兰从未被强行推广。新宗教并不由罗马教会的结构带来。基督教发展得很缓慢，旧的一套信仰也慢慢消退。五六个世纪后，基督教才成为这个国家的信仰，但使用的是本地语。它成了本土的宗教。它有机地发展，所以很难改变乃至消除。

她说，九世纪时曾有人努力改革教会，但毫无成效。然而，随着维京人的到来，爱尔兰东海岸与英国的联系变得更为紧密，英国正被罗马教会紧紧掌控，一旦都柏林的维京人转信基督教，重构爱尔兰教会的可能性也就大大提升。一一四二年到该世纪末，爱尔兰的修道院全都关闭了。欧洲的修会远道而来，他们不说爱尔兰语。这是爱尔兰遭受到的第一场、也是最关键的一场侵略，为此后诺曼人和英国人的侵略大开方便之门。它建造了社会的结构——教区，主教教区，修会，对侵略者而言这太有用了。爱尔兰完全属于基督教，并成为罗马教会的一部分，但相比起欧洲其他国家，其进程晚太多了。

克罗帕特里克山的顶峰上仍在下雨。我想，基督教到来之前，人们或许也会在夏日特定的某一天来到这里。我想象，基督教到来之后，前基督教的仪式也仍继续。相互竞争的两种宗教似乎并未争斗，编年史上也没有记载哪一天克罗帕特里克山就为基督教占据。很可能异教和基督教的仪式作为同一事物的一部分继续进行，而异教仪式慢慢就消失了。

我四处张望。又一场弥撒开始了，有人下跪，有人排队忏悔。祈祷者严肃地念着祷文，献祭仪式到了，人们不顾下雨，鞠躬下来。

我启程下山。山顶上的迷雾已经散去。海湾小岛上的云翻涌不息，突然冲出一缕阳光，仿佛黎明就要穿越大海。

下山第一步总是很难。如果有谁推你一把，你就会跌倒，而且没东西支撑。当天已经发生好几起事故了。你得小心每一步，利用木棍支撑，从最好的方面着想。走出石堆后，我知道自己已经走出了最糟糕的地区。现在已是下午。登山用了三个半小时。还有人在上山，但大多数人都在下山。

当天，克朗弗特主教约瑟夫·卡西迪博士穿着主教教袍站在克罗帕特里克山山脚下。他看起来如同我一直在思索的东西的一部分——他是罗马教廷的人，穿着正式的教袍，有教养，来自十二世纪外力强加后才出现的主教教区。他看着朝圣者从雨与圣山的准异教式邂逅后下山。他解释道，他无法爬克罗帕特里克山，因为心脏不好。他便在此等待，热情地和每个人打招呼，同时被他人打招呼。他和蔼地看着我们，和每一个走近他的人交谈。有那么多人愿意攀爬克罗帕特里克山，他似乎感到很满意，也很高兴地主持这场活动。

第五章
人群与权力

欢呼之声远远传来，随后便是旗帜狂舞。喊叫声越来越响亮，在修道院四周的石墙内回荡。教宗抵达之时，下面已有上百万的年轻人留心等待教宗出现。站在修道院的墙上的神甫，看着教宗专车出现并缓缓穿过人群驶到下方的天然圆形剧场上，鼓起掌来。

此时是一九九一年八月，这可能是教宗最后一次访问家乡了。他已年老体衰，过不了多久这些费力的旅行就承受不起了。前些天，他才拜访过他父母的坟墓，还有他在瓦多维采的故乡。他走向临时搭在光明山修道院的墙上的祭坛，此处是琴斯托霍瓦的黑圣母教堂所在，是波兰的精神首都。

他穿着完美无瑕的白衣，缓慢行走，他的随从紧跟其后，保安人员也寸步不离。走完最开始的十步后，他来到一个平台上，犹豫了一会儿，好像走不动了，然后他带着奇怪而忧郁的表情，混杂着困惑与权威，转身看向人群。射灯光束打在他身上，他的脸填满了大屏幕。他站立着，白色法衣与褐色地毯形成对照，光影交错下他的脸显得很活泼。他看了一眼下方广阔的人群，但没挥手，也没做手势。他似乎为眼前的景象感到惊讶，不确定要做什么。然后他再度转身，动作缓慢，仿佛可怖的重负仍压在身上。他并未直线行走，而是在深度的幻想与沉思中左右摇摆，然后转身挥手，用余光将群众摄入眼中。这强与弱的结合、权力与重负的结合，让人迷惑，影响了人群，影响了我们每一个人。

前一天我飞到华沙，在天主教新闻处拿到了许可证，站在火车站里等着开往克拉科夫的火车。震惊的感觉再度出现了：我来到了欧洲大陆，巨大的时刻表挂在售票亭上方，排满到列宁格勒和巴黎、布拉格和莫斯科的车次。这是个灿烂的下午，我穿越宽广肥沃的波澜平原向南到克拉科夫去，一路上仿佛在看十九世纪田园画的场景。几乎看不到任何机械设备，让人觉得精疲力竭的辛劳从黎明破晓到夜幕降临都不停歇。如此这般还得持续多久？我们经过了一群群房屋，外有猪栏鸡窝，单车停靠在棚上，夏日衣服晾在绳上，我们仿佛被困于集体化时代与欧盟管治之间的扭曲时光中。

所有的记者都待在克拉科夫边上的现代宾馆里。载我们第二天跟着教宗走的大巴将在早上五点出发。大堂和接待室里已经满是传真机、电传机以及摄像机。神甫们如同公务员一般，忙着发布新闻和新的指令。我走进城市里，再一次来到教宗在今天早些时候进行弥撒的中心广场。平台还没被拆除，先前放在祭坛周围的鲜花和花环也还在，但铺在木阶梯上的毯子被取走了。

天已经黑了。人们爬上阶梯，来到教宗曾在的地方；人们举高孩子让他们看清祭坛和广场的风景。他们开始取走纪念品，随便什么能放到手上的东西：花朵、植物、标语、祭坛的某一部分。我坐在阶梯上看着他们搬走能拿走的一切，直到紧贴着广场中心旧市场的一支爵士乐队让我分心。我走过去，加入站着聆听的人群。他们演奏好几种乐器——鼓、吉他、萨克斯风。他们全都留着长发，要是在二十世纪六十年代末的美国或英国他们或许就是嬉皮士。他们绝对不属于若望·保禄二世的波兰。就连他们演奏的音调都是美国式的。

我只看了一小会儿，但当我转身，后面的平台上已经没人了。相反，一个持械守卫已被派到阶梯下方，静静地阻拦掠夺纪念品的行为。人们早已迅速离开，秩序恢复了。就好像军队里的人打了个响指，虔诚之人就四散了。军队仍未失去力量。

早上，大巴载着我们沿着狭窄的乡间小路从克拉科夫前往瓦多维采。同行的还有一群波兰神学院学生，他们坐在远离新闻记者的位子，沉默寡言，态度冷淡。我们到了瓦多维采的一座新的教区教堂，丑陋的谷仓结构，前方还有一个大广场。在广场四周等待的全是显要、乐队和合唱团，尽管如此，这一幕还是有质朴之感，让人感觉置身于无钱无势、狭小无谓之地的边缘。因而那种“这是个重要日子”的感觉洋溢在空气中，人们脸上满是喜悦，期待的气氛四溢，人们推推攘攘，以求在教宗来临时能看得清楚。

其中看上去最为激动的，或许是乐队和合唱团的指挥。这是他们的节日。就在我们的看台前方，一个头发浓密、戴眼镜、严肃的高个子男人正在指挥男女儿童合唱团。从一开始他就十分严肃地看着他们，挥动手臂，他们开始歌唱。我们很难知道，他手臂的动作是否真能影响他们的声音。在我看来，他的眼神或许更有力，似乎他只需轻轻一瞥便能辨认出谁没有尽全力。尽管如此，他的指挥还是很有能量，指向某一组，他们便唱得大声，将手往下压，其余人便降低音量。然后他在空中狂放地挥舞双臂示意，让合唱团开足马力。

教宗到达，人们欢呼鼓掌，挥动标语。“啊，我的故土，啊，我斯卡瓦河畔的故乡，这是我第一次聆听入教宣誓的地方。”他演讲时，我能看到他身上那强与弱的结合，这也能在战前他还只有十几岁时在这座镇上拍的照片中看到：他嘴上的倔强反衬眼中的软弱，表情稳重而无畏。显然他喜欢摄像机，也知道如何让脸迎合光线。他的脸上也总有一种悲伤感，似乎他见得太多，也知道得太多。

“二十岁的时候，”他在一次采访里说，“我失去了所有我爱的人，当然还有我可能去爱的人，比如据说在我出生六年前就去世的大姐姐。我进行不了我的第一场圣餐仪式，因为当时我母亲去世了。”在他那宗教化的家庭里，女性是缺席的，只是用来回忆、后悔的形象，而不是鲜活的肉体。他二十岁时，父亲和兄长也去世了。

和之前的教宗不同，中年时的他不必涉入罗马教会的日常政治。波兰没多少内部争执和自由化浪潮。一切都很简单：教会和国家是好的，政权是坏的。波兰天主教没有时间怀疑或胆怯。成为教宗之前，身处克拉科夫的卡罗尔·沃依蒂瓦①曾下苦功研究人类的性。“我们必须赞美性，”在一次布道中，他说，“因为，正是通过性，我们认识到生命的意义。我们的天性自能认识到我们是‘孤身一人’的，并不断追寻我们的身份认同。在交媾之中我们也承担了伴侣身上的部分孤独，也正因孤独，我们能发现存在的真谛。”

对卡罗尔·沃依蒂瓦而言，性爱并不如他的同侪看来那么邪恶。正因他将性爱放在中心而显要的位置，他也就不赞同终日纵欲；相反，性爱只有在特定场景下才能被激发。他甚至不支持在婚姻中频繁性爱。若望·保禄二世看待性与性爱的文字大都隐晦而学院腔，是写给少数天主教神学专家和神学院学生看的。他死板地对待诸如“天堂中是否有性爱”（天堂里没有）或复活之后我们的身体是否会保留性征（会）的问题，这些观点是在教会中无人反对、争辩这类事情的状态下形成的。

① 卡罗尔·沃依蒂瓦是教宗保罗二世的本名。

教宗对着他的信众讲起他在瓦多维采度过的青年时代，讲起他如何和犹太人交朋友。他念了一段犹太同学寄给他的信。他说，现在瓦多维采连一座犹太会堂都没有。他说，他知道战争是什么样子，他有权利去讲述战争。战争是他生活的一部分。

在最后的悼文里，他提到了饿死在奥斯维辛的圣国柏神甫。他以召唤圣母的方式开场：“您，啊，圣母，也会被祝福，在失贞的神秘之中——你，老瓦多维采教区的守护圣徒，的确将圣母处女失贞的秘密带到了这里。用您慈爱的存在填满这教堂……教授他们基督的知识——就像您曾向我揭示基督的奥秘、他的高贵和无上的尊严。教授他们基督的知识——就像您向您的骑士马希连·马利亚所做的那样，对于他在奥斯维辛的死牢中殉道的记忆，更新了今日的耶稣之道。啊，圣母，教导我们基督的知识！”

因此，清白的女人将我们引向上帝，正如殉道者以其苦难更新我们的信仰。对于当日瓦多维采的聚众而言，这正是其天主教义的核心：圣母马利亚的神力、其仁爱之中的纯洁，以及作为圣徒殉道的重要性，这是国家良心的代表。

我们坐在大巴里，沿着狭窄的乡道，从瓦多维采去往琴斯托霍瓦。过了一阵，我望向窗外，看见了奥斯维辛的路标。在此处看来，它不过是一处寻常之地的路标，另一个波兰乡村，但出现了好几次后，它看来就有些古怪可怖了，波共竟然没有更换它的名字，也挺奇怪的。但车上没有别的人留意到它。

我们整个下午都在坐车。神学院学生们和记者们仍保持距离，好像在避免和我们发生接触，似乎这是他们所受的庄严指令的一部分。我们想问有没有什么地方可以停下来吃顿饭，他们则指出，他们也没吃饭。这群人真粗鲁。到了下午，每个人都饥肠辘辘。快到琴斯托霍瓦时，我们还碰上堵车。我们可以看到通向城市的双行道堵了好几英里。坐在大巴前面位置的一位神甫走出去和警察交谈。从琴斯托霍瓦出来的道路另一侧没什么车。警察指引司机开过道路中的白线。我们开始在错误的车道上全速前进，还有警车开道让所有开过来的车开到旁边的路上。教会和国家合力将记者们送到琴斯托霍瓦。

新闻处没有饭菜，也没订好过夜的地方。他们解释，现在有一百万人挤在这个小镇上，有的人走了好几周才来到这里。我在附近找了一家比萨店，我吃了个比萨，喝了杯咖啡，出发前往光明山修道院。人群仍陆续到来，教宗井然有序的队伍背着背包，呈直线行走。在修道院高墙之下的圆形竞技场边缘，稀疏的树林里帐篷林立，年轻人在阳光下四处躺着。

漫长的等待开始了。新闻处有通道前往修道院，我们可以在红衣主教和主教缓慢聚集的地方附近，从上方俯视人群。我站着看了一会儿，发现自己又饿又累，便转身进入修道院，走进人们在安静祈祷的教堂。我坐下，享受这宁静、孤独以及昏暗的光线，并注意到我左边的墙上满是细小的银色物体，好像珠宝一般。我前去细看，发现它们被贴在从墙上铺下的金属丝网上。一开始我还不知道这些是什么。后来我看见蚀刻在银子上的细小的眼睛、腿和胳膊。这是相信能通过黑圣母的说情被治愈的人留下的。还有别的形状，耳环大小的银件，有的刻着心形，有的则是婴儿的形状。还有一些银器什么都没刻。教堂的墙上饰满了这样的物件，这是对恢复与痊愈感恩的象征，是人们对黑圣母神力的致敬。

教堂外，万事俱备，只等教宗来临。所有的合唱团都已就绪，主教团也已入座，摄影师和主播们争抢视线良好的位置，在我们下方，修道院的墙和树木之间的宽广空间里，尽是拥挤人群。他本应在五点半到达，但迟到了，每当谣传他就要来时下方人群都会欢呼，等待也因此变得焦虑。我拿着一个小收音机，他们告诉我，只要调到合适的频率，就能听到英语同声传译转达他所说的一切。

当晚的六个小时里，教宗坐在祭坛之上，射灯光束打在他身上。有一段时间他在宝座上用手按住了头，仿佛在独自祈祷沉思。他一动不动，似乎不知道我们就在这儿看着他。这太有戏剧性了。所有人都看着他，被这公开隐私的场面所打动，被纯粹的无畏打动。

他开始演讲，先欢迎所有的朝圣者，念出了一长串国家的名字，还特别提到了俄罗斯“从奴役中走出”。太滑稽了。西班牙人的欢笑比其他人都要大声，他向上看看，也微笑了。他就像一名向着爱国大众列举村镇的名字、寻求选票支持的政客一样。他念出这些名字，接着问他们是否知道塞拉利昂和斯里兰卡在哪儿。说到美国时，他用波兰语问：“你们知道这个国家在哪儿吗?”人们还没来得及回答，教宗便轻声细语地回答：“或许再了解不过了。”

夜幕彻底降临后，歌声响起了，射灯的灯光让祭坛的色彩更为立体丰富。同样的赞美诗被翻来覆去地唱，竟像是此刻的圣歌。其中一些缓慢梦幻，还有一首声调异常优美，它每次出现，人们都会挽起手臂一块儿唱，还会来回摇晃，形成人浪。修道院的墙内，上百万人加入这不断增强的音乐，这场面实在壮观。甚至第二排的主教都拉起手歌唱，唯独前排的修道院院长们僵硬地坐着。

中途停止了一会儿，但修道院里没东西可吃，我也不知道我能在哪儿睡觉。有人说，莱赫·瓦文萨将和妻子达努塔在修道院里过夜，她将成为光明山修道院自中世纪建成以来第一个在此睡觉的女性。越来越冷了，我在想，没有睡袋或保暖的衣服的话，我能否躺在草丛或者公园的板凳上。

教宗回来后，他的声调变得更为阴沉。不再有玩笑，不再有欢笑的机会，他也没再念出国家的名字。从他走路的方式、脸上的表情、手上的动作来看，他莫名改换了气氛，从摇滚演唱会调转到八月十五日[①]前夕的庄严祈祷。一群年轻人背着一个巨大沉重的十字架走上阶梯，放在祭坛之上。人群紧紧地拥挤在一起，大屏幕则方便了那些看不清祭坛的人。

不同国家的代表念出祷文时，他再次将手放在脸上坐着。合唱团唱起乌克兰国歌，乌克兰代表们走上台阶，为他送上礼物，他抬起了头。一个苏丹女孩走上去，读了一段祷文，提及她们国家天主教的困境。就要念完之时，她突然转身跳起，跑上阶梯，疯狂地朝教宗所坐的地方跑去。每个人都能看见她，大家都喘着气。她跑了两段楼梯才被保安按住。他们将她双臂按在背后，让她疼痛，并将她拖走，教宗就坐在他的宝座上看着一切，脸上满是警觉，表情十分专注。人们开始大叫和吹口哨，呼吁保安放了那个女孩。她说话的时候是多么纯洁真挚啊。显然她并非图谋不轨。教宗站起来，朝她做了个手势。保安犹豫了一下，让她奔向教宗，拥抱教宗。她用手臂抱住教宗。

祈祷、仪式和颂歌连绵不绝。教宗站起来说：“这次守夜，大家充满感情和热情。我亲爱的年轻朋友，亲爱的男孩女孩，我希望能让你们注意到三条准则：‘我在’‘我记得’‘我看’。”他先是揭示了“我在”在《圣经》中的用法，接着说：“亲爱的朋友，你来到了光明山的神殿，‘我与你同在’的呼唤被吟诵千

---

① 即圣母升天日。

年。现代文明，你身边的世界，已经将‘我与上帝同在’的意识削减大半。它试图假装上帝不存在……亲爱的朋友，你来到了这里，是要从心灵深处寻求并确证，‘我在’与上帝的关系。看着这十字架，上帝的‘我在’即意味着‘爱’。看着十字架，不要忘记。”

他接着就“我记得”和“我看”布道。“在光明山修道院，我们通过圣母神像，与圣母同在。她的‘我看’就体现在母亲的态度之中。她的一生、她的天命，就是通过看而被表达的……这意味着从基督诞生之时就看着他。教会和她一起履行母亲般的看。在世界上的许多神殿里都能看到这样的标记……此刻在这片土地上，这个国度里，我们所在的这个地方，整个世代都与这种意识共同生活。她从此处，从光明山的神殿，看着整个国度，看着所有人。尤其是在困难的时刻，在审判与危险之时。

“‘看还意味着注意到另一个人……看意味着爱邻——这是人类团结的基础。’这些话我在光明山修道院与年轻人的聚会中说过。那是波兰困难的一年，一九八三年。我现在将这些话再说一遍：‘我在’——‘我记得’——‘我看’。”

这并不是我所熟悉的宗教，如同那些刻入银子之中的形体，它们是过去的一部分，我却难以定位。这歌唱、色彩以及言辞的魅力，让我想起了童年时我在教堂中体会到纯粹之满足的奇异罕见时刻。

教宗没有提及性爱与罪愆。他没有恐吓我们。他的言辞变得更具建议性，时而富有诗意。我周围的记者和摄影师全都为下方身处黑夜中的群众打动。音乐变得更为响亮，那首我很喜欢的赞美诗再次响起。教宗站着用拉丁文祈祷，然后独自沉默等待。已历经漫长的一天，他的存在仍显神秘和具有超凡的魅力。他所在的教会那些无聊的问题，与这聚会的规模及表现出的精神，稍作对比便显得毫无意义。他看着一切，表情悲伤、脱俗而又困惑，但他还是维持着他的力量与权威。

现在已近午夜。早上还会有弥撒。我饥肠辘辘，渴望睡眠。我仍沉醉在这人群与力量的画面中，我站在修道院高墙的边缘朝下望去：教宗离开了，但是年轻的朝圣者仍在原处，仍在歌唱和摇摆。我站在走道里面对着黑夜，等待着破晓。我走到记者大巴处，等它将我们载回市中心。一个波兰摄影师走上前来，在我身旁坐下。他很年轻，可能十几二十岁，十分友好。他说英语时带着美国口音，也有美国人的习惯，会在说话时耸肩以示他不在乎。他说，他今天活儿干得不错，因为西方摄影师将他们的镜头借给了他，他自己只有便宜的基本款。他微笑了。他很放松。他要待在哪儿呢？我问他。他说，在一个朋友家。他想，如果我想要待在那儿，应该也不会有问题。

当晚，上百万年轻人成群结队地四散，寻找睡觉之地。我们则穿越这座城市。我将神学院学生的事情告诉了年轻的摄影师，讲到他们多么冷漠，多么不友好。我问他是否认识神学院学生？他说没有。他们全都来自小乡村里虔诚的家庭。城市没人会成为神甫。他说，他认识的人里没人动过这样的念头，即使他的家庭如同所有的波兰家庭一样虔诚。

我们赶上有轨电车，在一条满是密闭、高耸、森严的公寓楼的大街下了车。拐了几次弯，我们来到一条巷子，巷子直通一座自成一体的庞大的十九世纪三层大屋。应门的年轻人用流利的英语欢迎我们。

屋子里全是为教宗到访而来的年轻人。我被带到一个大房间角落的床垫处。摄影师也睡在此处，他会在早上叫醒我，以便早早赶到记者台，保证好的视野。

天色微微破晓，他叫醒我的时候，我觉得自己压根就没睡着。他说，我们必须出发了。此时正是严寒，屋子里也没有热水。我们在路上吃了早餐。在大街上行走的时候，他告诉我，他爱教宗。所有的波兰人都爱他。

九点钟，教宗到来，开始进行弥撒。这一次走上阶梯时，他用曲柄权杖支撑。这个早晨明亮而温暖。阳光变得强烈，有的主教和红衣主教身后会有人撑起黄色或白色的太阳伞。一位神甫走过来向每位记者解释，仪式之后会有一场重要的新闻发布会，所有的记者都要参加。一位本地记者让我别管他：发布会无非是解释，瓦文萨夫人并未和丈夫在修道院里过夜，虽然先前有报道和谣言，但将女性拒于修道院墙外的长久传统还是被保持了。

他的布道依旧是哲思性与诗性的，有时还挺隐晦。讲到了福音书的结尾，教宗用戏剧性的手势举起了《圣经》。如果你对这宗教一无所知，那么它会具有奇特的引力，十分引人好奇，这仪式是如此具异国情调，似乎将美丽与气氛——色彩、诗意、音乐、布置置于一切之上。有人告诉我，也有一些苏联时代的团体在此，他们对天主教一无所知，纯粹出于对教宗的崇敬而来。我很好奇，他们离开后，是否会如早期的门徒一样想要去传播福音。

教宗进行献祭，下方是彻底的沉默：他举起圣餐，再举起圣餐杯，上百万人都鸦雀无声，好几分钟里，人们只有沉寂与敬畏。接着，他用拉丁文念起《天主经》，他说，正是拉丁文团结了欧洲。到了弥撒结束之际，他再次从神秘而有权力的君主形象转向了幽默、诙谐、慈爱的形象。他用各种语言道别，还表达了他的惊讶：用波兰语念出西班牙时，西班牙人竟然能认出他们的国家，在下方欢呼。他还特别祝福了古巴青年。他说："我每天都为你们的国家祈祷。"他走到平台的边缘，指向树林那边的观众，他们只能通过大屏幕看见他。"为这些人感谢上帝。人们有时会诋毁电子屏幕。今天我们必须全心全意感谢屏幕。"接着歌唱再次响起，人们挽手摇晃。他微笑着朝人群挥手，转身缓缓走回修道院。

走出去的路上，我向下俯视其中一个回廊，参加仪式的十二个红衣主教和两百多名主教正被一群修女脱去长袍。不少人聚到我身边一同观看。高级修士从祭坛走下后，站着将双臂举到空中，让两个修女除去他色彩丰富的法衣，她们将其拿到长衣架上挂起，而这些教会骄子身上只着黑衣，头发蓬乱。这如同看演员在表演后回到后台的情形，他们所有的魔术都被潦草消除。修女们敏捷地走动，好像在向教堂里的长者表明，她们不会乱来。

我行走在拥挤的城市中，到处都是在正午阳光下伸懒腰、打呵欠、收拾行李的年轻人。火车站里站满等车去华沙的人。有人说，不必排队买票了。不需要票。所有人都可以免费回华沙。

第六章
最甜美的时光

一九九二年三月一个普通的周日，斯德哥尔摩满街都是购物者。人们在设计师的店里打量着灯、沙发、碟子、厨具、床，用他们专业的眼光审视其结构及质地。咖啡馆提供不同的咖啡和精美的巧克力蛋糕。二手书店的书架上摆满了二手艺术类书籍，这些书店还都有一个英语专区。我什么也没买，只是看着人们休闲消费。

前一晚我在城市里闲逛。老公寓里的人不会拉窗帘，当你走近，你会看到明亮的灯火、植物、精心涂画的墙、书架、画，还有加框的照片。这是个安定的布尔乔亚世界，一切都在舒适的状态。所有的物价看来都是爱尔兰的三倍有余，连电影院都不例外，但酒吧更甚。我怀着兴致观看这一切，也知道自己很快就要进入一个电动搅拌机、微波炉和冰箱只能成为人们的梦想，布尔乔亚理想仍在襁褓之中的新世界。

即便在周日，斯德哥尔摩也有商店开门。

市中心火车站附近的摩登百货商城里，人们在试穿衣服，从一间服装店逛到另一间，审视着新的花样和不同的式样。渡船在当天五点就离开斯德哥尔摩前往爱沙尼亚的首都塔林。在黑暗的侵蚀下，它驶过港口狭窄的水道，穿过一些只有一两间亮灯的小屋、几株秃树的小岛。它会在早上九点到达。

尽管我来自都柏林，这寒冷也是种崭新的体验。比起爱尔兰的寒冷，它更为凛冽、凶猛、真切。甲板上的寒冷几乎让人无法忍受。大多数人都留在室内。我旁边的那群人说话带着美国口音。我们将手肘靠在栏杆上，看着外面的小岛。其中一人告诉我，他们是前往爱沙尼亚的浸信会教友。他说，他们住在斯德哥尔摩外，现在波罗的海诸国都已开放，他们也时常到塔林及爱沙尼亚的其他中心城市开设学校和教堂，他们希望最后能搬去那儿。

渡船上有两间餐厅：一间是给那些手持硬通货的人吃的，位于走廊尽头的另一间则留给其他人。硬通货餐厅的菜单上印着字体花哨的法文单词。它还提供有五道菜的晚餐。而另一处连菜单都没有，只有一个自助柜台。我吃了香肠、德国泡菜和土豆粒。这顿饭价格还不到一美元，但帮助吞咽食物的啤酒一听就得两美元。软通货餐厅里的气氛十分沮丧，就连灯泡看上去都十分廉价。

我和一个爱沙尼亚男人共处一个客舱，他的英语水平足够让他说清他是在斯德哥尔摩做生意的。免税商店开门的消息传遍了客舱，一条长队逐渐出现。我看见我的舱友站在队中细察一瓶烈酒。接下来的几小时里，爱沙尼亚乘客和少数瑞典人还会在免税商店里出没。他们就算已经买了东西，也还是要走进去看一看，研究一下销售中的货物，拿起瓶子和纸盒，以奇怪的热情把玩它们。

我走到正播着迪斯科音乐的酒吧喝了一点啤酒。坐在我旁边的年轻人告诉我，他是商学院学生，获得了一笔奖学金，在斯德哥尔摩学习西方做生意的方式。他们家在战前拥有一座磨坊，现在他们有可能会将它要回来。他的英语不错。我问他，他是否觉得斯德哥尔摩物价很高。他叹了口气。他在一间宾馆里待过，账单是由一个瑞典基金会支付的，但他知道，一晚的房价是他家里一个月的收入，甚至更多。他没法适应。一开始他不忍心花钱，但很快他就只以西方的货币面额来想物价，便觉得可以接受。他会买咖啡和公交票，但宾馆的价格对他来说还是太高了。

早上，我们来到了塔林。我打算将一百美元兑换成卢布，但银行似乎觉得一百美元太多了。我换了五十美元，兑成一沓钞票。我乘坐出租车来到市中心旁边一个现代怪物般的宾馆，将背包扔下，回到城市里逛荡。这里比斯德哥尔摩还要冷，寒冷集中，直钻双脚、双手和鼻尖。

市中心一处荒废之地，一则标语用四种语言写着："一九四四年三月九日的傍晚到深夜，塔林被苏维埃空军轰炸，百分之五十三的居住地被破坏，将近两万人失去家园，四百六十三人罹难，六百五十九人受伤。”我正驻足观看，三个穿着大衣、可能是建筑师或考古学家的男人走到了废墟中。显然这里曾是他们的家园：你可以看到地下室和陈旧的管道。其中一个男人拿着地图，凝视浸满水的洞穴，有规律地查看手中的地图。不久，一个四十出头、戴着黑色贝雷帽的女人加入了他们。

我走近他们，询问他们能否说英语。那个戴贝雷帽的女人犹豫地说她能说一点点。她解释道，他们是为市政当局工作的建筑师，她还骄傲地说，他们刚打赢一场战役，阻止一个美国贸易中心建在这里。苏维埃统治的年代，这里是个公园。一九四四年的轰炸从不被提起。现在他们想要重建老建筑的外观，这是重建老城区的总规划的一部分。

她自称叫梅·卢默。她让我先等等，她和同事谈完后带我到城市里游一圈。她先带我去看三幢华丽庄严的建筑，它们已被瑞典、芬兰和德国人买下作为大使馆。此时它们还只是空壳，有待建筑工完成结构工作。市中心看来并没有苏维埃建筑乃至十九世纪建筑的痕迹。中心广场就像丢勒的木版画。路上几乎没有车，也没有停车场，只有几个购物者在闲逛，此处就像是宽广的市集。广场上的每栋建筑都有不同的风格。药店——梅·卢默管它叫“apotek”，建于一四九〇年。她想，这也许是欧洲最老的药店。屋顶的形状看似中世纪的风格，但没被自觉保护起来，它仍在使用。梅·卢默说，将来它会被保护起来的。

在独立的爱沙尼亚，塔林会成为宝石，甚至宝石陈列柜。

我们在六点再次相遇。她说，今天是三月九日，是个重要的纪念日。人们会聚集在旧城，也就是我与工作中的工程师相遇的地方，点燃蜡烛，放在曾被毁灭的房屋附近，并在冷风中聆听男声合唱团歌唱爱国颂歌。他们中的年长者还记得轰炸，还能理解促使爱沙尼亚人在二战时支持德国的复杂动机之网。教堂钟声定时响起，合唱团开始唱《上帝拯救爱沙尼亚》。天还是很冷，人们都戴着皮帽。有些老人则从窗户中看着，并点燃一支蜡烛。在苏联政权下，纪念活动被禁止，周年纪念被无声埋葬，但过去三四年，它又重现，不以大众游行，而是安静活动的方式出现。

梅·卢默邀请我到她的公寓共进晚餐。我想她只是出于自然的礼貌和好客，但她或许也同样感到有责任向我这个来自爱尔兰这样的小国家、有可能理解爱沙尼亚形势的作家解释现在发生了什么。从我的宾馆能走到她家，这是座建于战后的复合建筑。它的外表肮脏不堪，就像是战后东欧集团匆匆建起的，但走到里面却觉得温暖舒适。梅·卢默的丈夫也在，他是个高个子，看上去像北欧人。他们两个儿子将近二十，都在学习音乐，女儿更年轻。餐厅旁边的房间装满了书，让人感觉这个家庭十分讲究教育和文化。他们的孩子都在学习英语，我们在餐桌旁聊天时，他们被要求认真聆听。我想，他们夫妇俩都可称为爱沙尼亚民族主义者，尽管他们自己不使用这个词：他们为自己的国家骄傲，国家从苏联中独立出来，他们也感到如释重负。他们就像我在前往波罗的海的旅途上遇到的所有人一样，说话非常热情，仿佛之前没人听说过他们的故事。

他们说，斯大林吞并爱沙尼亚的时候，爱沙尼亚百分之九十都是爱沙尼亚人，只有百分之十是俄罗斯人和芬兰人。他们继续说（我们正在书房里，主要是梅·卢默的丈夫在说话），每一年都会有成千上万的俄罗斯人来到爱沙尼亚，现在这个国家里百分之四十是俄罗斯人，而在塔林比例高达百分之五十。再算上塔林那些年轻的俄罗斯人，接下来几年，俄罗斯人很可能会涨到百分之六十。

梅·卢默和她丈夫告诉我，那些人认为自己在俄罗斯。他们不理解形势已经改变，他们现在是在爱沙尼亚。议院裁定，如果你受雇于商场或办事处，有人前来，你必须以对方的语言交谈。俄罗斯人不同意。法律并不见效。梅·卢默的丈夫指着我说，然而，这两年塔林出现了一个颇为有力的俄罗斯游说团体，叫“争取平等权利”。在一百零五个国会议员中，有二十到二十五个人属于这个所谓的俄语团体。

梅·卢默说，他们不理解，爱沙尼亚人已经在这里待了五千年，十六、十七世纪间更是爱沙尼亚文化的黄金时代，当时爱沙尼亚被瑞典控制，但波罗的海挡在他们与统治者之间，他们还是得以发展独立的文化。塔林的第一所中学早在四百年前就建立了，而第一所大学建于一六三二年。但俄罗斯人却认为所有人都应乐于使用俄语，归属俄罗斯文化。

只有一样东西是俄罗斯人拥有而爱沙尼亚人需要的，那就是石油，她丈夫说。没有了俄罗斯的石油会很艰难，但也不至于绝望。斯堪的纳维亚国家会伸出援手。显然，梅·卢默和她丈夫将斯堪的纳维亚人看作文明开化者，而俄罗斯则是黑暗、异域、某种程度上野蛮的存在。他们怒于俄罗斯人对波罗的海三国了解之少，以及他们在学校里学到的东西：他们将自由与文化带到了爱沙尼亚、拉脱维亚和立陶宛。最后，根本没有爱沙尼亚人会支持新的联邦。不再有人学习俄语了，即使学校也是如此，百分之七十五的学校都转教英语。

他们说，俄罗斯人太多了，我们没法同化他们。这是文化的问题。他们讨厌爱沙尼亚。他们生活在隔离的社区里。他们的许多人在核工厂里工作。两千个工人全是俄罗斯人，他们为核电站建造反应堆，但俄罗斯不再运来原材料，这些人大都没活儿干了。这些工人因失业谴责爱沙尼亚的分离，并且觉得一旦他们可以返回俄罗斯母亲的怀抱，一切都会变好。

但对梅·卢默和她丈夫而言，离开俄罗斯母亲、恢复爱沙尼亚及其文化的骄傲反倒是首要之事。他们觉得俄罗斯人不会成为爱沙尼亚新公民，也看不到爱沙尼亚和俄罗斯双重国籍的可能。他们并不认识俄罗斯人——觉得这想法很荒谬，觉得与我有共通之处，如对书和文化的兴趣，还有对英语的使用，在苏联时期，他们从不会与来到他们国家的外来者共享这些东西。

第二天早上七点，我坐火车从塔林到立陶宛的维尔纽斯去。路途长达十三小时，在最开始的四五个小时里还没有暖气。车厢中的另一人是位来自维尔纽斯的年轻女士。我们绝望地试图和对方交流：她的书好看吗？我的书好看吗？她冷吗？我需要茶吗？别让俄罗斯女人卖毯子给你，她只要美元，会多收你的钱。最后，我们都沉默下来，睡了一会儿，又被火车的咯咯声扰醒，起来读书，试图通过肮脏的窗户看到我们正在穿越的广阔肥沃平原。田野被冰雪覆盖，直到中午艳阳高照。火车的加热系统也恢复，车中多了几分暖意。

我们经过了不少与世隔绝的屋子，这些上过油漆的木屋有着镀锌的屋顶，还有小果园，小鸡在旁奔跑，树木投下阴影。我没看到车。要是有人对我说，这里是欧洲最后的封建社会，而非直到不久前还被苏联控制的地区，我很可能就会相信。这里没有科技或集体化的痕迹。一切看起来都是如此传统、原始。

我这位来自维尔纽斯的朋友不希望我在车站打车。一整天她都在保护我让我远离那些索求美元的人。她和我一样讨厌火车上的茶和食物。她得知我住在哪儿后，陪我坐上电车，走过几条街道，将我送到居所门口。

这家宾馆建于世纪之交，此后便缓慢走向衰落。房间既不冷也不热，餐厅装饰着金箔和镜子，显得更像是一个迪斯科舞厅。这里没有啤酒，却有甜香槟和不限量的伏特加。第一晚，我在此吃完晚饭便上床睡觉。外面正在下雪。我想要打电话回家，却被告知线路不通。

早上我走进城市，就好像走进电影已开场的电影院。街上满是行人，有的人在随意闲逛，其余的人则朝同样的方向匆匆前行。显然正在发生着什么。四处都是旗帜。在从教堂通往议会的长路的路口，我能看到爬到树上去看的人。大街上还被巨大的加固混凝土砖保护着，以防苏联的坦克接近议会，但现在没有坦克了，有的只是经久不息的喊叫和欢呼。我用英语询问一对情侣发生了什么，他们尽力解释，这是宣告独立后的第二个纪念日。

演讲间隙会有铜管乐队演奏。广场对面一幢建筑的拱廊下停了一辆军用吉普车，人们站在引擎罩、挡泥板乃至车顶上，以求看得清楚。人群中会响起汹涌的喊叫："Lietuwa！"我很快就意识到这是"立陶宛"的意思。"Lietuwa！"似乎只是喊出这个名字都会让他们高兴，让他们激动。我看见一个扛着摄像机的士兵正在拍摄这一幕。对立陶宛人来说，这是新历史的开端。

他们一定是丧失言论太久了，在这个严寒刺骨的下午，他们观看、欢呼，张大嘴巴盯着演讲的人。这里还有不少英语标语，其中一条写着"尼克松先生，保护我们的独立"，另一条写着"红军回家"。这里还飘扬着美国国旗。而每一分钟，无论是演讲时还是演讲间隙，他们都会叫喊出自己国家的名字，所有人都变得很专心，当他们喊出"Lietuwa！ Lietuwa！"的时候，空气中有股专注的气息。

总统兰茨贝吉斯开始演讲，他演讲完后人们高举右手两根手指欢呼，并立正奏国歌。接着，人们走到建筑前观看写在木板和硬纸板上的东西。一群女人绕着被鲜花和许愿烛包围的巨大圣母像和十字架吟诵《圣母经》。《圣母经》结束后，她们便唱起赞美诗。此处的气氛与塔林迥然相异，那里没有圣母像，只有新教徒的疏离感与严肃感，就连人们保护建筑的方式、歌唱的方式都是如此。根本没法想象梅·卢默的家人会跪在圣像前。

一位爱尔兰朋友给了我一个报纸编辑阿尔吉斯·切库利斯的名字和联系方式，第二天我便去寻找他的办公室。当时刚过中午，他的报纸《故土》已经付印。他五十多岁，一口英语很流利，既友好又警觉，他知道有不少故事可说，也很乐于花时间谈。他告诉我，不少事情我会明白的，因为我是爱尔兰人。他说，爱尔兰和立陶宛有不少相似之处，我们可能是最为相似的两个国家。两个国家都是八万五千平方公里，人口也大致相似。两个国家的地底下都没什么东西，没有矿藏；两个国家都生产土豆和亚麻制品；两个国家都有大量因十九世纪可怕的贫穷导致的流离失所者；两个国家都有强大的邻居。两个国家都盛行天主教：它们都是天主教国家，而在这两个国家，天主教正可以区分被压迫的民族和他们强大的殖民邻居。

他讲起了熊和刺猬的故事。如果熊吞了刺猬，这对熊可不是好事。因此俄罗斯永远不会真正控制波罗的海国家。一九四〇年，苏维埃占领了独立于一九一八年的立陶宛，但第二年，二战肆虐，立陶宛又被德军接管。有传犹太人协助了苏维埃，在此煽风点火之下，立陶宛出现了大规模的反犹情绪。战争年间，立陶宛百分之九十五的犹太人都被清洗，当中就有立陶宛人积极协助。

一九四四年，苏维埃重新占据了立陶宛，游击战开始了。男孩们全都逃跑，不被征入苏联军队；年轻人逃入森林之中，战斗了九年。不过这儿和阿富汗不同，立陶宛没有山，因而到了二十世纪五十年代中期，他们大都被射死，被抓获，或被驱逐出境。根据阿尔吉斯所说，与此同时有一大部分人决定和苏联合作，许多立陶宛人都入了党：三百七十万人中有超过二十万人是党员。因此，到了六七十年代，立陶宛没有抵抗，没有破坏，只有顺从，所有人都低下了头。

一九八八年六月，真正的独立运动开始了。一个三十五人的委员会成立了，其中十六人还是重要的共产主义者。当年，立陶宛共产党就从苏联共产党分离出去了。一九八九年春天进行了一场选举，候选人分别是之前的共产党人，以及一场新运动、反对派联盟的成员。到了一九九〇年的选举，百分之八十七的人都投给了新政党的候选人。一九九〇年三月十一日，议会宣告独立。戈尔巴乔夫用经济封锁反击。阿尔吉斯说到立陶宛的反击，语句都变得动人起来。他说，我们取笑了他们一番，我们告诉他们，用他们的石油去填满阳光不至的地方吧。立陶宛是电力生产大国和出口大国，我们停止将电力出口给白俄罗斯。我们停止出口黄油和肉类，莫斯科电视台报道了反抗，以及维尔纽斯里摆满食物的餐桌。他很骄傲，叶连娜·邦纳[①]曾说过，一九九〇年三月十一日维尔纽斯宣告独立的那一天，是苏联的最后一日。

一九九〇年三月后，刺猬从熊的肚子里溜了出来。百分之八十是立陶宛人，百分之八的人是波兰人，百分之八是已经定居、融入社会的俄罗斯人，还有百分之四的人是不开心的移民，依阿尔吉斯的说法，他们总在叫嚷着要权利，但他们得先向立陶宛宣誓，用立陶宛语念出三行字，才能拥有完整的公民权。双重国籍者和非公民不能投票，也不能被选举，购买不动产也会受到限制。

他自言自语，回忆那些抵抗的岁月时，他的眼珠急转起来。他们组织罢工，组织食物救援。他们在一个新近自由化的电视台谈论从苏联独立的情形。他们意识到戈尔巴乔夫打算使用武力破坏独立，但他们相信自己能用道义力量击败他。他们从负责监视和破译情报的克格勃间谍中得知苏维埃想要拿下的建筑是议会，所以他们绕议会大厦建了四圈路障，还有反坦克的沟壕以及地雷区。苏维埃的坦克装满高纯度的汽油，因而在燃烧

① 叶连娜·邦纳（1923—2011），流亡海外的俄罗斯物理学家安德烈·萨哈罗夫（1921—1989）的遗孀，是苏联的人权活动人士。

弹面前便十分脆弱，据阿尔吉斯所说，当时每个人身上都带着燃烧弹。

他说，当时苏维埃决定袭击广播电视台，战斗中有十四个人去世，但他们又笨又傲慢，根本不知道还有第二个电视台。没过多久，在芬兰人的帮助下，立陶宛人就和另一颗卫星建立通信，全世界所有人都看到了维尔纽斯的苏维埃坦克。

外面已经天黑，他已经说了两个多小时。阿尔吉斯·切库利斯就和塔林的梅·卢默及她丈夫一样，好像此前从没机会向别人讲述自己的故事。他讲完新近的事情，开始讲历史，我觉得他会很开心地将我留下来过夜。他解释，虽然自中世纪立陶宛就存在了，但作为国家的立陶宛概念还是到十九世纪中期才萌生的，到了一八六二年国族意识才开始发展。他说这就像爱尔兰：歌曲、语言、报纸杂志，这些东西都成为国族运动的推力。

我问他，那么天主教会在这个国家的生活中扮演着怎样的角色，在一九九〇年宣告独立时又扮演怎样的角色。他回应，波兰人是狂热的天主教徒，他们将波兰和天主教人格化，聚集在天主教会旁，在教堂和神甫旁；但在立陶宛，情况就不一样了。他高傲而又夸张地说，这里是欧洲最晚（六百年前）接触基督教的地方了。而且它在立陶宛没有全面流行，异教思想留下来了。上帝是雷电、石头、烈火、橡树，动物是祭品。后来王室皈依了，基督教才固定下来，但在乡村，异教思想和迷信如旧，基督教只是流于表面。

所以在一九四四年到一九九〇年间，苏维埃要抑制立陶宛天主教更为容易。切库利斯估计了一下，一九九二年，只有百分之十的人是虔诚的天主教徒。这里和爱尔兰或波兰不同，要削弱立陶宛的天主教信仰还是更容易些。但天主教为抵抗政权提供了重要的途径。比如说，在苏联统治的年代，教师都不能上教堂。因而，关上大门，关上窗户，独自祈祷，是一种个人化的、私密的反抗。

阿尔吉斯·切库利斯觉得一九八六年的圣诞节是立陶宛抵抗苏联统治的重要时刻，他也深信自己的报纸在其中发挥了关键作用。在苏维埃的年代，圣诞节是被禁止的。当局会在学校里组织舞会，阻止它被当作家庭庆典庆祝。因而他决定开辟一份圣诞节专刊，解释圣诞节是传统的立陶宛家庭盛典。

他走到办公室保险箱前，拿出这份报纸的原稿给我看。他描绘起他混过官方审查的过程。他说，那是个立陶宛姑娘，他告诉她，她必须签字。他要了许多伎俩，比如承诺她被解雇的话会有工作。那是周五晚上了。他强调，报纸上没有国家机密。她将许可的印章按上。他说，这是个重要的时刻，在报纸的其他版面中，他还讨论了天主教的其他方面。

苏维埃年代，天主教会处于陵寝之中，不像俄国东正教会那样和国家勾结。结果，每年只有十二个神学学生被接纳，神甫都不被允许进入医院做临终祷告。维尔纽斯中的大教堂，就和大多数教堂一样，都被关闭作为美术馆使用。但在一九八八年十月，它却被归还天主教会，这是真正的公众转折点。在大教堂的河对岸还有火炬游行。人们站在阶梯上做弥撒。对阿尔吉斯来说，这是苏维埃封锁以来，他的人生中、所有人的人生中最甜美的时光。

他说，现在一切变得呆滞和庸常了。他报纸的发行量也下滑了，没有新的议题，竞争也很激烈。百分之十五的经济部门已经私有化。每个周六都会举行拍卖会，公寓、商店以及其他财产都会被卖给出价最高的人。每个公民都买了国债，一对夫妇能集资竞拍一间公寓，或者加入更大的集团，竞拍商店或公司。这和建筑路障、携带燃烧弹的岁月真是天壤之别。他走回保险箱，将宝贵的一九八六年圣诞专刊原稿放回去。维尔纽斯现在是立陶宛城市，一个独立国家的首都。但他还有一个阴影一般的名字，“威尔诺”，维尔纽斯的波兰名，二战前，此处为立陶宛中波兰和犹太人占领，诗人切斯瓦夫·米沃什就在此处长大，在那段岁月里他说的是波兰语。他的诗人朋友托马斯·温茨洛瓦在战后长大，生活在同一座城市中，但街道的名称却改了，犹太人被大批杀害，城市有了新的语言。“然而，”米沃什写道，“这是同一座城市，它的建筑、它周边的风景、它的天空，塑造了我们两人。”

切斯瓦夫·米沃什的威尔诺消逝了。我找不到他在回忆录《从我的街道开始》所描述的“德国街”：“德国街上的每间房屋，似乎都隐藏着不计其数的居民，从事各种可能的生意。巨大的油漆标志之下，一间间商店面朝街道开放着。但庭院中也会摆出狮子的面容、巨大比例的丝袜图画、手套和束腰的图画作广告，门里面的标记还会告知牙医、女裁缝、销售袜子者、打褶者、鞋匠诸如此类人物的信息。”已经不在了。他记忆里的那座城市已经不再存在。

我在笔记本里写道：这是我到过的最无聊的城市。这里有戏剧、音乐会和电影，但城市的街道及其气氛似乎古怪灰暗，我们如同置身米沃什的诗歌《没有名字的城市》中，酒吧早早关门，也没人在夜里外出。似乎米沃什所记得的那座威尔诺孤魂犹在，而新的城市尚未完全成形。

然而，维尔纽斯，这座立陶宛城市，也曾只是美梦。托马斯·温茨洛瓦写道，它对于立陶宛民族主义者而言，“是连续性与历史认同的象征，如同耶路撒冷。在十九世纪和二十世纪，王族的神话、圣洁的维尔纽斯被武力所打破，在很大程度上塑造了立陶宛的想象……维尔纽斯和里加、塔林都不一样，它不是汉萨同盟的中心，而是一座首都、一座神圣的城市……没有了维尔纽斯，立陶宛不过是一个稍纵即逝的国家，但有了维尔纽斯，它就重获它的历史，还有它的所有历史义务”。

这是立陶宛人想从波兰人手中夺回的梦想之城，而失去了它的波兰人，也同样对它魂牵梦萦，依旧叫它威尔诺。一到夜幕降临，这座城市就变得空荡而陌生。

一天，议院新闻办公室的女士帮我约了管理大教堂的瓦西里奥斯卡斯神甫，并替我进行口译。她用“教民”来形容他，但显然他并不是一个教区神甫。他将近五十，戴着眼镜，看起来挺温和。我们在一间宽敞、古旧的小礼拜堂会晤。

他还记得，一九四六年他是怎样在这座教堂中获得神职的。虽然迫害是在一九四八年才开始的，但在那时，也有不少神职人员被捕。教堂面临关闭，一九四九年被禁止进行弥撒。最后一批神甫是在一九四七年任命的。大教堂最终在一九五〇年被完全关闭，一开始被用作粮仓，后来又被空置，一九五六年则变成了美术博物馆。他自己也于一九四九年被捕，被送到西伯利亚当了十年煤矿工人。他说，大约百分之二十五的神甫都被捕了，五个主教也有四个被捕了。

立陶宛几乎每个人都被禁止上教堂，尤其是专业人士和学生。只有老人们还会进行宗教活动。瓦西里奥斯卡斯神甫的集中营里，四千个囚徒里就有八百个立陶宛人。营里有十个天主教神甫，他们每天都做弥撒，庆祝圣诞节和复活节，倾听忏悔。他给我看了一张照片，是一群集中营里的工人在二十世纪五十年代拍的。哪一个是你？我问他。最年轻、最英俊的那个，他说完便笑了。

他说，在集中营里，立陶宛人永远是最勇敢的。他记得有个老汉将要去世，他是个信仰已久的东正教信徒，他所在教会的神甫害怕给他进行临终仪式。但立陶宛教会的神甫并不害怕。斯大林去世后，情况稍有好转。他们可以组织游戏和运动，最后他也被释放了，被流放到拉脱维亚长达十年，在集体农场当了五年簿记员，被永远禁止在公开场合做弥撒。他的档案上写着“尤其危险”。后来，他被允许居住在离立陶宛边境三十公里的地方，一九六九年他才返回家乡。

他说，立陶宛人不像波兰人那样虔诚。这是事实。没有宗教教育。学校、医院、监狱里，教会都无特权。即便现在，参加周日弥撒的人也不多。他说，波兰的神甫和宗教文献历史悠久。现在立陶宛则几乎没有神甫，剩下的也都老了，他们仅有的宗教典籍是自世纪之初留下的。无神论精神滑入了社会：百分之五十的怀孕者会堕胎。我也听别人讲过类似的事情，我便问神甫，教会有无计划禁止堕胎。他很小心地说，教会一直都对堕胎持否定态度，也会反对它，因为这是个问题。

一九八八年十月，大教堂得以重返教会，他开始呼吁全立陶宛的主教，寻找为第一场弥撒歌唱的人，并进行电视转播。艺术博物馆的前主管全心全意地欢迎他们。三个月里，大教堂就被装饰一新。

还有一件事情，神甫觉得很重要，也很想解释。先前，维尔纽斯的主教辖区属于波兰，因而，理论上，立陶宛成了波兰的一部分，但我们一个月之前梵蒂冈承认维尔纽斯是立陶宛的。他说，立陶宛人对此都很感激教宗。

尽管与我交谈的每个人都同意即使在天主教家庭中宗教实践也已式微，五十岁以下的人除了作为抵抗的象征，对教会一无所知，也并不打算利用崇拜与参加圣餐的新自由，但我在维尔纽斯所待的这唯一一个周日里，教堂还是人满为患。大教堂里全是非常年轻的孩子和他们的父母，耶稣会教堂也是如此。耶稣会教堂外面的另一座教堂，在漫长的楼梯顶端有一座奇怪的圣母圣殿，即使在宗教迫害的年代，它也一直保持开放。有人告诉我，这是老人去的地方。此刻正是周日上午，人们跪在圣殿面前祈祷。狭窄的走道里放满鲜花，蜡烛围绕着小小的圣殿，一片沉默。除了人们站起来拖着脚步走开和轻轻祈祷的声音，只有沉默。这里有很多老人，但即使是年轻人，看起来也像二十世纪五十年代的人物，不像在新闻处工作的打扮时髦、美国人一般的年轻姑娘。这座圣殿及其朝圣者似乎被困在过往岁月中，其时此处是唯一的天主教避难所，到访者只会是在苏维埃政权下再没什么可以失去的人。

有人告诉我，我所在的宾馆已经被一个北欧财团买下，很快就会关门装修。我很好奇那个拒绝帮我接通国际电话的接待员会有何下场，她总是说她没法接通，终于有一天我走到前台，告诉她我现在必须打电话到都柏林，没接通我就会一直等着。她马上就接通了。临近行程结束，我看见一个离店的北欧男人想要按住门将行李箱拖到等出租车的地方。两个穿着制服的宾馆侍者冷漠地看着：他们根本没意识到自己应该帮助他。他指着自己的箱子对他们说了些什么，但他们还是站在那儿看着他。最终他用他的语言朝他们大吼。但他们也不知道他为何生气。

此时每天仍会下几场雪，夜幕一降临，城中就是一股凄冷气氛。我不停查看苏联地图，思考我能去哪儿。有一天我到俄航的办公室去看有没有廉价航班，最后买了一张到乌克兰首都基辅去的票。我没有计划，也不知道该留还是该走，但在维尔纽斯我还有一个人想见：他叫阿方索·斯瓦林斯卡斯，是天主教神甫，已经是议员。新闻办又为我安排了见面，并同意为我翻译。我们安排在这位神甫兼政客的家中见面，就在我离开的前一晚。

斯瓦林斯卡斯神甫是个高大、粗鲁而强壮的男人。他说话的时候容易坐立不安，四处张望。大教堂的瓦西里奥斯卡斯神甫总是仔细聆听问题，确保我能理解口译者的意思，这个男人就没那么包容。他说自己一九四二年进入神学院。虽然神学院学生的数量被限制，但在德占时期情况还好。问题是从苏联占领开始的。他在一九四六年被捕，流放西伯利亚十年。一九五四年，他被营里的主教秘密赋予神职。

我询问他在那些劳动营里度过的岁月（他到一九八八年才被最终释放），但他含糊其辞。他告诉我那些警卫如何在周日死盯着以防他做弥撒，但他就和其他天主教徒一样，学会了随时随地祈祷。他说，里根和丹·奎尔的压力帮助他获释，丹·奎尔作用尤大。他认为，克里姆林宫前应该为里根建一座纪念碑，是他把苏联叫做“邪恶帝国”的。释放之后，他在华盛顿遇到了这位总统，心中满是崇敬。

释放之后，他在立陶宛待了四十天，又在法兰克福待了四十天，最后用了两年环游世界。他在一九九〇年重返维尔纽斯，第二年被选入议会。他渴望自由、民主、独立的立陶宛。他怎么看待天主教堂？他说，立陶宛现在几乎全是天主教徒。天主教会在这些年里一直是领导者。他开始列清单：一位主教遭射击，两位主教被流放，红衣主教被流放……

他说，荒废五十年后，要重建物质上的教堂是很容易的，但灵魂的教堂却不是。他关心日益严重的酗酒与犯罪问题，大量的立共党员仍出现在公共生活中。他说，这些是通敌者、卖国贼——我们会铲除他们的。以前立陶宛只有百分之四的俄罗斯人，现在却有百分之九。他继续说，议会要是不清除立共党员，要对堕胎有所为都很困难。他告诉我，在战前神甫加入议会是很常见的。二十世纪二十年代农业部部长就是神甫，他进行了一大番改革，让每个人都拥有了八十英亩土地，让立陶宛没人支持共产主义。他说，在战争年间，神甫蒂索曾是斯洛伐克总统。

二十世纪三十年代，立陶宛的商业全掌握在犹太人之手。他们不受欢迎。他们也分为有钱的犹太人和贫穷的犹太人。他说，贫穷的犹太人在一九四一年帮助了苏维埃——在立陶宛，这是种常见的观点。他断言，要不是因为他们的行为，在一九四四年他们会有更多人从德国手上被救。到最后他们被清除了。他说，现在大概还有几百人留在立陶宛，许多幸存者到了以色列。他似乎不知道——他说话很快，我也看不清他厚厚的镜片后的眼神，西方世界现在是如何看待大屠杀的：弥天大罪，难以言喻的悲剧。他的大半生都是在劳动营里度过的，我也知道，他并未共同参与西方自由主义的政治，也不能指望他会使用这套语言。最后我问他，立陶宛的当务之急是什么。

他说，首先，必须发展农业。立陶宛人从未挨饿，其生活条件和世界上其他地方相比一直很好。这里缺乏的是科技，这必须纠正。他说，其次，立陶宛这些年需要清除其土地上的八万个苏维埃士兵。这些是真正的要务。

第二天我飞到基辅，在机场打车来到市中心的宾馆。或许这里的人并不认为在宾馆里工作的人应该对你有礼、对你微笑。前台的一位女士正在记账，并不理会我，发现我没有提前预订后，还萌生敌意，我都不知道为什么自己会那么在意。她说，我必须提前用现金付账。我说没问题。护照？她不耐烦地说。我给了她我的护照。

这间宾馆正在重修，酒吧是用走廊尽头的小卧室改建的。我的房间也很小。但餐厅宏伟、高敞、明亮，还有一面墙被落地玻璃窗取代。餐桌则以一种精致的老派风格布置好，在苏维埃统治下竟没消失，侍者也穿得很正式。

大街上熙熙攘攘，商店里满是人。资本主义没用多久就来到了这里。我能轻易想到贝纳通、爱必居和玛莎百货出现在市中心的样子。我经过一家正在以清仓价出售俄国艺术书籍的书店。我走进去问有没有人能说英语或法语，店员对我笑了，拿出一本壁画和镶嵌画的复制品让我看，其色彩鲜艳得让我觉得如果我用手触碰便会破坏了它们，粘上满手金粉黄粉。我想，俄罗斯人以后再也没有钱印出这样的书了。

走回去的时候，我知道自己要去俄航的办公室看还有没有廉价机票。这一次我想要往西边走，如果可以的话去趟波兰，然后尽快回家。走回去的时候我并没确定，我幻想着，只要经过俄航的办公室我就走进去，买一张下周的票。

我轻松找到了办公室，买了一张两天后到华沙去的单程机票。走进办公室时，我注意到一个三十岁上下的男人，他戴着遮住了耳朵的羊毛帽，用外国口音问我能不能说英语。我想他是想要兑钱，便走过去了。我走出去的时候，到华沙去的机票牢牢在手，我又注意到他。这一次他用英语问我需不需要口译。我说不用，我没问题，然后走回宾馆。

走了一个街区后，我发现我有问题，我需要口译员，那戴着过耳羊毛帽的人也好。我原路返回。他还在那儿。我告诉他我需要一个口译员，并解释我还会在基辅待一天半，我对教堂挺感兴趣，或许还能和天主教神甫或主教碰面。

我们一起行走，我得知他的名字叫安德鲁·卡鲁斯。他已经结婚，有一个十二岁的儿子。他英语说得很好，但据他所说，他最擅长打羽毛球。他左右手都打得很好。他并不想谈钱：我想我付得起他现在所赚到的钱。我意识到无论我会付他多少，他站在俄航外国票务办公室外的努力都会比干一份标准的软通货工作更值钱。

他带我到了乌克兰东正教教堂，此处被圣像和蜡烛包围，影影绰绰，还有一股古老的味道。在这个普通的下午，此处人潮拥挤，人们从一个祭坛走到另一个祭坛，祈祷，点燃蜡烛。和天主教教堂相比，此处的气氛更为亲密，似乎这空间顺从于人和社区。此处昏暗而且吊顶较低，人们容易不知不觉就进入冥想的状态。

安德鲁告诉我，他自己并不信教。他说，这对他来说很陌生。在学校，在家里，他都没听闻过宗教的事情。因为切尔诺贝利，他憎恨苏共体制。他大部分英语是在BBC世界新闻频道上学的，在广播上他听到了黎明前的爆炸声。他的妻子不在。他知道要做什么。他情感洋溢地说着这一切：他要确保儿子还活着。他知道要密封窗户和服碘。他打电话给所有的朋友，恳求他们留在室内，和他一起行动。他一直留心着广播，等着世界新闻网和美国之声，以了解事件的范围。他并不能说服他人，因为切尔诺贝利发生后没有官方警告，也没有声明，只有谣言，结果大部分人都处在危险之中。他难以相信，政权这样对待基辅人民，这样对待乌克兰人民。他永远不能原谅他们。

他又带我去看了几座东正教堂。最壮观的一座不开放，因为俄罗斯东正教会和乌克兰东正教会在争夺拥有权和控制权。乌克兰民族主义者贴出了巨幅海报，他们有些人就站在这寒冷的傍晚中。我们往一座天主教堂走，但它也关闭了——我们按响门铃，走进这个看起来像圣所的地方。它看起来灰溜溜的，和东正教教堂的金碧辉煌相比黯然失色。安德鲁说他今晚明早会试试帮我找个神甫来采访。

早上十一点左右，他来到宾馆。他还戴着羊毛帽。他说，他找到了一个神甫，如果现在到大教堂去，我们想和他谈多久就能谈多久。大教堂从外面看上去很正常，但走进里面我们能看清它是如何用廉价的木头和灰泥构筑的。这里的确有祭坛，但大教堂本应有的崇高冲击感却消失了。我想起了英国诗人菲利普·拉金，他思索："当这些教堂完全没有用处了，/ 该叫它们变成什么？也许可以定期开放 / 几座大教堂 / 在上锁的玻璃柜里陈列羊皮纸文稿、银盘、圣饼盒，/ 而其余的免费交给风雨或郊区居民 / 还是把它们当作不吉利的地方而躲开？"①

我们从一楼的阶梯往上走，寻找那位神甫，却碰到主教。他戴满徽章，他那副肥胖而适得其所的样子让我想起几位爱尔兰主教。我以为他要用温暖的爱尔兰口音接待我。安德鲁告诉

① 诗句摘录自拉金的名篇《上教堂》，原作于 1955 年。此处沿用的是王佐良先生译本，略有修改。

我正在做什么，他微笑并握手，同意和我们交谈，我们可以陪他到顶楼的办公室去。

他穿着如此无瑕的长袍，但他所在的地方一团糟。他给我们找到了椅子，为这糟糕的情况道歉，却又对此显现出半分愉悦。他的名字是扬·普尔文斯基，是由乌克兰北部和东部组成的日托米尔地区的主教。他说，他回到基辅已经一年了，之前住在里加和乌克兰西部。他说，没什么大问题，然后笑了。这座教堂建于一八四二年，一直到一九三七年都被天主教会使用。其后（对不起了拉金）它成为工人宿舍、天文馆、无神论者的俱乐部，以及放置“可疑的电影”的地方。现在他的教区里有三十个神甫，十七个是波兰人，其余的是乌克兰人。

他说，这座建筑归还给了教会，却被破坏了。他们需要钱来重修。教会本还拥有另外三座建筑，如主教和神甫的房子以及修道院，但这些东西都没有被归还。因此主教和三名神甫都住在这个本属于合唱团和风琴的地方——他指着我们所坐的房间的隔壁说，那就是他的卧室。教堂重修的时候他们还得找个地方住。

我问他：“基辅现在有多少天主教徒？”他笑着摇头：“我也不知道。”他不知道。没有登记，人们没有信仰。我举起双臂，耸了耸肩。一切都被毁了。一九三七年以后再次举行仪式，已经是一九九一年一月十五日了，参加者有五百到七百人。周日参加弥撒的人数量不等。此地没有天主教社区，一九三七年之后乌克兰发生了那么多变化，没什么东西留下来了。他们还得和俄罗斯东正教、乌克兰东正教这两个主要宗教竞争。

他是我碰到的第一个无权无势的天主教神甫。他带我们下楼并展示一切，我想，这是不是他时常大笑、显得茫然而随和的原因？他所在的教会所仰赖的宗教，世世代代传递延续了将近两千年。而他却要坐在这堆废墟之中。他缺乏最基本的东西，包括圣餐杯、圣体匣、圣经、宗教书籍。他说，他们至少需要五十万美金。他指着被破坏的建筑笑了，半是绝望，半是为他所面临的任务感到困惑。

第二天早晨，我飞往华沙，好像进入了一个新宇宙。波兰航空柜台的女士会在我走近的时候对我微笑。她利用电脑帮我查到飞往伦敦的航班。她一直在微笑，用英语解释，我得在下午晚些时候到另一个机场登机。她将机票卖给了我。

这里看上去并不像东欧。他们正在建造一个巨大的新机场，出租车也是好车。我将包放在行李寄存处，走进城市。之前还空空荡荡的公共空间现在让这座城市显得舒适宜居。我让出租车司机在我之前待过的欧罗巴斯基宾馆放下我。去过塔林、维尔纽斯和基辅后，我觉得这里楼下的酒吧棒极了，职员也显得温和友好。我不知道是我变了还是华沙变了。

我走到外面，发现是华沙变了。之前在八月还未竣工的布里斯托尔宾馆，现在已接近完工。古旧的外观已被清理干净，毫发无损。去往旧城路上的角落里开了一家新酒吧：这是间爱尔兰酒吧，满是三月十七日圣帕特里克节的装饰。其中一名职员就是爱尔兰人，他告诉我酒吧会开到夜里十一点半。我喝了杯咖啡。这看起来并不像爱尔兰酒吧，而更像是对爱尔兰酒吧的模仿，贴着褐色的海报，还有人造的老木头。但想到一年之前华沙还根本没有酒吧，这已经是巨大的进步。这里还有巨大的平板玻璃，你可以看到街景。

一九九一年，我曾在附近的CD店买到非常便宜的CD。他们现在货更多了，但价格渐升。在旧城之外，太阳已经出来。现在差不多已是温暖的春日。我再次逃到了一个熟悉的世界里。我搭上出租车，去机场等飞往伦敦的飞机，我感到更加轻松，像是重归故里。

第七章

陈旧的世界秩序

单层巴士偷偷驶过古老的街道，如同一只沉默的大猫，不发出一点声音。有一天，我看见一位老太太过马路，发现她并不知道巴士正在驶近她。我等着让别人朝她大吼，以为巴士会转弯或鸣笛，但巴士只是一声不吭地停在她面前，让她离开它的行驶轨道，然后依旧没有鸣笛，谦恭地滑过，好像什么都没发生。

我先飞到慕尼黑，坐火车到巴伐利亚州多瑙河畔的雷根斯堡，梅菲斯特[①]和浮士德正是在这里飞升的。如果你来自爱尔兰，一个没被罗马人、拿破仑、纳粹侵扰过的岛屿，那么多瑙河畔的城市便会有一种压倒性的、令人畏惧的气息，它们被罗马人征服，在神圣罗马帝国下成长，又被拿破仑来访，并见证了希特勒的兴衰。这是个我只在书本里见到过的梦想之地。那些真实之物——多瑙河上的旧桥，开普勒一五七一年出生、

① 梅菲斯特，《浮士德》中的魔鬼。

一六三〇年去世的房子，为纪念他仍被保护着，或者是纪念拿破仑到访的牌匾，抑或是约翰·班维尔在他的小说《开普勒》中称为“阴沉的激流”的多瑙河自身，给我留下超越想象的深刻印象。

游客咨询处就在中心广场上，我请他们给我找了间廉价宾馆，位于狭窄小巷的老建筑里。此处还有音乐会和体育比赛的打折门票。一张海报宣告，在耶稣受难日，附近的教堂会有巴赫的《约翰受难曲》。在都柏林的时候，我常在周日早晨听到这部作品。太幸运了，我不敢相信。尽管演出是在一座新教教堂进行的，我还是买了票。

根据安排，我一到就给神学家诺伯特·布洛克斯教授打电话。他答应下午到酒店来。他五十多岁，目光敏锐，聪明，他的英语能力并不足以让他精确地说出他想说的一切，但他一直彬彬有礼地努力尝试让自己表达得清晰。一想到自己来到此处，我感到神魂颠倒，这座未遭轰炸的城市看起来被保存得很完善，并不死寂停滞，布洛克斯教授交谈和解释事物的谦卑风格更是增添好感。

这是一九九二年的复活节。我们穿越城市走向多瑙河，我问他东欧的革命是否对雷根斯堡有影响。他说，边境开放后，捷克人会坐着巴士到城中参观，这种大众旅游方式是陌生、始料未及的，他们在大商店里闲逛，买些小东西，又跨越国境回去了。他说，现在工人们每天都会出现，他们早晨五点出发，夜里十点回家。他们在自己的国家里睡觉，却在巴伐利亚州工作。尽管他们的薪酬不高，但也比他们在祖国赚得多。

我们走进一家餐馆点了咖啡。一切都那么完美：亚麻桌布，没有装饰的地板，老式的双层玻璃。布洛克斯教授告诉我，要是想写欧洲天主教，那么我是来对地方了。巴伐利亚有百分之六七十的人是天主教徒，教宗的得力助手红衣主教拉辛格就出生于此，事实上，他的哥哥是大教堂合唱团的音乐家。

他说，大多数神甫都来自乡村和农场，这些地方的生活与城市相比更为保守。现在人数已经下降到一年十五人左右。我问，教宗还有他的训导如何影响神学的教授？他说，对保守的神甫而言，这还是很重要的，这让他们的观念变得更具合法性。但对普通人来说，教会就是灾难。

我认为他在说《人类生命》① 以及教会关于避孕的训导。他意识到了，笑着说，是的，我是个爱尔兰人，显然我会想到教会关于性的训导，因为爱尔兰强调这些方面。但对他而言避孕不是个问题，他更关心信仰和教理的问题。他觉得现在教会过于强调圣母马利亚，重要的是教导人们如何热爱她，将她放在历史语境中看。

他认为天主教对圣母的日增强调归结于若望·保禄二世，

---

① 《人类生命》，出版于 1968 年，保罗六世发出《人类生命》通谕，重申夫妻行为的双重意义，强调夫妻爱的结合，并提出“负责的父母亲”是婚姻生活中伦理要求的重要因素。

还有波兰的圣母崇拜遗产。他说，教宗还是孩子的时候，就得知圣母是神圣的人物，并从不质疑。波兰的天主教十分特别。波兰没有宗教改革，也无启蒙运动，并且波兰天主教不可避免地和波兰民族主义联系在一起。在身为德国人的他看来，由一个来自这种传统的人控制天主教会，令人惊奇和悲哀。

布洛克斯教授的英语不错，但是用他不能流畅言说的语言沟通，他还是感到不开心。他说，对他而言，耶稣首先是人。上帝或许也是如此，但上帝并不是一个单一生命的名字。耶稣拥有思想，过着一种对许多人来说堪称楷模的生活。对现在的我们来说，他是人这一点更有意思——他的神性可以是象征性的。

“可以是象征性的”？布洛克斯教授在神学院里教书。他是个冷静、理性的男人，放了很多心思在上面。我此前还没听说过哪个来自教会的人会如此言说，布洛克斯教授也认为爱尔兰并没有太多相关的讨论。他信仰圣像吗？他说，他认为教堂里的圣像是很好的雕塑。他并不相信奇迹，也不感兴趣。圣餐变体论呢？他说，不，他也不相信面包和酒真能变成耶稣的血肉。在哲学和玄学的层面上，他是认同的，但就字面上的意思而言，他并不相信。

死后的生活呢？他觉得这是存在的，但也无从得知。地狱呢？他说，地狱是个特殊的问题。如果此处有永恒的地狱，那么也就有一个乐见其成的上帝……他打住了，摇起头来。他说，这样的上帝将不是他所信仰的上帝。他说，他更倾向于不相信有地狱。这是个没法最终解决的问题。他的宗教和德国的新教有什么不同吗？在他看来，路德宗的仪式太抽象，太理性。只有言辞，没有象征。他说，他喜爱天主教的丰盈。

他让我思考起这一切——我对这神学的困惑，恰如他对我的天真的困惑，并说他会在复活节早晨前来接我，请我到他家共进早餐。我坐着思考，我自己是不是天主教徒：如果你质疑耶稣的神圣、神迹的功效、死后的生活，却还能成为教堂的一员，或许我们都应该加入或重入教堂。我突然想到，这些观念正在德国心智的沃土中重新培育，如此远离他若望·保禄二世的哲学——他或许也不知道如何反击。

当晚城市中狭窄的中世纪街道里满是新潮的场所，这些酒吧和咖啡馆或许本来是为了让夜幕降临之际的可怜的老浮士德开心的。最时髦的地方装了橱窗，好像是卖衣服的商业中心，里面装饰精致，人们穿着昂贵且精心挑选的山羊皮、皮革、羊毛衣服四处站着。店里有一种温和、刻意活泼的气氛。没有人笑得过分，也没有人说得太大声。没有人过于年迈，也没有人带上父母。我觉得他们是曾经的艺术生，现在在广告业工作，用自己的创意赚钱。我忍不住看他们。

最新开的酒吧卡明斯基或许是最酷、最精心安排、最讽刺的。我独自站着四顾：职员穿着制服，人不多却给人一种人潮拥挤的感觉。此时大概是夜里十点半。我向这间酒吧走过去，却被一位年近三十岁的女士拦住了，她穿着昂贵的黑色剪裁得体的衬衣，戴着时髦眼镜。她用过度礼貌的英语询问我要不要喝一杯。我才意识到她在这里工作。我向她要了一杯啤酒，她走进酒吧拿了一杯给我，再一次融进人群交谈，不停地四处查看，审慎而又妩媚。她不时对着我微笑。毕竟，我也是一个顾客。雷根斯堡的一切都如此舒适，如此安排周到。

耶稣受难日当天，演奏《约翰受难曲》的教堂门一开我就到了，并拿到了前方靠近侧道的座位。节目单全是用德文写的，最下面写着“请不要鼓掌喝彩”。这不是娱乐表演，我们不要为歌手或管弦乐队喝彩，这是对耶稣受难日的崇拜。座位底下有取暖片，教堂舒适温暖，不似宽敞的天主教大教堂。很快人就坐满了。观众们都是面容严肃、穿着谨慎的人，年轻人也不外如是。我对自己说，我应该想到的，他们是一英里开外的新教徒。

第一段合唱的起始句，这个场合如此神圣，情境再现，语言充满共鸣和深意，比起都柏林周日早上小屋子的 CD 机播的，这要吸引人得多。合唱团唱得十分投入，让戏剧的缓慢展开变成对观众所施的魔法。

这比《马太受难曲》的 B 小调弥撒曲更美丽，合唱团的和音摧枯拉朽，产生了强烈的愈疗效果，这是股强大的力量，似乎要超越正被讲述的故事。布道者时而会细语低唱一个乐句，以期额外效果，到了乐器独奏的时候，演奏者会站起来表演，就像歌手一样。我目眩神迷。每一次合唱团站起来，我就知道音乐会变得更令人振奋，他们会结合罪愆与救赎的概念，捕捉到人堕落与得救的感觉。他们和耶稣门徒一样绝非街上的庸常之辈。

到了彼得背叛耶稣的场景，他们的声音中有一种真挚的激动。布道者所说的“痛苦地哭泣”十分感人。似乎观众先前并没听说过这个故事，等待着它被讲述。

过了耶稣在石柱上被鞭打的部分后，小提琴手和中提琴手站起来演奏，气氛也变得紧张，男低音开始唱“啊，我的灵魂，想一想吧，怀着可怕的欢乐”，听来如同一首关于爱与死的忧郁的德国歌曲。接下来男高音以不断重复“想一想”开始。男低音和男高音演唱时都似乎想要唤醒我们、激发我们心中的火花。

我们从狂喜回到叙述之中，布道者的简单音乐在告诉我们“然后耶稣走了出去”到教堂的寂静之中，彼拉多十分肃穆地跟着唱“瞧，这个人”。合唱团中有人轻柔歌唱，也有人慷慨激昂。我等着女低音唱“一切圆满”。我知道这段咏叹调的英语版本是由凯思林·费里尔唱的。歌曲的速度会在中途她唱“犹大的狮子战斗”时骤然改变。现在的版本是用德语唱的：“都完成了。”大提琴手已搬到了前方。女低音开口唱歌时，我只希望这一刻能延续下去。我担心自己注意力不够。这一刻来了：那示意着一个世界的终结以及另一个世界就位的时刻到了。当布道者唱到殿里的幔子从当中裂成两半、地动山摇的场景时，他的声音中有种阴沉的戏剧性。

受难曲行至结尾的两段合唱，第二段合唱的和声更为微妙，德国原版的韵律更为纯粹，每个对句的完成，都如同事物的圆寂，终结于无可避免的结局，听着自己的回声翱翔于自身之外。合唱团静止站立，让他们的声音在小小的新教教堂中共鸣。没有掌声。无人动弹。指挥也没有动。这是种令人震惊的平静，但这是谋划好的，持续了或许一分钟，甚至更久。接着是翻纸的声音，但没有咳嗽或是细语。演奏者还是一动不动。无人说话。人们开始安静地从位置上离开。

“新教得一分，天主教零分。”第二天晚上我走到雷根斯堡的天主教大教堂去做晚间弥撒时对自己说。但之后我又改变了想法：他们胜在音乐和纯粹、肃穆的风格，他们的教堂虽闪耀漂亮且整洁，却只是个小教堂。而我们的雷根斯堡天主教大教堂，则是座巨大、高耸、投下巨大阴影的哥特式建筑，是这座城市中最为壮观的建筑。他们有巴赫，我们有扶壁。

之前我已来过两三次，但是那些纪念仪式都太无聊，演唱也很无趣。我只期待这场午夜弥撒，尽管它在九点举行，没什么吸引力。在恩尼斯科西，复活节前夕的弥撒也从十二点调到九点，但据说是因为，在午夜举行弥撒总会有醉鬼在后面朝着标语大喊大叫，造成破坏。事实上，我们那儿曾流传着恩尼斯科西多年前一场午夜弥撒的老故事，当神甫邀请人们重复誓言时，有个男人变得十分激动。“你和撒旦以及他的所有业绩和繁华断绝关系了吗？”神甫询问人们。“我和那人渣断绝关系了！”那个男人大叫。在雷根斯堡大教堂的人群中坐下时，我感觉那样的激动不会在这里发生，这里有种由来已久的古老、威严的秩序感，从一代巴伐利亚人传到下一代。我后面的一个男人甚至穿着传统的巴伐利亚服饰，他看起来就像从明信片里走出来的。

光影的戏剧上演了。宽阔阴冷的教堂里，所有的电灯都熄灭，所有人点燃蜡烛，火焰从高坛上巨大的复活节蜡烛渐次传递。“基督之光。”神甫吟诵，而我们应答：“感谢天主。”接着，一队教堂显要——红衣主教、主教、神甫、祭台助手扛着被遮盖的耶稣受难像走向巴洛克式的高祭坛。焚香散发出沁人心脾的气味。（新教徒使用焚香吗？我不禁想。）读过祷文后，靠近祭坛的两盏电灯亮了，圣歌开始了。接着灯光再次熄灭，人们在烛光下接着祷告。歌声变得越发复杂，声部变得更精巧。红衣主教开始祈祷：“荣耀归于主。”所有的灯都打开了，风琴大响，铃声亮起，祭台助手用细蜡烛点燃我们手中的蜡烛。焚香与歌声越发丰富，我们进入了一个冗长的阶段，教堂里越来越冷，我们全都站起来。我的双脚冰凉。我知道神甫会在什么时候让我们再次宣誓。烛油味道和黑暗将我带回过往的时光，但这仪式太呆板，似乎每个人都在经受令人疲惫的仪式。一个婴儿即将受洗，全程有摄像机记录，整个大家庭都前来观看，这时气氛才稍有活跃。仪式结束后，主教从中间的通道走下来，他拿着一把小刷和一碗圣水，向每个人祝福，募捐的碗亦四处传递。歌唱再次响起，但我觉得自己被前夜的歌声宠坏了。

第二天早上九点，布洛克斯教授来到酒店，带我到他家里去共进早餐。他和太太住在多瑙河对岸小镇外两英里开外一栋舒适的大房子里。他还邀请了他的几个学生一起吃早餐，但他们都不是神学院学生，而只是研习神学的世俗学子。他们全都有礼而拘谨。房中有咖啡和本地的传统复活节鸡蛋，也有白兰地和香槟。早餐过后，我们坐在起居室里喝酒。我以为布洛克斯教授是个禁欲的人，根本没想到他会在复活节早晨喝酒。他并不像我和他的学生喝得那么多，但他不停地倒白兰地和香槟来庆祝复活节。

下午我从早餐的酒中清醒过来，打算去看看城市中的博物馆，去市政厅看宏伟的接待大厅和酷刑室遍地的可怖地牢，去城市博物馆看来自罗马古城的人工制品，还有一个放满加农炮的展厅。我为这些加农炮及其支架和炮弹的大小感到震惊。我意识到自己只在电影和历史书的图画里见过这样的加农炮。我再一次意识到自己来到了真正的欧洲，来到了这片被争夺的土地，这些巨型机器可以开到肥沃宽广的平原上。雷根斯堡的许多建筑都有种庄严、阴沉的美丽，包括多瑙河上宽阔的中世纪桥梁，但最吸引我的还是那天下午在博物馆里看到的加农炮。它们的世界非我栖身之地，但我想，对雷根斯堡的本地人而言，它们不过是自罗马时代以来就肆虐这片土地的战争的又一普通残迹。

天气很暖和，到了下午，我想沿着多瑙河畔散步，却走到一个废弃的工厂，只好折返。在市政厅旁边，我注意到一个巨大、普通的啤酒屋。它看起来就像一个开放给游客的地方，但回去的路上我在此处停下了。此时，里面满是男人女人和孩子，他们发出让人震惊的噪声。这些人看起来像乡下人，他们的衣服朴素而实用，女人也没化妆，没做头发。他们和彼此及其他桌上的家庭交谈，活泼而愉快。招待员走了过来，他手中的托盘上装满啤酒杯和菜肴。这地方很大，我所看到的每张桌子都有着相似的情景：一家人在交谈、欢笑、喝啤酒。

我喝了一杯，又回到宾馆。我正在读彼得·德克特的小说《帕里斯·特劳特》，之前我没太在意，但昨天晚上，在所谓的午夜弥撒过后，我被这本书吸引了。我还有一百五十页才读到结尾。我想我会到啤酒屋，在巴伐利亚酒鬼的陪伴下看完它。我还以为巴伐利亚啤酒屋会十分吵闹，男胖子们狂饮啤酒，大声喊叫。这里的男人却是安静的类型。他们喝得很理智。但女人喝得一样多，并且基本都是她们在说话，而男人们则会为她们的言语而大笑，孩子们也会聆听，或安静地四下闲逛。

我找到一张空桌，点了一杯啤酒。他们给我上了一碟火腿、土豆和面包，还有来自啤酒屋的祝福。我所喝的每杯啤酒都会被记在啤酒垫上。喝完半杯，一杯又来。一家人坐到我的桌子前，还有礼貌地向我保证，他们不会打扰到我。过了一会儿，他们问我在看什么书，接着用德语发表了不少评论。

当晚我一直在看书，书十分吸引人，我喝了酒之后，似乎读得更为畅快，人潮拥挤的啤酒屋里，声浪也逐渐响亮，巴伐利亚人们喝了一杯又一杯。我觉得，这里的啤酒新鲜美味，虽不含糖却甜美，食物也很丰盛，适合泡到啤酒里。一切都井然有序，没有人唱歌，人们只是在交谈和大笑。我为书中的一幕笑出了声，这让我桌子前的人开心了很久。

我一直待到午夜啤酒屋关门。关门前，好几个说英语的人来到我的桌子前，我看完了书，同时显然也醉了，我们交谈了一会儿。我记不清也想不出我们到底说了什么。最后的账单让人跌倒。我跌跌撞撞地回到了宾馆。

这是种新的宿醉。我并不头痛，也没有想吐的感觉，相反，我好像被火车碾过一样。我身上的每一块都在疼。睡眠也无济于事。我躺在床上，一动不动，躺到宾馆退房的时间。我走到一间咖啡馆里点了许多咖啡和矿泉水。就连街道上昏暗的灯光都让我的眼睛不舒服。我不知道如何是好。我也想过回宾馆重新登记，今天剩下的时间里就躺在床上，但我收拾好包裹，走向了火车站。我不想回慕尼黑，想去一个小地方，找一间老式宾馆、一张舒服的床。布洛克斯教授的一个学生曾告诉我应该去帕绍，它在雷根斯堡以南，也在多瑙河畔，正好下午就有一班火车，我便买了张票。我也不知道它是怎样的。

我走到车站的大门，回头观看这座城市。这是个公休周一，人们在街上闲逛。几个平头年轻人正朝车站走来，两人的手中还拿着可折叠的横幅，他们显然要进行游行。我不喜欢他们的样子。我知道他们是现在德国的化身——新纳粹主义、种族主义、仇外。而我则一直在看德国那些不变的东西——合唱团、神学家、啤酒屋。在弗朗茨·约瑟夫·施特劳斯[①]的巴伐利亚，我一心一意怡然自乐。在《多瑙河之旅》中，克劳迪欧·马格里斯写到了施特劳斯："他的面相让他完全有资格以这副有力乃至过度混合了汗水以及出色政治资质……粗野、活力、煽动平民、天性保守的形象出现。"啤酒屋里的人、演奏会上的人、午夜弥撒上的人，必定都会为他和他的基督教社会联盟投票。我在这他们试图保留下来的世界里畅游了几天。

---

① 弗朗茨·约瑟夫·施特劳斯（1915—1988），德国右翼政治家。下文提及的其所在的基督教社会联盟是巴伐利亚的一个政党，该党以基督教民主主义为指导，在 1945 年由昔日的反法西斯人士成立，奉行基督教民主主义和保守主义。

我还记得坐在帕绍火车站附近的广场某处吃冰淇淋的情形。此时阳光暗淡，一些家庭在慵懒地散步。我的宿醉已经变成了眼球背后折磨人的疼痛。这座城市看起来荒无人烟，我想要四处走走，最后来到河边，视线跨过河岸可以看到山上的堡垒，河对岸还停着不同种类的船。我找了间能看到河岸的宾馆，订了一晚，然后走到码头边的一间旅行社里订了第二天沿多瑙河从帕绍去林茨的船票。

帕绍就像雷根斯堡，给人一种经过规划的洁净感与秩序感，但它没有雷根斯堡建筑的宏伟和丰富。靠近河边、远离宾馆的地方正在举行埃贡·席勒[①]的美术展。我希望这能让我集中注意力，将我的精神从昨夜的荒淫拯救出来。展览展示的是油画、素描，以及印有席勒及其圈子照片的海报。席勒运用色彩装点油画的方式是如此大胆，让纯粹的喜乐迸发，沉醉于任他支配的丰富材料，因而他那混杂了对身体自然特性之厌恶与渴望的感觉，永远神秘而古怪滑稽。

早上我们沿着梦境般的多瑙河前进，两岸环山，山顶是森林、塔楼状的城堡和带小尖顶的教堂。天空湛蓝无边，船迎风而上，寒风刺骨。鹰隼悄无声息地在邻近山峰上方飞过。我们经过了老旧的农房和石砌仓库，就像木刻画里的景

① 埃贡·席勒（1890—1918），奥地利表现主义画家。

物。河流和山岭之间是小片肥沃的草场。几艘陈旧的货船驶过我们身旁，其中一艘载满了木头。此时依旧寒冷，大多数乘客依然待在下面喝咖啡和啤酒，但我还是勇敢地来到了无顶的甲板上，欣赏天鹅、远处在冬天呈现出紫色的树木以及河中绿水。

经过水电大坝后，土地变得更平坦，河流两岸都有自行车绿道，自行车手背着闪闪发亮的塑料背包行驶而过。我们又经过了山上一座童话般的城堡，其旁还有一座带黑色尖顶的教堂。不久，河流转向，林茨大教堂的黑色尖顶映入眼帘。我们到奥地利了。

希特勒就在附近出生，他曾想完成平生志业后退休回到这座城市。他一定曾梦想在宽广、有着各色建筑的中心广场上闲逛，看着远处山峰以及驶到多瑙河上的船只。旅行社给我找了间宾馆，房间能俯瞰广场。这间宾馆的气氛和这座城市如出一辙——就像来到东欧一样，商店门面老派，有轨电车及其轨道看上去就像自十九世纪以来从未变更。宾馆很大，却没有电脑，他们使用巨大的账本登记，辅以铅笔和一块巨大的橡皮，肯定是奥地利皇帝的时代传下来的。在其他地方，擦擦写写的技艺早已消失。在此处，它却兴旺发达，被人们严肃对待。我卧室里的家具就有一百多年的历史。

在去城市美术馆的路上，我停下来吃了块蛋糕。都来到奥地利了，我觉得自己完全有资格垂涎于各色巧克力奶油蛋糕和苹果卷。美术馆藏有大量一战、二战间的美术作品，包括柯克西卡[①]、科林特[②]和席勒画的肖像。在柯克西卡一九二九年所作的马塞尔·冯·尼迈斯肖像中，模特既是象征，也是鲜活血肉，画作十分流畅，作品充满了怡然自得的自我意识。就和席勒或奥托·迪克斯的画作一样，人物的脸上并无自然主义的细节，却有一种真实的力量，一种纯粹和肉体的个性，一种不适、有些许内疚的资产阶级自我，仿佛马克思、弗洛伊德和浮士德一同盘旋于此。这种精神被画入作品中，化作闪闪发亮的色彩，每每出现在这些画家的画作里。

但是，在大多数地方，这种精神已经消失，也不会复归。林茨有个小型的卡尔·阿贝尔[③]展览，第二天我在慕尼黑也观看了乔治·巴塞利兹[④]的展览。他们的形象没有个体性，他们画的只是符号，关心的是笔法、色彩以及画布上的空间如何被填满。这些完成于现在的画作将来也会在博物馆里展出。这很棒，但我情愿观看奥托·迪克斯的一幅德国男子肖像，他为世界所困惑，孑然独立，几近丑陋，但眼中有光，脸上欲望洋溢，他并非只是孤身一人站在画家之前，而是像乔伊斯和卡夫卡作品

① 奥斯卡·柯克西卡（1886—1980），奥地利表现主义画家、诗人、剧作家。

② 洛维斯·科林特（1858—1925），德国印象派画家。

③ 卡尔·阿贝尔（1921—2006），战后荷兰抽象艺术的重要代表人物，“眼镜蛇画会”的组织者和重要成员。

④ 乔治·巴塞利兹（1938—　），德国新表现主义的代表性艺术家之一。

中的人物，为他所处的时代和境况挺身而出。我此前没有想到，这种艺术已接近消亡。出于我也不知道的原因，男女头像已逐渐不再成为画家的真正主题。我又花了好几个小时在林茨搜寻这个世纪杰出德国画家的作品，然后才往啤酒屋去。

第八章
十字架

或许我该解释一番。二十世纪八十年代初，我编辑爱尔兰时事杂志《麦吉尔》时遇见了琼·莱文。她是爱尔兰知名的作家和女权主义者，我还记得读到向她约来的那篇写都柏林从妓多年的林恩·马登的长文手稿时的情形。

我到她家去讨论这篇文章。她留我吃晚饭。我忘了当时是否知道她和精神病学家艾弗·布朗同居——我常在电视上看到他，他在晚饭前到来。我注意到他们以一种我闻所未闻的方式来看我、听我说话。艾弗问我喜欢哪种类型的音乐，我说我喜欢传统爱尔兰歌曲和室内乐。他看起来很激动，给我播放了他所喜爱的音乐。我不喜欢爵士乐，他似乎为此困惑。

琼的文章越写越长，我们打算把它做成封面故事。好几晚我都去她家看看事情进展——那时传真机时代还没到来。我通常会和琼以及艾弗一起吃晚饭，搬进来和他们一起住的林恩·马登时常也会加入我们。外面还会有保护林恩的警察，因为她答应做出不利于她旧情人的证词——他被控谋杀了她的朋友。

艾弗发展出一套处理创伤及封闭经验的激进系统，并已开始为林恩治疗。她发掘出小时候被强奸的情节，这是被彻底封存的经验，她此前从未想起过。我也未曾听闻这种事情可能发生。我们多次谈到深夜，艾弗会解释病人如何体验出生、悲怆抑或童年创伤，仿佛这是初次体验一般。过了几周，我觉得我也应该接受艾弗的治疗。我确定自己当时还笑了，并试图转移话题。或许我还说了我感到害怕。

接下来几年，我时常在艾弗和琼那所位于拉内拉赫、靠近都柏林市中心的屋子里和他们共进晚餐。我不记得具体的年份，只记得是八十年代末，记得拥挤的餐桌和热闹的交谈，一般不和人寒暄的艾弗坐在我旁边，问起我父母是否健在。我为这问题感到惊讶：我以为他知道我父亲去世了。我告诉他，我父亲在我十二岁时就去世了。

我能看到他在审视我，他注视着我，问这是不是对我影响很大。我当时一定耸了耸肩，试图解释，我父亲是位中学教师，我还没上中学他就去世了，我很怕他会教我，所以他的去世从某种意义上对我来说是种解脱。你了解他吗？艾弗问我。不，我说，不了解，家里还有四个小孩，三个比我大，生命的最后四年里他病得很严重。你和他有过亲密时光吗？有，我说，他得病之前，我还小，每天放学之后我都跟他到镇上由他建立的博物馆，更小的时候，我曾到他的课堂上去，坐在教室最后，或在黑板上写写画画。我说话的时候，突然间，我眼中全是泪水，艾弗仍在看着我——他的样子永远镇定而坦率。你意识到了吗，他问我，你封存了他死亡的经验，还有你的悲痛，你想要做些什么吗?

接下来的几年里，琼和艾弗都在重复同一个主题：我应该参与艾弗的工作坊。他以格兰治戈尔曼精神病院（他在此担任首席专家）的名义，在一座废弃的教堂里进行活动。他发展出一套治疗封闭经验的方法，他尤其热衷于和艺术家一起工作。我说，我愿意找时间去，但工作坊开始了，我却一直是没去。

一九九二年五月，琼打电话给我。她自己想要参加治疗，需要人和她一起去，因为治疗得结对进行。她说，她需要能信任的人。我知道她也有自己的问题，她或许真得进行治疗。我说，我愿意去。我说得很清楚，我很害怕。她说，她也是。

治疗将会从周五早上进行到周日下午，医院会提供住宿。参与者当中有的是艾弗的病人，他们都受挫于未曾彻底释放的创伤，其他的人则要么纯粹是对工作坊感兴趣，要么就是原因不明。我把自己放入后面那种人里。周五早上，我早早开车到了医院。按照要求，我穿上了宽松的衣服，也没吃不易消化的东西。

刚开始是像电影或治疗手册里的群体治疗。在场的有好几个治疗师、艾弗和一名护士。我们喝着茶，紧张地交谈，然后围圈而坐，自我介绍。那天早上什么都没发生。一个荣格学派的治疗师让我们写下人生的故事和问题，写好后，他让我们忘掉这些事情，至少将它们先放起来。他警告我们，不该预测或期待下一部分会碰到的事情，他说，通常我们最后想到的事情，正是会被揭露出来的经验。他让我们闭上眼睛，在脑海里想象一个符号、一个物体、一个画面，拼凑眼前出现的东西。他让我们慢慢来，放松。我闭上眼睛，试图放空大脑。一开始，我想我太用力了，什么都看不到，所以我努力放松下来。我很难去描述其颜色，但如果背景是黑色的话，那么浮现出来的东西则是黄色的，或者是亮色的，它似乎是自行出现的，飘浮进视野中：是个巨大的十字，由金子制成，或者涂了金漆，不久它就消失了，我看见了一把梳子，或者说是梳子一样的东西，但我不知道这些东西有何含义，我好奇它们是否只是随机出现的图像，并无缘由。我觉得自己开始怀疑这个环节了，我试图去压抑这种想法，因为如果我不认真对待这里的一切，也就没必要来了。艾弗·布朗一直都在，躲在隐蔽的地方看着一切。我信任他，也相信发生的一切都有其道理。

我们吃了午饭。然后，琼和我在草坪上坐下。当日天气暖和，天色纯蓝。下午，他们发下颜料和纸，让我们把想画的东西画下来。又来了，我得让自己照做，压抑住自己天性中对和一群人一同接受治疗、一起画画的厌恶，我慢慢试着让自己解脱出来。我开始全神贯注地画。我用尽不同的方式来画。一开始，我还不确定它是否会成型，我也没有一直盯着它看。

写下这段文字的时候，我还保留着自己的画作。我是用红色和黑色画的，中间还有一点灰，像个漩涡，周围则有些红线和波浪，看起来很不整洁。我画画的时候，琼就坐在我旁边。她画了朵精致的花。我从未想过会做这样的事情。之后我们进行了一场小组讨论，向大家展示自己的画作，并试图理解为什么会将它画出来。我不知道我的画作有何含义，它看起来十分灰暗。

我们为真正的环节做好了准备。我们必须分成一对一的小组。琼和我协商好，我会先进行治疗，她在周六上午和周日上午进行，而我的时间段则是现在和周六下午。她之前做过治疗。我们拿了垫子，依照建议将我自己的垫子放在角落里。我记得琼说过，这一个环节可能会变得很激烈。有人谈到了一种叫克他命的药，但我不知道那是什么。

我脱了鞋，脱掉衣服，躺在垫子上。琼坐在我身旁的豆袋椅上。另外二十对——甚至可能更多，也全都就位。音响系统传来温柔的说话声，我能辨认出这是艾弗的同事，我随之闭上了眼睛。他让我们先放松，轻轻呼吸。背景则是令人放松的音乐，隐约还有鼓声。他说得很慢，让我们呼吸，想象自己的呼吸是流动的。我按他说的去做了。接着，他让我们呼吸得急促些，如同生命系于一息。音乐换了，鼓声也更为响亮。我不确定治疗会何时开始，但我突然进入了迥然一新的深度意识状态。我不知道哭泣和呜咽声来自广播系统还是我周围的人，但我觉得两者兼具。

我陷入极度的痛苦。我知道琼就在我身旁。如有需要，我可以向她要张纸巾，也可以让她握住我的手，离我近些。我也知道，如有必要，我大可站起来去厕所。但我进入了另一个世界，比我原来的世界更为紧迫、真实。我得用力呼吸，拼命呼吸，才能留在这个世界里。教堂里一片漆黑，有时会有灯闪过，沉重的鼓声、狂野的音乐、叫喊声、孩子哭声不绝于耳，有时还会传来痛苦的呜咽。

我自己也在呜咽尖叫。我身处父亲去世那天上午父母的卧室中。我母亲在楼下。不知道时间是怎么消逝的，也不知道过了多久。我只知道自己在一遍又一遍地尖叫“我做不到”。我知道我用尽力气尖叫。我知道琼很担心我，艾弗还过来看我怎么样了。我知道我要了张纸巾擤鼻涕，然后又回到自己的世界中，喃喃自语，然后尖叫起来，猛拍垫子。我并不害怕。琼在我身边是很重要的，但她也不能理解我发生了什么。发生的一切都真切，所有的烦恼都确凿。我开始叫喊：“你能抱着我吗？”我必须用手势示意琼，我没在叫她，我没事。我是个十二岁的男孩，置身于一间小屋楼上靠前的卧室，邻居和朋友在楼下，小声表达他们的哀悼，我的阿姨告诉我，我父亲夜里在离镇上不远的医院里去世。此刻我一直在哭泣，对父母大喊大叫。“你可以抱着我吗？”“你可以吗？”“可以吗？”琼和我都同意会给对方空间，不去干涉对方，只有在对方请求的时候才去触碰对方。

有时候我的喊叫听起来十分可怕，就像号叫一样，但我没法停下，至少我不知道自己能否停下，因为并没去尝试：我似乎想要顺其自然。

那是一九六七年夏天的早晨。我躺在一张床上，我哥哥在房间另一边的床上。我阿姨走进房间，我假装睡着了，她对我哥哥说了些什么。他什么也没说，只是安静地起床，穿上衣服，离开了房间。父亲在医院里，我们都知道他情况不好。或许中风了，或许心脏病发，我不确定。但我不相信他要死了。我躺在床上，听着外面的动静。最后，我起床走到父母的房间里。母亲一整晚都在医院，阿姨留下来照料我、我的两个姐姐和两个兄弟。我从窗户望出去，一位邻居走到街对面去和另一位邻居说话。他们抬头看了看我们的房子，从他们说话的样子，我知道其中一人在说我父亲去世了。我知道母亲在楼下，我害怕她来将消息告诉我。我想躲起来。我记得，阿姨出现的时候，我转身回自己的卧室。她告诉我，我的父亲夜里在医院去世了，她的声音摄人而伤感，她解释道，就算我父亲能活下来，也会丧失行动能力，他并不想这样。她说，他去了天堂，而我母亲，和他共度此生的母亲，现在很需要我们。我从她身边大哭着走开，她说我不该哭。我走进我的房间，穿好衣服。

我再次回到了那个夏日的早晨，那个卧室。一定过了一两个小时。我一直在擤鼻涕，镇静下来，然后再次爆发。我感受到了震惊、无助和悲痛，这是猛烈、确凿的事情，“他已死去”

的意识让我紧紧抓住垫子，并开始尖叫大喊。艾弗又走了过来，我以为他要将我从折磨中救出来——但他让我四肢松开，还按了按我的胃部。他按着我的胃，说：“来吧！”他带了一个金属碗，我尖叫得太厉害，开始往碗里吐出黏液。我躺下后，他让我再次大力呼吸。那彻骨的疼痛又回来了，我就像之前一样，开始啜泣、大哭、叫喊，再到尖叫，不过这次情况更糟糕了，我感觉到的是纯粹的失去，被抛弃，被撕裂，被彻底遗弃，更主要的是无能为力的感觉。

我不知道持续了多久，大概有半小时甚至更久。音乐一直在变换，但鼓声、各种人声以及背景里另放的音乐——非洲或者南美洲的音乐从不停息。我躺着，琼握住我的手。我觉得我做完了什么东西，但是感到困惑。

艾弗问我想不想试试他之前提到的药：克他命。效果会不一样的，他说。我想他的意思是，它会让我更深入烦忧之中，我觉得我应该试试，我都走了那么远，应该更进一步，将这件事完成。所以我说，我想要吃药。我以为克他命会是一粒药片，但过了一会儿护士拿着针走过来，让我脱下裤子。这一针打得我很痛，针似乎正中肌肉，深入下去。这是种尖细、猛烈的疼痛。她打完针后，我拉上裤子，重新躺好。我等着更糟糕的事情发生。我闭上了眼睛。

过了一会儿没发生什么。但过了会儿我开始笑。我发出类似“嘿！”的声音，露齿而笑。我不停地笑。慢慢地，我被美丽的颜色淹没：边缘在闪光的暗橘色，而后变成令人愉悦的蓝飘浮在眼前，那种你从飞机窗户望出去的蓝。然后色彩变成整齐的排列，如同威廉·德库宁的画作，形成橘色或白色的巨型长带，又变成不同形状的蓝色和粉色。这些色彩极富生机：边缘的部分看上去还是湿润的，仿佛刚刚画出来，其他部分你则能看到画作的质地，看到色彩是如何涂抹的。其中一个阶段，我大叫起来："你好！杰克逊·波洛克！"

此类画作我已浸淫多年，我欣赏它们，还会阅读关于纽约画派的书籍，了解抽象表现主义的崛起。但没出现任何黑暗的东西，没有类似马克·罗斯科画作的场面。只有明快的美丽，在雄心勃勃的画作中对粉色和柠檬色的自如使用。我看到的东西比德库宁或者萨姆·弗朗西斯的画作更为美丽，在形式上更为纯粹。我知道它们在我面前划过，飘浮的梦境让我笑了出来，但它们如此真实，我看到的一切如此纯净，我竟不相信它们会消失。我热情地看着它们，愉快地大叫起来。我看着琼，对她微笑。她也以微笑回应。

后来响起了诗歌和歌曲：路易斯·麦克尼斯的诗句（世界日益疯狂，远超想象 / 根深蒂固地复杂。我感受到了，并掰开 / 橘子，吐出果核，感受到 / 丰饶之物的迷醉），以及《多么美好的世界》全曲。

慢慢地，视线变得模糊，真实的世界越发明显和真实。灯光出现，音乐也变换了。开始时的说话声再度出现，终止了这一环节。我不知道自己的感受。艾弗放起了爵士乐。

周六又是美好的一天，我们在昏暗的教堂里进行了两个环节。我回了一趟家，在自己的床上睡了个好觉。这一次轮到我去照料琼。我得和她坐在一起，等待她的吩咐。因此我抓住机会好好四处看看。急促的呼吸开始后，场面如同地狱一景，躺在毯子上的每个人全都沉浸在个人的梦魇之中，好像有人向他们讲述故事，他们尖叫、大喊而后静躺。我知道有些女人曾被强暴或者性虐待，我知道她们正在试图解决问题。

但克他命影响人的方式却各不一样：一个女人只是大哭；另一个男人逢人便打，必须被人按在座位上。我不停地想：到六点，我也得再次面对这一切。我并不期待重返父亲去世的一幕，只是为昨天晚上发生的事情感到惊讶，但我不觉得这一幕还会发生。

下午，我们重新开始画画。我画的第一幅画十分黑暗。我看了看昨天的画作，在我看来它和死亡有关——呈现出身体进入黑暗之感。当天下午，我又画了几幅画：其中一幅黑得滑稽，但我放任自己，将脑海中的事物自由画出。此时和昨日相比，我更愿意集中在我的画作上。我必须做点什么，如果运用得当，这能帮助我去诠释、处理我前夜碰到的问题。

我在想能否把克他命的效果画出来：那壮丽闪亮的色彩，那开心的感觉。我混合了白色、红色和手头所有的亮色，同时不断将白色涂到混合物中，接着将它抹到纸的表面，像小孩玩泥巴一样来回旋转，让形状自由发展。颜料涂得很厚，色彩很明亮。我坐下，看着它风干。我记录下了自己吃药时出现的一切。

此时还有不少时间，每个人都很忙碌。我想我已经完成了画作，但还是拿了另一张纸，在上面画了个黑色正方形。我依旧不知道画下一样东西而非其他事物的冲动是否有意义。这个正方形我画得很慢，它似乎重要得每一笔都得正确无误。我不知道将要做些什么，我想就让它这样好了。我坐在地上看着它，想着接下来要做什么。慢慢地，我想到用明亮的颜色包围它，就像描绘药物的画作那样处理。这个念头一出现，我就决定坚持下去。我觉得，这样难免变成描绘前夜那黑暗与光明混杂之体验的陈腐图像。但这个念头留在我的脑中，我想要付诸实行。不久，我开始忙碌地在黑色颜料周围涂上粉色和橘色。

快要到下一个环节了。我依旧期望自己看到些别的东西。我想我没法再深入父亲死亡的经验了。我们取了各自的垫子，将它铺展开，我觉得这次会有新的事物浮现。我像昨天夜里那样躺下。这一切又来了。

我擤了鼻涕，深呼吸，哭泣复又开始，逐渐变得无法控制，我大喊、尖叫，停不下来。背景音乐不止，反复不停，在歌剧和古典音乐片段之间放出激烈和令人烦扰的声音，但我没怎么注意到音乐。我握住琼的手，大叫："可以让我解脱吗？"接着便哭出来，仿佛无人回答，抑或不会再有回应，仿佛我会被许久之前发生的事情终生困住。

但情况开始变化，变化得平缓而柔和。我开始大喊：“我会让你解脱的。”我仰卧着，做出好像要从嘴里释放出气体的手势，接着轻声道“我会让你解脱”，不断轻声重复。我也不知道我有没有让他解脱，但平躺着的我感到了快乐，还说出了我平生从不敢去想的东西。

我再一次难以分辨时间过了多久，但从大喊“你可以让我解脱吗”到“我会让你解脱”似乎发生得很快，大概只有二十分钟或者半小时。我躺在那儿做着好像要从嘴里释放些什么的手势。

我想我的治疗已快要结束，想不到事情还能如何发展。我示意琼我已经可以了，她去将艾弗找来。但艾弗说我应该继续，我应该再急促地呼吸。他说，还有呢。

于是我躺在垫子上，深呼吸，听着周围的声音。我径自回到自己的空间、隐藏的世界。现在，我对父亲充满温情，而不是恐惧他的死亡。一股力量逼着我去感谢父亲给予我生命，但我感到尴尬。这听起来更像是你会在糟糕的葬礼上听到的东西。但我必须去做这件事。我躺着，感受着，试图让自己去做这件事，把这些词语说出来，感谢父亲给予我生命。我又退缩了：我必须让自己说出平常不会使用的语言。我必须说：“感谢您给予了我生命。”我必须反复说出，直到确信自己是认真的，并不再为此感到尴尬。

最后我想要祝福他。这是我人生第一次有这个念头。我想对他画一个十字。这不仅是暂时涌进我脑中的念头，而是一股强烈的需要，我必须做这件事情。我第一次为琼在我身旁感到尴尬。我会觉得这很难解释。

但我还是照做了。我在空中画了十字，画了一遍又一遍。我别无选择。我知道到此为止了。艾弗让我停下来。

一切结束之前，我们就像刚开始时那样围圈而坐进行交谈。我们得到警告，接下来几天不要去酒吧或者和一大群陌生人混在一起。我们都过于坦率，过于真情袒露。我们讨论起第一天我们脑海里浮现出来的符号。我的符号是十字。现在，我觉得这个十字，是我父亲的棺木沿着中心通道移进恩尼斯科西大教堂时，祭台助手在其前方扛着的十字架，但我也不确定。我也为梳子找到了解释，但写下这段文字的时候我很肯定那个解释过于牵强附会和简单。我当时并不知道我是否会有所不同，有所变化。我现在也还不知道。

那是周日的傍晚。天空依然湛蓝，阳光和煦，我们在室内待了一天，阳光显得刺眼。我和琼、艾弗在草地上坐了一会儿，然后收拾好我们的画作。我将它们放在汽车后备箱，一直保存到最近。艾弗告诉我，这三天里我承受了太多，但我应该更进一步，我应该探访我父亲的坟墓，我应该再抽出一个周末过来。他确定，我还有更多的东西需要探寻。他说，我应该听听爵士乐。他说，说实在的，这对我有好处。

第九章

走到世界尽头[①]

两个月后，在七月的一个周日，我启程从西班牙北部的莱昂城走到圣地亚哥-德孔波斯特拉。我没有去查距离，因为我一开始就知道自己中途会作弊。事实上，从莱昂城出发本身就算是作弊了，因为认真的朝圣者应该从巴黎或者法国另外三个指定的地点出发，至少也得从西班牙边境出发。每一次见到认真的朝圣者，我心里都感到害怕：他们穿着厚短裤、最好的步行靴，背着棍子和靠得住的地图。他们知道将去何方：到朝圣者的庇护站去，到盖章的地方去，以证明你真的走了，并在到达时从圣地亚哥当局获得证书。

---

① 本章所言的朝圣路线，即圣雅各之路，以西班牙的圣地亚哥-德孔波斯特拉市中心葬有圣雅各遗骸的大教堂为终点。雅各是耶稣十二门徒之一，传说公元42年在巴勒斯坦被斩首，遗体流落到西班牙西北角。一直到9世纪，一位法国主教说靠着星光指引，在欧洲边陲之地找到雅各的遗骸，这地方后来发展成圣地亚哥。联合国教科文组织把“圣雅各之路”列为世界文化遗产，欧洲议会把它定为第一条“欧洲文化旅行路线”。朝圣者可以办理“朝圣者通行证”，可以沿途在证书上盖章，并入住朝圣者庇护站。

我什么都没有。我只带了个帆布包，装着几件衣服、几本书、一双跑鞋、一双拖鞋。周日早晨我在莱昂，很晚才起床，哪儿都不想去。外面很热。我想去看圣伊西德罗教堂万神殿中的罗马式壁画。这是幅精美逼真的耶稣像杰作，背景是浓烈的深蓝，他抬起右手，伸出两根修长的手指，束腰长袍上还有金色的漩涡金边。他周围则是马太、马可、路加和约翰。他们中两人为兽头，一人鸟头，只有一人为人首。他们手中拿着书，背后长着巨大的棕白翅膀。有部分颜色已经脱落，但大部分人像还是很完美，其中的细节，比如最后的晚餐时桌上的食物，画得让人震惊。这是个二维的世界，人物的脸上没有表情，动物、植物和图案体现出来的细致和精准则和人像无异。

我将帆布包留在宾馆，每次觉得该回去拿包出发，又会被一座座宏伟建筑、看似不错的咖啡馆抑或可以坐着观察行人的座椅分神。我如此不情愿开始的去圣地亚哥的朝圣路线，是那些伟大而神秘的欧洲旅行路线中的其中一条。十一世纪的《罗兰之歌》叙述过查理曼大帝壮阔而神秘的旅程，尽管其实他并未走到加利西亚那么远。据说雅各伯的遗体用船运到了圣地亚哥，可是到了九世纪才被发现。①

这段旅程及其起源，很快就被谣言、模棱两可以及迷信所包围。到了十二世纪，独行者和修道士都会踏上朝圣之旅。这

---

① 据传，雅各伯被斩首后，遗体被弟子装在船里运送到了加利西亚，并修建了一座简单的陵墓。该陵墓在 9 世纪的某一天被探险者发现。

是段冒险之旅，来自全欧洲的人，通常都会结成大队行进以防强盗，他们会去拜访展示圣贤遗骨的圣地，开辟贸易的路线。他们同样也会观瞻圣伊西德罗教堂的万神殿，或许对他们而言，这田园风光、日历以及《新约》故事的混合物看起来不会那么奇怪。或许对他们而言，旅程中最重要的事情，是他们每天都在向西前进，向落日前进，向着圣地亚哥的雅各圣殿前进。

在北美大发现之后，这条路线依旧流行，只在十九世纪短暂消失过一段时间。现在，西班牙都已加入欧盟了，路标、接待、公费补助宾馆、朝圣者收容站等方面都有了持续的进步。加利西亚素以原生态、绿野小村遍布闻名。（这同样是个传统的、紧密团结的世界，走私和小腐败也颇为盛行。）这条路线适合当代的朝圣者，以及那些寻找健康假日、寻找迈克尔·雅各布斯在《圣地亚哥-德孔波斯特拉之路》中所说的“略经伪造的中世纪怀旧感”（这被路易斯·布努埃尔在电影《银河》中嘲讽了）的人。

我收拾好帆布背包，戴上帽子防晒，而后出发。但第一个诱惑很快就来了，事实上，我还没离开城里诱惑就来了。这便是圣马可酒店[①]。这是座建于十六世纪的修道院，坚实而壮观，外表的细节装饰精美。它已被改建成了豪华的宾馆，隶属于国营的连锁酒店。我突然想到，在这里过一夜对我有好处。我走

① 圣马可酒店最初为圣地亚哥骑士团的修道院，供朝圣者休息下榻之用，后来改为关押政治犯的监狱，如今则成了国营连锁酒店。

进凉爽的门廊，发现酒店还有空余房间，便转身坐在长廊的石椅上。我闭上了眼睛，听着鸟鸣，又睁开眼睛，环视其拱廊、琢石以及装饰。床铺上会有干净、洁白的床单。我思考了一会儿。十二世纪后，这里变成修道院和医院，朝圣者会在这里睡觉。我想，如果我向第一个诱惑屈服，剩下的旅途中将满怀内疚。我拿起我的背包，走了出去。

我穿越莱昂冗长的郊区，经过以前的工厂、车库和货栈，我一直都在寻找标志告诉我哪里会有专供朝圣者行走的路，抑或巷子、专道，却只见一条繁忙大路。我的帽子被卡车卷起的气流吹走了，之后每一次看到卡车驶近，我都得用手按住帽子。天气逐渐变热，远处山峰传来轰隆雷鸣，西边天空接连亮起闪电，下午还下起了毛毛雨，但我还是没找到路，即使路上有标志解释这是去圣地亚哥的路线中的一部分。卡车、小车、摩托车飞驰而过，丝毫没有中世纪的迹象和景观，只有立交桥和大路旁边的煤渣跑道。这风景平淡且死气沉沉。我遇到了一个带着地图的德国朝圣者，我知道自己走的路是对的。他也痛苦不堪，建议我们一起走一会儿，但我说我会在几公里开外的下一站村庄停下来歇脚。

将距离抛离脑海，情况变得可以忍受，我一心行走，不去想时间，不去想还有多少公里要走。我不知道我的终点在哪儿——我已经走了四个小时，但走到奥斯皮塔尔德奥尔维戈的最后两公里，我每一步都数着数，细雨变大了，旅途也变得更令人难受，我也变得疲惫。我在这简陋小镇的主道找了一间酒吧里坐下，男人们在打牌，我喝了杯掺了柠檬汁的啤酒，再喝了杯咖啡。白天还有三四个小时才结束，我除了散步，无事可做。过了一会儿放晴了，天空湛蓝，地平线上飘着几朵懒洋洋的云。我不知道我要去哪里，但想要去一个能找到好几间酒吧、一间餐馆和一个像样的广场的小镇。走着走着，我意识到脚步能及的范围内都不会有这样的地方。

夜里八点钟，我已在大路旁的松土小道上走了好几英里，我找到了一家有餐馆和房间的现代旅馆。它处在荒原的中心，看起来毫无光彩。我想象得到，我会在十点结束晚饭，喝几杯后就上楼睡觉。我想，这不是中世纪朝圣者踏上这趟旅程所追寻的东西。旅馆前还有一段笔直的长路，一个指向火车站的路标。我看到一个男人坐在车上听着收音机，便问他是不是很快就会有火车到。他看了看手表，做出那副所有西班牙人都会有的、不能确定、一切差不多的表情。我决定不管怎样都沿着路走下去，即使我还看不到火车站的标志，也看不到火车轨。有好几次我都想转身，满足自己回到旅馆，但我还是前进。我问了一个正在花园里劳作的女人火车是不是开走了，她说她也不确定。火车站的建筑似乎已废弃多年。我找到一张时刻表，却发现向西边邻近城市阿斯托加开去的最后一班火车应在十五分钟前开走了，并且没有别的火车了。我站着看那些刻进泥灰墙面的名字，然后走出去观察站台。

转身离开的时候，我注意到远处有什么在动。我知道那是什么。我在电影里看见过。这是火车的车头灯，灯光在温暖的空气和烟雾折射中变成光晕，它正在缓缓驶近。我没有票，车站里也没有别的人，所以我伸手拦车，它就缓缓驶入站台停下了。我太开心了，根本没想到这是作弊。我对着车厢里的人微笑，然后坐下。到阿斯托加要半小时，但我自己走得走上一天。我将自己与中世纪那些独行朝圣者并排，他们也一定作弊过。我闲坐着，欣赏着夜灯下景色的微妙色彩，感觉很好。

阿斯托加的市中心有一间豪华酒店，叫高迪[①]酒店，其窗户可以俯瞰宽敞的广场。我在酒吧里坐下喝了几杯，在餐厅敞开的窗户旁吃了晚饭。早上，我去了主教宫，这是高迪接受委托设计的少数加泰罗尼亚以外的建筑，现在被改建成博物馆。这座建筑大量借鉴中世纪建筑风格，那圆柱、拱顶、狭小的窗户、尖顶、拱壁、角楼以及隐约的威胁感。这座建筑大概最接近他在巴塞罗那设计的桂尔宫。桂尔宫和阿斯托加主教宫都以居住为最初目的，但现在都成为博物馆，这也符合情理：没人会住在这些地方。高迪喜欢让房间相互交错，不再有规整的形状，因而主教宫连门都没有，你也总能够看到下面一层楼在发生什么。高迪设计了一座阴谋之宫，这是间谍和窃听者的天堂。

---

① 安东尼奥·高迪（1852—1926），西班牙建筑师，塑性建筑流派的代表人物，属于现代主义建筑风格。设计过很多作品，主要有下文提到的桂尔宫、阿斯托加主教宫以及巴特罗公寓、圣家族教堂等。

在宫殿里，主教无处独居，无处得到舒适。高迪自己对舒适没什么兴趣，他肯定想不到为什么主教要住得舒适，我猜测，这就是主教居于他处的原因。

我再次出发行走。我穿越开阔的乡间路，避免繁忙大路，但显然不够注意路标。走了将近两个小时，又走到一间豪华宾馆。我问门房这是不是去圣地亚哥的路，他告诉我，我走错了方向。他说，我得走回阿斯托加。我觉得自己像个傻瓜。我在酒店里吃了午饭，叫了辆出租车送我到阿斯托加车站，然后买了张从庞费拉达去维拉弗兰卡的票，这是朝圣路线上的两个主要村庄。巴士从站点出发驶入大道时，我看到了二十四小时前在路上遇到的那个德国人。他还在走。我掉头，免得让他看到我，让他知道我作弊得多过分。

他们在车上放了部电影，就像越洋航班那样。电影满是尖叫和折磨的可怕场景。到了中途我才想起这是《沉默的羔羊》。整辆巴士里的人都在惊恐之中看着。我努力睡觉，却又被尖叫吵醒。

到维拉弗兰卡后，我走到小镇最高点，坐在圣地亚哥教堂的阶梯上，这是座简单的罗马式小建筑。附近似乎有庇护站或青旅。我走过去看：此处满是忙着做晚饭的年轻人。其中的一些人还带了吉他。我不想留下来参与自娱自乐的歌会，转身走向教堂南边的门口，此处以“赦罪之门”闻名。在中世纪，那些走不下去、没法到达圣地亚哥的人，就会停在这里请求宽恕。

他们会将手放在磨损的石头上，看着石刻，接受他们本应走完全程才能得到的赦免。我不知道那些作弊的人能不能到这里来，但我还是在台阶上坐了会儿，看着镇上的屋顶，请求旧石赐予我小路、乡间路以及田园牧歌之美，以走完剩下的旅途。

我查到路线的下一站就在繁忙的大路边上。最后一班车已经走了，所以我走到主干道上截车。我想，这是最后的稻草：这是公开、不要脸的作弊。我搭上了一辆车，车主正要到海边去找他的家人。他说，如果我愿意的话，他可以一路送我过去。我告诉他，我正在去圣地亚哥朝圣。他说，朝圣者本应走路啊。他大笑起来。

宣告莱昂省已到尽头的标志出现后，他就把我放下了，我们来到了加利西亚。从法国出发的人会迎来四种语言：法语、巴斯克语、西班牙语和加利西亚语。他们也进入了一个崭新的世界：更多翠绿，更多雨水，和莱昂及卡斯蒂利亚相比，此处的科技更为贫瘠落后。此处有着爱尔兰那样的移民传统，加利西亚人的后裔遍布南美洲的好几个国家。

夜里安静而温暖，极适合散步。我换了张更好的地图，相信向左转弯，走下河谷就能到官方的庇护站了。我还未注册成为正式的朝圣者。我没有小本，也没有盖章或签名，走过去的时候我想，这是我加入的机会了。

然而，我再一次拐错了弯道，往回走的时候我意识到，天渐渐变黑，白天最多还有一小时。我要集中注意力辨识方向，别再干蠢事，能走多快就走多快。到了佩德拉菲塔的村庄，一个男人告诉我朝山上走半小时就到朝圣者的庇护站，我决定到那儿去。

事情总是这样：一旦我开始计算时间或路程，旅程就似乎永无终止。天黑了，薄雾漫起，逐渐浓重，最后下起雨来。我继续走着，每次转弯的时候都期待着能找到庇护站的灯光，但我找到的只有指引人去庇护站的标记。雨在倾斜的风中朝我打来。路途似乎漫无止境。我努力不去思考，道路弯曲转向时只把注意力集中在其他事情上。但这样做庇护站也并不会变得更近一些。我已经走了一个多小时。我想知道那个给我指路的男人是不是说开车半小时能到，根本没有人能在半小时内走到。我跋涉着，想着能有一个小房间，有干净的床，洗个热水澡，还有满是朝圣者的餐厅，吃上他们所提供的热汤和本地红酒。我希望背包里的衣服是干的。我迫切想要到达。

最后，我在倾盆大雨中拐了一个弯，庇护站就在面前。我看见了灯光，走近后还看见许多巴士。地上支着帐篷，我期待会有人同情我在雨中走了那么久，期待关心与挂念。我走进人山人海的餐厅，靠近一个侍者，他却让我站到一边，走回厨房，理都没理我。每张桌子上面都有一瓶酒、好几碟热汤，还有肉排和土豆条。我饥肠辘辘，迫切想要洗个澡，换上干净衣服。侍者回来了，但当他注意到我后，却粗鲁地告诉我，已经满员了，不只是餐厅，整个庇护站都满了。说完他便走进厨房，消失了。

一个年长的男人走出厨房，但同样粗鲁：满员了，这地方满员了。他走到临近的桌子前点菜。他离开的时候，我伏击过去。我问，我能怎么办？他耸耸肩。他告诉我，我可以叫一辆出租车，然后便走回厨房。我跟着他去打电话，出租车司机答应来接我。厨房里的男人告诉我，打这个电话需付二十五比塞塔，并且我出去在大厅里等会比较好。

我依旧浑身湿透。我坐在大厅里，帆布包放在身边，餐厅里来来去去的人都会看我一眼，我好像在被展览似的。最后，出租车来了，司机告诉我他也在佩德拉菲塔开了一家旅馆和餐厅，他欢迎我去那里住。他说，在雨中走了那么久却发现这地方已经满了，实在太惨。我怀疑他在挖苦我。

第二天阴沉多云。旅馆旁边有一个市集，我买了双新跑鞋换掉仍然浸湿的旧鞋。一个红发男人在桶里煮着巨大的鱿鱼。汁水变成了粉色，沸腾起来，就像是奇怪的合成酒。那个男人不时地用棒搅动鱿鱼。不久，鱿鱼煮熟切块后会变得十分美味，但此时仔细观察，看着那些小小的橡胶般的突起、结节和疙瘩，它看起来更像不能下咽的东西。

天气转晴，我再一次走上山。这一次，我知道庇护站有多远，便什么都没去期待，既没计算脚步也没计算时间。我站着观赏绽放的金雀花，欣赏峰壑绵延到远方的山岭。好几次我都驻足而坐。我知道，一天里我大概能到一个叫特里亚卡斯特拉的村庄，不过这条路线以小路为主，搭火车、巴士或拦车都没什么可能。

但诱惑一路都在。我走到昨天晚上拒绝我的庇护站，心想能不能吃上一顿早午餐。这个念头一旦进入脑海就萦绕不去了。我几乎就要走过去了，但我知道我会进去，历经重要的抉择时刻，还是进去了。

午餐已经开始，好几张餐桌已被占满。我等到我的朋友、昨天晚上的那位侍者从厨房里走出来，告诉他我想找张桌子吃午饭。他环视餐厅，然后用和昨晚一样粗鲁的语调回答：我们没有桌子给你了。我指着一张坐了五六个人的长桌，此处还能容下五六个人。我问，我能坐在桌尾上吗？他耸耸肩，说如果我想的话可以坐，但并不鼓励我这样做。我坐下了。

看菜单时，我意识到桌上其他人都是英国人，看上去不像朝圣者，也不像度假的家庭，多在三十岁左右，其关系也难以估测。我盯着其中一个人，我肯定见过他，他小心翼翼地将头扭过去了。我向他们问起朝圣的问题，结果发现他们是 BBC 剧组，正在拍一部关于圣地亚哥之路的电影。我告诉他们，我正在写一本相关的书，并大声询问，餐厅里还有没有同行。他们都很愉快，以一种英国的方式表达友好。从刚刚打交道的那些粗鲁的加利西亚人中解脱出来，我如释重负。

我看着那个刚才扭头过去的男人：他戴着眼镜，留着直发，四十多岁。我突然间想起他是谁。

“在亨利·詹姆斯的小说《使节》中，查德家是怎么赚钱的?”我问他。

“没人知道。”他回应，似乎并不对这个问题感到惊讶。

“但你在你的第一部小说里提供了答案。”我说。

“在我的第二部小说里。”他纠正我。

“你是戴维·洛奇。”我说。他承认了。他是这部BBC影片的解说人。

我们吃了午饭。剧组欢声笑语，以昵称互称，彻底融为一个团队。他们甚至将戴维·洛奇叫做“洛基”。他似乎为我没有那本应被整齐盖章的官方指南而感到困惑。我知道他想帮助我，但爱尔兰人和英国人之间经常很难交流，我想了一会儿，他可能觉得他在威吓我。他很快不再说话，只是微笑，我也回以微笑。

剧组和洛奇有一辆面包车。我十分想和他们一起去，放弃我独自行走的安排。我坐着喝咖啡喝了久久，但我知道不能这样下去，便起身离开。此时还是正午过后，我朝西往特里亚卡斯特拉的方向走去，对剩下的一天不抱希望。天空蓝中带白，蓬松云朵在天际聚集。在南方的远山之上，我看见了一只静止在空中的猎鹰，它就像被一根紧绷的绳从地面上绑住一样，却更为稳定，然后它缓慢地俯冲，不为捕食，只是靠近在更低之处盘旋的同伴。

沿着山脊而行的道路位于两座溪谷之间。土堤上是野草的盛宴——狗舌草、蓟、雏菊、三叶草、蕨、荨麻、黑莓丛，每一片的大小形状均不同，色彩质地各异。我经过一座小村庄，走到了路旁的小径上，一路上两座溪谷时隐时现。此处的天空和西班牙南部及加泰罗尼亚的天空不同，云朵不停变换，遮住太阳，又在风中消散。我路过一个西班牙语标记，上面被画了个叉，改成了加利西亚语。我走上了一条小路，可以尽览山谷满坡美丽的金雀花。我能听到的声音只有不停息的鸟鸣、牛脖上系着的铃铛的微弱声音，还有远方拖拉机和农具的声音。我走了几英里路都没遇到一个人。

两条道路分歧之处的灌木丛上会有一块黄色塑料，告诉朝圣者应走哪条路。小路依旧沿着山脊而行，景色依旧引人入胜：近处是嫩绿和黄色的小山丘，远处则是山脉。我不时会经过小屋，附近永远都有人（通常都是老人）在田野里劳作，弯腰播种，在炎热的下午挖土。后来有人告诉我，年轻人遵循加利西亚人远行旅游的传统，全都离开了土地。天空中时常可见猛禽——它们是空中黑暗、孤独的尘埃，在山峰上盘旋。它们飞近，我便可以坐下观看，这巨大残忍的生物一动不动，准备如同利箭般俯冲。

这个由窄路、干枯石墙以及为朝圣者指路的黄色塑料片组成的世界里，一路分布着不少小村落。其中一些还是老式的圆形茅草屋，但也建了许多摩登的房子。我被告知，还要走很久才到特里亚卡斯特拉，但他们又说，如果我坚持赶路，就能在入夜前赶到。他们是用西班牙语说的，但听起来就像是加利西亚语，词尾的“o”音听起来就像“u”，“s”音听起来就像“sh”。我在朝西走，在朝大西洋和落日前进，这太重要了，让行走变得更为轻松，尽管我的脚和后背都在发疼。我再次开始幻想干净的床以及酒酣饭饱之时。

我开始走下开满紫色石楠花的山峰。太阳就在我正前方。不久后天色就会变暗，太阳会沉入大西洋。我面前这幅宽阔全景图的色彩是华丽奢靡的。人们还在田野里工作，我问他们到特里亚卡斯特拉远不远。他们说，下坡走四公里就到。草和苜蓿的味道甜美而强劲，我第一次感觉到不去作弊的强烈快乐。但路程多于四公里，并且也不全是下坡路。我再次问人的时候，他们告诉我，不远了。显然他们已熟悉这套辞令。最后半小时的路程纯粹是垂死挣扎，但随着特里亚卡斯特拉的屋顶逐渐映入眼帘，欢愉与期待彻底压倒了痛苦。村庄外放着一个巨大标志，宣告在欧共体援助下，即将为朝圣者所建的新宾馆已纳入圣地亚哥之路发展的一部分。

根据我手上的导游书，一千多年来，特里亚卡斯特拉都是朝圣者的驿站。一位长者告诉我，村里有两间宾馆，并向我指出他认为更好的那间。这间宾馆给我提供了一个小房间、木地板、狭窄铁床，就像个女修道院，但很便宜。我洗了个澡，换掉衣服，晚饭吃了汤、鲑鱼和白葡萄酒。这小餐厅里仅有的另一个人是个法国人。他说，他已经走了二十一天。早上八点他会再度启程。他问，我打算何时启程？十一点，我说，十一点。他摇着头评价，你真懒。我说，这就算懒？你知道得还不够多。

第二天早上，我坐在宾馆一楼的咖啡馆里，喝着咖啡，吃着羊角面包。我本可以在床上躺一天，我起来纯粹是因为女店主过来敲门。她告诉我，另一个庇护站所在的萨默斯就在两小时路程开外。动身时我脑中想着，我可以走两小时后就歇歇脚。我双脚疲惫，精疲力竭。我根本没法阻止自己计数，同时将数字除以八再乘以五，把公里转化为英里。这是温暖的一天，并无小径，路面很硬。走了一会儿，我想躺在地里，但我不能歇息下来。我必须忍住疼痛继续走。我缓慢而痛苦地朝萨默斯走去，好几班骑自行车的人超过了我。我的导游指南承诺，萨默斯会有中世纪修道院和清洌干净的河流。我想知道那儿有没有酒吧和餐馆。

萨默斯的确有酒吧和餐馆，但骑车的人先到，所以早已排起长队。吃完午饭我过了桥，走过田野，在河边躺下。河水挺冷，但长途跋涉之后，脱掉衣服在河里打个滚，然后躺在草里晒干，脑中想着计划，确实是种解脱。

我喜欢置身于西班牙：喜欢其热度、菜肴、美酒，以及人们相望和交谈的方式。我躺着思考起来。我记得十七岁的时候，我找了份暑期工，在爱尔兰东南部一家大酒店的吧台工作。我带了几本书，有一天我下午放假，便走到海边，读起收录在《海明威精选》中的《太阳照常升起》。我还从未离开过爱尔兰，从未读过这样的行文。西班牙的每一方面都让人愉悦：侍者看你的方式，桌布折叠的方式，人们聚集一块的方式。

我的朋友、爱尔兰小说家约瑟夫·奥康纳，会在第二天早上到达加利西亚以南的比戈。我坐出租车到了最近的巴士站，赶上末班车去比戈。大巴表现不错，疾驰而过坎坷崎岖的道路朝南开去。每间屋子、每片土地前方都有一座 horreo[①]——我后来才学到这个词，这是一种带顶的吊脚小屋，顶部通常还会有个十字架。在别的社会，这可能是为亡灵而建的。其中一些就和屋子一样大，是用来储存稻草和易腐品的棚。在旅途的前半部分，我还没问同行者这些是什么东西，我盯着它们看，想到了好多种可能的用途。

巴士抵达比戈的时候，天已经黑了。出租车队的第一个司机十分粗鲁。我让他送我到市中心，他说，没有市中心。我问，那市里哪个区域商店、酒吧以及老式宾馆比较多？他说，他可以送我到港口附近，他叹了口气，仿佛乘客给他带来了极大的痛苦和悲哀。

他载着我开下狭窄陡峭、通向海滨的山崖，停在一个吧台和前窗朝向港口的老式宾馆前。我在前台填了表格，爬楼梯的时候，我感觉我的双腿还是疲惫僵硬的。之后我在光照糟糕的

---

① 意为“谷仓”。

街上找餐厅，情况变得更糟糕了。或许走不远也是种运气，因为就在转角处就有一条满是餐馆的长街。我在其中一家店的外面找了张桌子坐下，等待侍者来换桌布。

户外座位前有些专售牡蛎的摊位，摊位旁的女人们似乎可以将牡蛎售给餐馆的客人。他们向我走来，我便买了半打牡蛎，并向侍者点了明虾和白葡萄酒。我想，不必再走下去，对我僵硬的双腿和疼痛的双脚都是种宽恕。或许我吃吃喝喝后躺在床上比较好。

第二天早上，我在机场和约瑟夫·奥康纳碰面。我已经给他在宾馆里订了个房间，我们会在比戈待两天，就在宾馆不远处活动，吃吃螃蟹、明虾、牡蛎，喝喝红酒、啤酒。这里的螃蟹叫做“buey”，西班牙语里是“牛”的意思，它们体型庞大，有着厚实棕色的肉。将蟹肉从钳里吸出的吃蟹技艺必定是一门艺术，因为已经有好几个侍者抱怨说我们并未掌握其中之道。加利西亚的里贝罗白葡萄酒度数不高，我们每顿饭可以喝上几瓶。

朝圣者们到达圣地亚哥-德孔波斯特拉的大日子是七月二十四日。彼时前夜，我和乔也乘火车从比戈出发。我的腿已经恢复，我还是稍感后悔：我没有走完最后一程，没能在一日长路后看见圣地亚哥之塔，只能在火车上看见它。

我们在市中心找了个便宜地方住下，而后开始在城市舒适狭小的道路上闲逛，两旁的屋子楼上均有着大飘窗，如同阳台，而首层则是老派的商店。朝圣者到处都是，饱经风霜的男男女女戴着帽子、穿着短裤，在脖子上挂着象征朝圣之路的扇贝贝壳，手中拿着棍子，包里也放着棍子。他们看起来健康而严肃。尽管他们来了，城市里的生意还是照做，夜幕降临，郊区以及圣地亚哥附近城镇的人家都会来到市中心，占据餐厅和酒吧，来回走动，打量经过他们的人，仿佛在搜寻走失的至亲。

这座城市建在山上的。老街和广场似乎是通向城市中心大教堂的动脉和静脉。大教堂融合了多种风格，可由多种路线到达并进入。大教堂位于城中的中心广场欧伯拉都依罗广场上，是矩形的巴洛克结构建筑，附有一个双层的斜坡楼梯，孑然独立，统领整个广场。但如果你从远处的一条小路偷偷走到“荣耀之门”处，看到的似乎是一座不同的教堂，只见精美的罗马式门廊，还有精致漂亮的石刻，刻画着圣人和《圣经》中的人物，以及天堂和地狱的形象。

“晚至十六世纪，”迈克尔·雅各布斯在《圣地亚哥–德孔波斯特拉之路》中写道，“圣地亚哥大教堂还日夜开放……但睡在大教堂的朝圣者发生丑闻，导致大门的里门被关上了。”我们可以轻易想象到一座被大众和教堂的权力包围的城市，教堂成为来来去去的朝圣者、商人、冒险者的主要住宿地和餐厅。

当晚正是一九九二年七月二十三日圣詹姆斯节的前夕，因此即使有人在教堂里睡觉，对热闹气氛也无太大冲击。高坛之上进行着弥撒，大群信众则回应着祷文。到处都是游客，包括拿着手杖、背着帆布包的朝圣者，他们围着大教堂闲逛，如同在逛集市。我在教堂高耸的内部游览时，看见一个去忏悔的女人，她就在我站着的地方旁边的一个老旧忏悔室旁跪着。我觉得如果我再走近些，就能听清她在说什么，但我还是走开了，转而看着神甫听她诉说罪愆时冷静的脸。人们排着队等她结束忏悔，让自己赶在节日前完成忏悔。

你也可以买票去参观拱顶、回廊以及圣物之展，但这座宏伟建筑的主要胜景却为人所共览：教堂内部这奇异、强大的力量以及美感，这宏伟的空间，这狭长而优雅的通道，以及天主教会处于财富与雄心顶峰的感觉。

带着证明自己走完全程的证书来到城中的朝圣者，可以在欧伯拉都依罗广场的朝圣者招待所喝上一杯，这也是西班牙国营旅店连锁的一部分。这一年工作人员正在罢工，在门前放了块钢制尖桩，阻挡或真或假的朝圣者来免费喝一杯。我们来到一间老餐厅吃晚饭，在大快朵颐的家庭和堆满空酒瓶、明虾壳、贻贝壳、螃蟹壳以及许多我们叫不出名字的贝类空壳的桌子中挤出一条路来。我们被告知得在十一点或者十一点三十分回到欧伯拉都依罗广场。我们开始吃饭的时候，许多家庭已经开始离开，为了在广场上占据有利位置观看传统烟火节目。

我们到达广场的时候，此地已经人满为患。我们在边上站了一会儿，然后试着挤到中间去。烟火储于广场的所有老建筑上。我们看着第一束烟花喷射到天上，燃烧绽放出色彩；我们欢呼着，和其他人一起屏住呼吸。你根本无法分辨下一束烟花会在哪儿发射，它们会突然间从你背后的建筑发射，然后在天空中爆裂成星火。这一幕维持了半个多小时。他们将最棒、最壮观的烟花留到了最后。

烟火表演后的圣地亚哥就是一个宽阔的酒吧。我还记得，喝完最后一杯酒已经是早上六点。第二天我在旧城的一个广场上吃午饭的时候，我不停地看到西班牙老牌法西斯团体“长枪党”的青年会分支的集会宣传广告海报。广场上有个酒吧，我们到那儿去喝一杯，也顺势看看有多少人会参加法西斯集会。

加利西亚现在有了自治议会，以及名为“Xunta”的自治政府，由现代西班牙历史上最有个人魅力的曼努埃尔·弗拉加领导。（在一九七六年的巴塞罗那，弗拉加为佛朗哥政权服务，是大众的一个眼中钉，我们曾经大喊：*Fraga*，*fraga*，*lagente no tetraga*——“弗拉加，弗拉加，人民不会吞了你。”）弗拉加创办了人民党，这个右翼政党逐渐成为西班牙对抗社会主义者的主要力量。当弗拉加从党魁退下后，便被加利西亚当地人的热爱所吞噬，他给人的印象就是一个强健的男人，一个支持民主的人民党领袖，现在他发现在这个系统之下他依旧可以保有权力。他以大手笔的作风闻名：二十世纪六十年代，有人声称西班牙海岸有一部分被污染了，作为西班牙现代旅游业的设计师之一，弗拉加召集新闻机构，亲自到水里游泳。

在接下来的几天里，我们在圣地亚哥附近的沙滩上打滚，弗拉加接待了正在访问西班牙的菲德尔·卡斯特罗。弗拉加带卡斯特罗去了他的祖屋餐馆，也似乎很愿意和他合照。这两个男人都是强壮的加利西亚人——如同佛朗哥，但他俩都幸免于难。卡斯特罗有着天然的领袖魅力，而弗拉加则自信满满。电视中，弗拉加和卡斯特罗出现在沙滩酒吧里，弗拉加脸上似乎有种逾矩的快活感：他似乎在说，意识形态并不重要，掌权才重要。

当我看到长枪党聚会的海报时，我很好奇，弗拉加在吸收右派能量和人们对加利西亚公众秩序的愤怒方面做得有多成功？我本以为还会有一小群人，结果，只看到几个穿军装的人和一个扩音器。这天正值节日，人们闲逛而过，并不止步，只是好奇地审视着这些青年。没人停下脚步。这群年轻的法西斯主义者在对牛弹琴。

加利西亚海岸线上遍布小港、歇脚之处以及渔村。我们坐车到了一个叫“旧金山”的海滩，租了间公寓，在海滩上躺了好几天。但我心里还想着别的事情。在中世纪，这条路线并不止于圣地亚哥。人们想要去看看世界尽头，这就意味着得继续西进。那时没有美国，没有古巴，世界不过是一片平原，周围则是悬崖。一切都还是秘密，等待被发现。如果你继续西行，就会走到欧洲的尽头，走到一个拉丁语叫 Finis Terrae、西班牙语叫 Finisterre 而加利西亚语叫 Fisterre 的地方。[①]

① 即下文所提的菲尼斯特雷角。

我们赶上去菲尼斯特雷角的车，在一座老村下了车。还要走不止一英里路，才能看到世界的尽头。此地仍有不少朝圣者，他们背着帆布包，拿着手杖，脖子上戴着贝壳，和我启程时在莱昂看到的朝圣者一样，晒成棕褐色，怡然自得。可以俯瞰世界尽头的小山位于海角之上，满是金雀花和石楠花。向上跋涉时，我们能看到下方海湾里如同银色微尘的小渔船。这里一定是走私船的天堂。

小山的顶端有两间卖冷饮的临时吧台、一座已成废墟的房子，还有一座仍然运行良好的宏伟灯塔，石块和油漆在闪闪发亮。灯塔旁边则是岩石和矮树，还有一条通往大海的小路。我站着，看着海浪拍打世界开始和结束的地方，而后撤退，空留白沫翻滚。

一四九二年之前，你可以站在此处，注视着深蓝大海、宽阔平原以及明亮天空中的炎炎烈日，你知道自己已到达事物的终点，你推测世界之外是什么：巨大的财富，无法想象的可能性，抑或只是空虚，只是一片会被同样的海浪触碰或靠近的深渊。然后便转身，朝家的方向走，远离落日，朝着阴沉的东面行走，朝那些将被重访的地方行走，永远回到这世界之中。

第十章
宗族的语言

一九九三年二月，我来到苏格兰，满心以为又会见到北爱尔兰的情形。我抵达之时，脑中满是这样的信息：这是个宗派分明、深度割裂的社会，歧视天主教徒；苏格兰劳工党主要是天主教，民族党则主要是新教徒；流浪者队和凯尔特人队的足球赛体现了天主教和新教间纯粹赤裸的仇恨。

我需要了解很多东西。比如说，为什么在北爱尔兰的新教与天主教暴力冲突并未在苏格兰发生？在未来会发生吗？天主教徒到底有多受歧视？著名的流浪者队对抗凯尔特人队的气氛到底是怎样的？

一九八六年，我曾到过贝尔法斯特为都柏林广播做节目，报道尚基尔路上的新教徒以及瀑布路上的天主教徒夜里酒风的差异。我和天主教徒打交道并无问题，也不必担心自己的安全问题。然而，我得花些时间去和来自尚基尔路的人联络，让他们带我去喝酒，保证我的安全。当时正是《英爱条约》签订后的夏天，贝尔法斯特的宗派暗杀再次发生，在尚基尔路的居民中，对爱尔兰及其公民的厌恶感十分普遍。

周五晚是新教之夜。我在贝尔法斯特中立区域的克朗酒吧和我的看护人碰面。我没想到我的天主教看护人也在，见到他们我很吃惊。不过这是个很受欢迎的酒吧。我没法将我的两伙看护人介绍给对方认识。我的天主教朋友觉得我不该去尚基尔路，反正他们从来不去。他们狐疑地看着我的新教看护人，建议我留在克朗酒吧就好。我告诉他们，第二天晚上我会和他们见面。我知道他们很担心。

我的新教朋友带我坐上出租车，到了一个叫马尔文的酒吧。他们问，这个名字对我有没有什么特殊含义。我回答说，这是二十世纪六十年代一个天主教徒酒吧员工被谋杀的地方。他们觉得，将我带到这个臭名昭著的宗派谋杀的发生地、这个酒吧，是个巨大的黑色笑话。他们的笑声中并无多少恶意，更多的是在贝尔法斯特常见的戏谑之意。我作为一个外来者，让他们觉得很欢乐。

我熬过了马尔文酒吧及其他几个酒吧中无尽的酒和可怕的笑声。我并未被介绍给太多人认识。（我的名字显然是个天主教名字。）酒吧都打烊后，我们到了一个饮酒俱乐部，此处更像一个满是桌子和喧闹谈话的体育馆。喝了几杯后，我注意到我的看护人都不见了。过了一会儿，其中一人随意地走过来，坐在我对面说：“我们得到的指示是：‘叫你的爱尔兰佬朋友出去。’所以现在就转身走出去，不要看任何人，到大路上去，能走多快就走多快。”

我照他说的做了。

第二晚，我和我的天主教看护人到了一家爱尔兰饮酒俱乐部。墙上贴着标志，说过于吵闹的乐队不允许再次演奏。一位承诺会全程留心的同行者问我知不知道这是什么意思。我回答说不知道。“这是在说，他们会被射死，”他说，“演奏得过于吵闹的乐队会被射死。”他们都笑了。他们的爱尔兰佬朋友可以毫无障碍地穿行于城中天主教俱乐部，他和自己的宗派在一起度过一晚，比起他和那些来自尚基尔路的新教徒在一起，要放松得多。

一个月之后，我出发到爱尔兰边境走了一趟，并写了本名为《坏血》的书讲述我的经历。路上我每走一步，都能察觉到新教和天主教的分野。这种分野有时会以仇恨或者是重伤的形式出现，但通常它只是简单地存在着：存在于每件事情背后，也能解释大多数事情。一九九三年我去格拉斯哥时，我的行李带的全是关于天主教和新教冲突的资料。我对此处的观念被我在北爱尔兰的经验深刻影响。很有可能我问出的全是错误的问题。

一开始事情还很简单。我在流浪者队和凯尔特人队比赛的前几天来到城中，我前去拜访记者和学者，咨询这两支球队那著名对抗的背景。我听到他们说：

新教徒更富有。天主教是较为贫穷的阶层，他们最初是在土豆饥荒之后从爱尔兰来到这里的，他们会给劳工党投票。但人们不会提及：这里的人太害怕了，根本不会将宗教传统带进来。

警察中有不少共济会会员，但也有些天主教徒。与其说是宗教差异，倒不如说是社会地位之差，不过这对新教徒有利。

监狱中百分之八十五的人口是天主教徒。（联系苏格兰事务部后，我得到如下信息：

下面是按照宗教信仰区分的一九九三年苏格兰监狱接收的人数百分比：

苏格兰长老会	57.7*
罗马天主教	33.7
英国国教	1.1
其他信仰	0.6
无信仰	6.8
	100

* 由于四舍五入，总和不是整数。

这些数字应被谨慎对待，因为它们的收集方式是询问入狱者何时初入教会。同时，也请注意我们并不知道入狱者是否虔诚的常去做礼拜的人。）

百分之六十五的人口是新教徒，百分之三十的人口是天主教徒。（根据苏格兰事务部的说法，这个问题人口普查表格并不询问。）

新教徒的孩子依然享有更好的学校，但是其差距在一九五〇年比在今天更为巨大。

此处的天主教徒对北爱尔兰的天主教徒有着强烈的同情。绝食抗议期间大家都很痛苦。鲍比·桑兹去世时，如果有领袖出现，公开的矛盾或许会更好解决。那么绝食只会带走一个人。[①]

这里的人很害怕过多谈论新教/天主教/爱尔兰。这是禁忌。这里的人会说你是个来自邓迪[②]的混蛋，却不会说你是个新教混蛋或是天主教混蛋。人们不希望看到北爱尔兰的情形。

---

① 此处指1981年的绝食抗议。当时被英国政府关押的爱尔兰共和军成员，为了争取狱中公平的待遇等发起了一系列抗议活动。1981年时的第二次抗议，参与绝食的囚犯鲍比·桑兹在绝食运动期间当选为下院议员，引起国际舆论关注。最后在绝食66天后，桑兹死于监狱医院。此次绝食运动最后在包括桑兹在内的10名囚犯死去之后结束。这一抗议事件使得爱尔兰民族主义更为激进。

② 邓迪，英国苏格兰东部港市。

我一到爱丁堡的《苏格兰人报》，就能马上告诉你哪些是新教徒哪些是天主教徒。

在格拉斯哥，流浪者队和凯尔特人队的比赛可以疏导能量和偏见。如果现场没有如此的极端，那么很可能会有暴力出现。

凯尔特人（天主教球队）在二十世纪六十年代中期主导苏格兰足球。一九六七年，它成为首支赢得欧洲杯的英国足球队。连续九年它都赢得了苏格兰足球联赛。但现在情况逆转了。可怜的老凯尔特人！运营球队的两个老家族对于换人十分狐疑。整个俱乐部都在退步，而流浪者队一直在招兵买马。

我总是在说，我绝对不会去看球赛。气氛太糟。九十分钟里，那些普通的、理性的、生活得不错的人……（停顿）……你可以感受到空气中的仇恨。别去就对了。

凯尔特人队赢了九轮后，流浪者队愤怒了。他们跑遍整个苏格兰，买下所有队中最好的球员。

气氛糟？你明天可以去看看，这会是场安静的球赛。现在流行的说法是，这场球赛是双方的宣泄锻炼。

一直到一九一二年，你还能找到为流浪者队效力的天主教球员。大约在一九一〇年或一九一二年，哈尔兰&沃尔夫（贝尔法斯特的造船厂）来到克莱德湾，从贝尔法斯特带来了一大群新教工头。流浪者队遇到了麻烦，有人指出可以建立一个只站在一边的俱乐部。情况从一九一二年开始保持不变，流浪者队绝不会故意让天主教球员上场。但凯尔特人队就保持着开放的招募政策。

这里和北爱尔兰不同是有原因的。城市住宅不以宗教为原则进行分配。本地并无歧视，而且天主教徒将自己和苏格兰劳工党联合起来。对天主教徒的歧视主要在银行和保险方面。在政治方面，天主教徒在地方层面和党派层面都有权力。

格拉斯哥一半以上的人口都有爱尔兰血统。

大多数警察是新教徒。大多数入狱的人是天主教徒。

球赛是种族仪式。凯尔特人队度过了十分糟糕的两个赛季，但球迷一直出现。这和苏格兰没有关系。这是被引进苏格兰的爱尔兰元素。格拉斯哥的天主教徒都是爱尔兰人。

球迷开始反对凯尔特人队的管理。

二十世纪五十年代，BBC 广播没有天主教广播员。不过商业电视引进后，情况开始改变。

两边看待世界的方式都不同。苏格兰长老会崇尚道德——节俭、勤奋工作的能力。和天主教的神学体系相比，卡尔文教更精于簿记训练。天主教更浪漫和具幻想色彩。我肯定你不会想要浪漫而具幻想色彩的会计。

签下莫里斯·约翰逊（流浪者队在一九八七年签下，他是天主教徒）真是天才之举。这一举消灭了流浪者队薄弱的地方。他是个十分勇敢的好队员。

流浪者队 / 凯尔特人队之分主要在于一种格拉斯哥并不存在的宗派意识。百分之九十的爱尔兰人都从多尼戈尔而来，都是劳动者和二等公民。凯尔特人队成为他们的焦点，成为赞美其身份认同的方式。你不能在银行里工作，你不能成为律师或记者——那些年里《格拉斯哥先驱报》甚至不聘用天主教徒——你可以成为小酒店老板或者是赛马赌徒——上帝啊，这就是他们在格拉斯哥所拥有的财产。

要是没有爱尔兰元素，那你会因无聊死在苏格兰。

在一八九〇年，格拉斯哥是世界上人均最富有的城市。

凯尔特人队的踢法很华丽，流浪者队则沉闷无聊。

此处尊崇的价值是智慧、聪明、热情和讽刺。

苏格兰人更关心他们和英格兰的联合，而非新教/天主教之分。

教宗到访还是很重要的。他来的时候大家都很骄傲。那天阳光灿烂。人们觉得那是个苏格兰人的日子。那是国家历史上的重要转折点。整个天主教社群都因此改变。

我刚来到格拉斯哥的时候问了个蠢问题。其时苏格兰掀起了一场新的写作运动，重视社会参与和形式上的能量。我可以列出十到十二个苏格兰作家，他们大都是不妥协的角色，与南部的英国贵族不同。我随意问了格拉斯哥的一个记者，这些人中谁是天主教徒谁又不是？我以为过半的作家都会是天主教徒。他停住想了一会儿。他摇了摇头。他说这很有意思，他从没被问过这样的问题，也没想过。他回道，肯定有天主教作家，但他也想不起名字。

除非我要算上缪丽尔·斯帕克。我说，她是个改教者，这是不同的。我问他，你的意思是这些作家，这些在年轻人中信誉良好、工人阶级的英雄，都是新教徒？他说，是啊。我继续，那你是说从来没人会提出这个问题？他说，对。你的意思是大多数人都不觉得这是个重要问题？答案再一次是对。

在爱尔兰民族主义的建构过程中，作家和政客、革命者作出的贡献一样大；其中的一些人——比方说，叶芝、格里高利夫人、辛格，都是新教徒，但他们为一个天主教国家贡献了力量和支持。在北爱尔兰，布赖恩·弗里埃尔和西默斯·希尼这样的天主教作家，虽然并不写政治方面的东西，却依旧是民族主义者共同体之社群感的重要部分。到了爱尔兰共和国时期，帕特里克·卡瓦纳和约翰·麦克加亨这样的作家为我们的世界正名。或许这是我的问题，但我无法想象会出生在一个没有作家的地方、社区乃至国家。

我想，可以讲的故事太多了：身无长技、目不识丁的男男女女，从爱尔兰的多尼戈尔来到这个由工厂、煤矿和劳工政治组成的陌生世界，这些局外人逐渐融入格拉斯哥；他们忠于凯尔特人队；还有城市中的酒吧生活；受益于免费教育的一代既归属于城市，同时又觉得自己是局外人。我不明白为什么苏格兰没有天主教作家。

一九九三年爱丁堡艺术节的一个深夜，我向一位著名的苏格兰诗人提出了这个问题。他也想不起有谁是天主教作家，夜色渐长，我提起了苏格兰银行和保险业对天主教徒的歧视，以及警局中的共济会影响。还有没有天主教作家的问题。我不小心说出来，这一切让我这个外地人觉得，这好像是在一九五四年的阿拉巴马州。苏格兰现在是世界上唯一一个让天主教徒处于明显不利境地的地方。北爱尔兰也一样糟糕，但是他们普遍承认了问题，还有许多委员会和组织专门处理这些问题。但在苏格兰没人承认这一切正在发生。

我的诗人朋友告诉我，我彻底错了。事情不是这样的。我来自爱尔兰，天主教和新教公开对抗。他重复道，在苏格兰，事情不是这样的。我问他，如果苏格兰没有女作家，或者说在一个黑人占据百分之三十的社会（正如天主教在苏格兰所占的人数）中却没有黑人作家，他又会如何回应？

凯尔特人队和流浪者队比赛前的周四，我给伦敦的一位记者打了电话，我知道他是来自格拉斯哥的天主教徒，我问他认不认识苏格兰的天主教作家。我很幸运。他毫不犹豫，就给了我一个名字——托马斯·希利，以及他的电话号码。我到书店买了希利的两本在售的著作。它们都由多边形出版社出版，第一本是一九九一年出版的《可能是耶路撒冷》，第二本则是一九九二年的《滚动》。我开始读《滚动》。

这是本讲述疯狂喝酒、纯粹孤独以及热切寻找救赎的小说，行文有股纠结、痛苦的尖刻，并不打算让读者好过。我假想——或许我没权利去如此假想，这本小说直接源于个人经历。书给人一种“没有什么是编造的，它以真正的诚实和努力去写下、塑造发生过的事情”的感觉。它就和当代苏格兰最优秀的作品一样有着这种尖刻。

我给托马斯·希利打了电话，并安排在当晚碰面。他提议在郊区一家光照良好的现代酒吧碰头。我点了一品脱酒坐着等他。他是个四十多岁的高瘦男子，紧张而有礼貌。他解释道，他自己并不喝酒，但不介意我再喝一品脱。他说，他去见了神甫，发誓要戒酒。我知道这种戒酒宣誓。这在二十世纪五十年代或者更晚的爱尔兰风行过。如果你是个酒鬼，又想要戒酒，你可以去见神甫，发誓再也不喝酒，或者发誓在一定时期内再也不喝。但，至少就我在爱尔兰的经验而言，这是过去的事情了。在这里却不是这样。

他说，他家里的情况很糟。他母亲住院了，他觉得她在那儿不开心，就把她接回了家。他得照顾她，让她得到细致的照料很重要。

他告诉我，他曾经与伦敦的文学经纪人和出版社闹僵。他说，有一刻，他生气得将唯一一份打字稿扔进了火里，就像《滚动》的主人公那样。他从这两本书中赚的钱很少。后来我们谈起了金钱和出版。

我提到，苏格兰作家似乎有种同志情谊。我提到了詹姆斯·凯尔曼、阿里斯代尔·格雷以及杰夫·托灵顿。他点点头，接着说他并不认识这些人。我问他，他是不是苏格兰唯一的天主教作家，他还能不能想到别的人。他想了想，笑了。他说，没人提到过这个问题。他也从没想过这个问题，不过这是事实。或许还有一两个天主教作家，但他想不出来。他摇了摇头，盯着自己的饮料。他说，太奇怪了，之前从来没人提出这个问题。

他说话轻声细语，当然，也很冷静。当谈到书籍和写作的时候，他双眼发亮。有时他也会提到自己那些与《滚动》中的叙述相一致的生活细节：骑自行车、拳击，还有他在德国的时光。我还没看完这本书，但那天离开后我读完了，读到了最后一页那未经加工、不留情面的诚实，书中充满了模糊性及尚未解决的痛苦，他是新教徒、天主教徒还是印度教徒都不再重要。然而，事实是，他是人们能想起的唯一一个天主教作家。

我第一天来到格拉斯哥，就和斯特拉思克莱德大学英语系的安德鲁·诺贝尔博士碰面了，并询问接下来几天我该拜访谁。他建议我去见见他以前的一个学生，他见过的最优秀的学生之一，现在在教英语。他把其名字吉姆·麦科马克以及电话号码告诉了我。我们商量好在我的宾馆见面。

我惊讶地发现，他已经五十多岁，和安德鲁·诺贝尔的年纪差不多。这种事情也不会在爱尔兰发生。基本上，人们上完中学要么上大学，要么就不上了。爱尔兰共和国没有针对成年人的国家补助金系统。吉姆·麦科马克是个爱尔兰名字，这让我很快有种温和的亲切感，让我想起了家。我问起了他的爱尔兰祖先。

他父亲在一九三四年离开爱尔兰，来到矿井，和他的叔叔、表兄弟一道工作。他的母亲在苏格兰出生，但她的父母来自爱尔兰的纽里。她的父亲曾参加英国陆军，在爱尔兰服役。他父亲工作的工矿的主人拥有整座村庄，但他没在矿井里投钱，所以它们变成了死亡陷阱。吉姆·麦科马克还记得神甫必须下矿井、到将死之人和死者身旁履行神职时人们的交谈，人们讲起事故时会用“他们包着他将他带出来”这样的表述，披着黑头巾的女人活在对岩石塌落和爆炸的恐惧之中。

他的父亲是虔诚的天主教徒，不伪善，是忠实的信众。他几乎不喝酒，十分受人尊敬。你永远不会远离爱尔兰。如果你在录音机听弥撒，而神甫又是英国口音，就会有人说：“把它关掉，这不是我们的弥撒。”战争期间，他父亲搞到了一块地。他会拿着一块黏土说：“这里会和你祖父在利斯纳斯基（在北爱尔兰）的房子一样，全世界的黏土都是一样的。”

圣帕特里克节是苏格兰天主教徒的大日子。大斋期都会因庆祝活动而暂缓。所有的赞美诗都成了他们的赞美诗：“光荣的圣帕特里克万岁，我们岛上的圣贤。”战后，国王和王后来到苏格兰，他的父母也没去看。

他说，苏格兰教会和政治左翼之间还曾发生过一场战争。

神甫们都为之疯狂。阅读《劳工日报》是种罪恶。他秘密会见曾在西班牙对抗佛朗哥的人，以及阅读伏尔泰、萧伯纳、奥凯西[①]、休·麦克德米德[②]、多米尼克·贝汉[③]自我教育的平民学者。父亲是共产主义者，母亲是从不错过一场弥撒的天主教徒，这样的天主教家庭很普遍。

矿井里也有新教徒，但他们也可以在炼钢厂里找到工作。有一个笑话就是嘲笑有天主教名字的人的："他不需要申请苏格兰银行的工作。"在格拉斯哥，法律行当的天主教徒通常都是刑事律师，因为他们没法得到商业律师这样的工作。

他父亲告诉他，他会拼命工作，实在不行了才允许他成为矿工。他赢得了中学里的一席之地，并开始阅读。当时，法蒂玛预言[④]的崇拜颇为盛行，人们会讨论吻一个女孩吻多久才不算

---

① 奥凯西（1880—1964），爱尔兰剧作家，被称为"一个来自工人阶级的粗犷的天才"，以描写战争和革命时期的都柏林贫民窟的现实主义悲喜剧而闻名，在爱尔兰文艺复兴中占重要地位。

② 休·麦克德米德（1892—1978），苏格兰诗人，民族主义和社会主义的倡导者，想方设法在诗歌创作中复兴古老的苏格兰语言。在1962年的爱丁堡"世界作家大会"上，他第一次提出了这个问题——苏格兰是否存在"民族文学"？

③ 多米尼克·贝汉（1928—1989），爱尔兰歌曲作家、小说家、剧作家，社会主义者，爱尔兰共和党成员。他因抗议爱尔兰劳工状况而多次被捕，出狱后和休·麦克德米德在格拉斯哥南部同住过三年。

④ 指圣母马利亚对葡萄牙法蒂玛的三位牧童所告知的三个预言，他们声称在1917年5月至10月间见证了圣母显灵，第一预言讲述地狱的形象，第二预言则描述第一次世界大战会结束，并据信预言了第二次世界大战的来临。

犯下罪恶。他读了雅克·马利坦[①]、布罗伊、佩吉和沃的书。但他喜爱和崇敬试图在苏格兰发动革命、曾和列宁对话的老一辈人。他说，苏格兰的这种精神本能兴旺发达。

他相信哥拉斯加的激进精神存活下来了，并且在艺术领域重新出现，在“7:84”等剧组活跃的剧院以及公民剧院。在这些场所，歌手、诗人、作家、剧组都很活跃，对他而言，这是老派社会主义者/共产主义者的温床。

他自己则来到城市里，成为海运事务所的职员。他发现了爵士乐，并开始写诗。那些年里，他在杂志期刊上发表了不少诗作。他一直坚持阅读。一九五九年他结婚了，成为一名公车售票员。一九六四年他进入大学研习英语，并得到了第一的成绩。他成了一所天主教学校的英语系主任。他说，现在这样的天主教学校里更严格了，要获得晋升还得让当地教区的神甫出示证明，以前是从来不用的。他们不会干扰老教师，但政策在收紧。格拉斯哥的公立学校主要都是新教学校，他是自愿来到天主教学校教书的。他说，他明白其中的讽刺意味。

他说，撒切尔主义对格拉斯哥有着很糟糕的影响。孩子们都想要成为会计和律师，然而他们之前是想成为作家的。二十世纪六十年代，学生们会在电话里向你朗读他们的诗作。现在，再没有诗人从学校里脱颖而出。与此同时，失业率又很严重，

---

① 雅克·马利坦（1882—1973），法国天主教哲学家。

毒品盛行。

他提到了阅读詹姆斯·鲍德温的情形，他意识到苏格兰的爱尔兰工人阶级常会自我蔑视。对他而言，共产主义的观念可以为格拉斯哥的爱尔兰天主教徒带来一丝尊严。我向他询问了天主教作家的问题，我告诉他似乎没有人想到过这个问题，我的爱尔兰宗派主义都作祟了。他也没想过这个问题。他认为，新教徒有归属感，但天主教没有。他曾作为一名作家受菲利普·霍布斯鲍姆邀请参加其工作坊，后者帮助过北爱尔兰和苏格兰作家，但他从来没去。

“我不确定，”他说，“在一个你并不归属的文化中是否更易具创造力。新教徒在自己的地方更觉自在，大声叫嚷着要独立。”

他说，在苏格兰当天主教徒意味着与众不同。北爱尔兰联合主义者的心态这里也有，他们觉得国家属于他们，而不是天主教徒。天主教徒不会被真正信任。他补充，应该记住，这些人从爱尔兰来到这里时，什么工作都做，要价也比当地工人低，这让他们遭到怨恨。

他说，这些作家全都来自工头的家庭，对小资产阶级的价值十分愤怒。他说，他们属于这里的一员。我能看到他在边说边思考，他也没法确切说出什么让他没法成为一名作家，让他一生都不够自信去达到这个目标。我还是颇感震惊，他的阶级、他的世代竟无人成为作家，只有托马斯·希利一人代表其下一代。

我问他，为何苏格兰从未有人权运动，也不像爱尔兰那样暴力事件频发？他说，苏格兰的天主教徒对北爱尔兰其实了解得不多，他们的敌人不是大不列颠，而是流浪者队的象征。其冲突关乎薪酬和生活条件，而且在房屋分配方面并无歧视。天主教徒已经接受了，这不是他们的国家。他们为此感到光荣。而他们与爱尔兰的联系中，更多的是浪漫的元素，而非真实的关系。

他年轻时对天主教的热诚，教会为保护苏格兰天主教远离共产主义所花的精力，现在仍会让他感到震惊。他们上演过关于法蒂玛、诺克显灵、圣多米尼克的戏剧，主教也会去看他们的表演。我们喝着酒交谈了很久，我能感受到，他告诉我的东西，那些过去的念头以及回忆，在他心中泛起了涟漪。我都忘了那天我有没有说，他向我提到的小说我至少读过两三本，而他遗漏的小说我或许读过更多，他的国家尽管并无此意愿，却需要天主教小说家，尤其是放弃信仰的作家。

第二天晚上，比赛前夕，我到了海拉蒂酒吧加入庆典活动，这是城中凯尔特人队支持者的大本营。他们喝酒喝得迅猛。我右边的一群年轻人点了三倍分量的威士忌，一口气喝下，喝完后摇着头喘息。其中一人看起来很不舒服。我被介绍为从爱尔兰来的记者，人们给我买了一品脱又一品脱的酒，不久我面前已有三杯酒。我和我的宗派在一起了。

酒吧里只有一个女人，她就坐在门边。我谈论起这件事，人们说她大概会觉得被隔绝，但流浪者队的支持者又会有何感觉？我相信酒吧里不会有流浪者队的支持者，但他们指出了这个人，我的其中一位同伴把我带到他身旁，并向他介绍了我。我问他，你是不是来错酒吧了？他笑了。他说，这里不是贝尔法斯特。他是这里的常客，在此永远受欢迎。他说，凯尔特人队输得很惨的时候，他也照常来，当晚球迷还感谢他来了，他的出现似乎让他们振作。

他说，比赛前夜，要让凯尔特人队的粉丝在流浪者队的酒吧里喝酒，就没有那么容易了，虽然也不会真有伤害事件发生。他说，他也不知道为什么，但气氛会更紧张。

海拉蒂打烊前的最后十分钟，气氛变得紧张起来。人们两口并作一口将酒吞下，又搞来一杯单份或双倍的威士忌。他们谈起凯尔特人队，抱怨起其管理。流浪者队有更好的条件，更有钱，可以买最好的球员。凯尔特人队现在状况不佳，球迷对此深恶痛绝，因为凯尔特人队曾是他们骄傲的主要来源。

第二天比赛开始前半小时，一群凯尔特人队球迷站在流浪者队球迷看台入口的附近，喊起："噢！啊！RA 前进吧！噢！啊！RA 前进吧！""RA" 即爱尔兰共和军。他们挥动着爱尔兰国旗。警察骑着马、开着车过来了。那群球迷还在吼着："噢！啊！RA 前进吧！" 直到其中一人被抓住，塞进了警车后车厢。

“人渣！”他的一个朋友对着骑警喊道。警察试图拘捕这个球迷，麻烦越来越多。

这之所以值得一提，是因为它是孤立的事件。两群支持者并未陷入扭打或争斗。他们从不同的路线入场。也并没有多少咄咄逼人之意或暴力。一切都被警察严密监控。这完全就是英国随便哪座城市中两个竞争对手之间的一场普通比赛。

我买票的时候曾说，我并不介意和流浪者队的球迷还是同凯尔特人队的支持者坐在一起。所有人都觉得我疯了。他们说服我，作为一个南爱尔兰天主教徒，我在流浪者队这边是没有位置的。我显然是一个凯尔特人队支持者。

比赛开始后，我并不觉得自己是个凯尔特人队支持者。凯尔特人队球迷挥舞着爱尔兰国旗，而流浪者队挥着英国国旗。凯尔特人队球迷唱着爱尔兰国歌《士兵之歌》，而流浪者队球迷唱着《不列颠万岁》。这让人觉得古怪而超乎现实，这里是格拉斯哥，两边的成员在英格兰和在爱尔兰待过的时间都不可能太多，现在他们却对这两个地方如此效忠。这样的情感用在这些陈腐的图像和歌曲上似乎是浪费了。这是没有丝毫幽默成分的戏仿，连一丝反讽意味都没有。这是种强烈而错位的狂热。流浪者队的拥趸现在唱起了《饰带》，这是北爱尔兰联合主义者的歌曲，而一大群凯尔特人队支持者拥到了“丛林”[1]处，唱起了：

---

① “丛林”，格拉斯哥凯尔特公园足球场一隅，建于1966年，正值凯尔特人队全盛期。

“噢！啊！RA 前进吧！”

一开始凯尔特人队的球迷成功地散发出愤懑之感。如果有犯规逃脱了裁判的眼睛，他们就会喝倒彩，吹口哨，指手画脚。比赛中的沉闷时段，他们会呼喊其宗教口号，但其余时刻，他们忘情投入，只是希望自己的队伍胜利，凯尔特人队哪怕有一丝射门得分的机会，他们都会疯狂起来。要是差一点就进球了，他们会发狂起来，绝望地号叫，为这糟糕的表现感到失望。在三十七分钟时，凯尔特人队进球了，他们愉快地跳舞，开心地尖叫。“丛林”处全是绿白相间的围巾和爱尔兰国旗，在此刻变成了微笑、尖叫着的粉丝的海洋。我突然间发现自己也是凯尔特人队的粉丝，也跳着大喊起来。我希望凯尔特人队赢。

之后，凯尔特人队的球迷开始嘲笑起流浪者队的粉丝。“你听见流浪者队唱歌了吗？没有，没有，没有。”还有“追随一个垃圾队是什么感受？”以及“太他妈容易啦”。球队得分让一切都不同了。比赛现在变得刺激起来。我观看着他们的一举一动，等待着我们这方再次射门，期待球队再次得分，冲击我们。

下半场流浪者队唱起了《我们是比利男孩》。这首歌指涉威廉国王和博因河战役，一六九〇年新教徒在这场战争中击败了天主教一方，我们则唱起《罗迪·麦柯利》，这是首虽然忧郁但鼓舞人心的歌谣，讲述爱尔兰天主教英雄将被吊死的情形。八十分钟时，我们又入一球。流浪者队球迷没动静了。他们一声不发，我们大可指着他们再次大喊：“你们能听到流浪者队人唱歌吗？不能，不能，不能！”

没多久，流浪者队就进球了。他们本来踢不进的，我们的守门员，来自多尼戈尔的派基·伯纳，愤怒而又沮丧地用拳头捶地。但我们还是赢了，不过流浪者队仍在联盟中遥遥领先，拥有进入欧洲杯的机会，他们唱着歌，庆祝成为欧洲杯球队。

比赛结束后，大多数球迷留了下来，大吼，欢呼，挥旗，破口大骂。球迷离开时，警察随处可见，确保球迷留在自己的区域，有序回到各自的酒吧。我站在停车场，看着流浪者队的球迷离开体育馆。一群凯尔特人队球迷站在线的另一侧嘲笑他们，还做出粗鲁的手势。好几个流浪者球迷也回以粗鲁的手势，但很快他们觉得无聊，离开了。

他们只有半分严肃，如同球场上的宗派相碰也只有半分严肃。这场球赛满是空洞的口号，对参与者而言毫无意义，全都是从爱尔兰引进之物的残羹剩饭。在苏格兰，这些口号毫无意义，这里又没有爱尔兰共和军，威廉国王的追随者也并不控制政党。

回到宾馆后，那些从都柏林英格兰远道而来支持凯尔特人队的爱尔兰人，醉得连话都说不出了。他们在酒吧周围跌跌撞撞，低声含糊地说着我不能完全理解的东西。其中一人在长凳上睡着了，他的朋友试着把他叫醒，好回到镇里继续庆祝。他们度过了愉快的时光：他们的队伍胜利了，他们和自己的部族在一起，希望还在继续。

第十一章
克罗地亚在祈祷[①]

宾馆入口对面，越过一条小运河，便可见一座双层建筑在出售。它由砖头砌成，淡粉色的泥灰已经褪色，有一部分已经脱落。我开始发散思维想象起来。生活在这里，把这些街道当作家园，会是什么样呢？到市集和商店里去？咒骂运河里吵闹的载着木头和水泥的驳船，而非着迷地看着？远离火车站及游人驻足的圣马可广场？威尼斯如同巴黎，我是通过曾生活于此的作家来了解它的。我想起了庞德和奥尔加·拉奇同居的日子，一段关于圣马可教堂的《诗章》诗句从脑海中浮现："金子将光聚拢己身。"我答应自己，回都柏林前要看看庞德在威尼斯所住的地方，并读完他书写圣马可大教堂门前那些金光闪闪的镶嵌画的其他诗行。

"金子将光聚拢己身。"我在威尼斯四处行走，到水边的维瓦尔第教堂听了场音乐会，我还是不确定自己有没有引用对这

① 本章背景为克罗地亚战争（1991—1995），克罗地亚从南斯拉夫独立出来时克罗地亚人和塞尔维亚人之间因民族对立引发的战争。

句诗，但它一直萦绕在我脑海之中。我也不知道为什么。是我很多年前读的了。

亨利·詹姆斯的《鸽翼》也是我很多年前读的了。但莫顿·丹什这个名字也一直留在我脑海里。他来到威尼斯，向奄奄一息的女继承人米莉·席尔求爱。他也是记者，身无分文（我们的共同点挺多），他注意到绑在阳台上的一块白布，最终在威尼斯找到了一间公寓。巴塞罗那的人也会这样做，但越来越少了，并且我想，威尼斯的房地产生意应该也变得更为复杂了。

我在威尼斯的街道里行走，找到一间酒吧，喝着啤酒，望着外面的流水（“金子将光聚拢己身”），想起了《鸽翼》，以及书中的警句：医生对米莉·席尔说的“不尽力活下去是个错误”，当米莉发现莫顿·丹什的背叛时，“她将脸调转墙面”。以及丹什突然在威尼斯见到他的死敌马克勋爵时的情景，如同电影《威尼斯疑魂》中，唐纳德·萨瑟兰和朱莉·克里斯蒂坚信他们死去的孩子在街道上闪现的场景。

我试着去回想亨利·詹姆斯一部短篇小说的名字。一位老妇和她的同伴一起沿着大运河游玩，她想起，她的一个狂热的追求者在此送了她一座宫殿。在短篇小说里，两位女士一起前去拜访。我是在很久之前读这个故事的，当晚我穿越空荡的街道回到宾馆时，自忖在都柏林的家中阅读这些故事，是否好过在这座陌生城市中闲逛时脑中还满是不完整的引文。

第二天我向圣方济各会荣耀圣母教堂走去。我知道在威尼斯地图是没有用处的，街道上有太多未经标记的景点，如果你太关注地图，就会错失太多。你要做的只是沿着目的地的大致方向行走，心中则期待着会走出一条你从未走过的路线。圣方济各会荣耀圣母教堂对面有两间我喜欢的酒吧，一家出售咖啡，另一家则出售杯装的普罗塞克，一种意大利白葡萄酒。但在这里的酒吧，你很难休憩。没有人会这样做。一天下来，你要么在街上，要么在宾馆里。在威尼斯，空间就是金钱，你就应该喝杯咖啡，然后在合理的时间离开。

此时正是圣周，我又想起十六年前第一次随意地闲逛到圣方济各会荣耀圣母教堂时的情景，我是来细查教堂的画作，以及瞻仰圣坛上提香的《圣母蒙召升天》的。我震惊于那明亮的色彩、画中的戏剧感——上方的世界正准备接纳圣母的灵与肉进入天堂，她飞升之际，下方世界的人们则伸出手臂。我喜爱画作的尺寸和视野，我一次又一次地来此观赏，还买了一幅复制品。

在威尼斯，要想专注于画作实属不易，大街上有着那么多美丽的面容和色彩。有时候你还真不知道，明明你可以到外面的世界去，为什么还要站在画廊里盯着这些画作。

我钟情于这么一幅画，每一次到威尼斯，都会回去看它。或许因为圣方济各会荣耀圣母教堂收门票，所以里面总是很安静，只有几个人在画作前面小声交谈。那天，我在教堂里待了一会儿，欣赏着圣母裙摆上华美的褶皱、手臂上的肤色，以及凡人目睹奇迹时眼中的光芒。

我试着不带思考地去观看它，让自己沉醉其中，但我的心神一直动摇。我知道两周后我还会来，再次坐在这里，我希望自己在将去的地方安全无恙。我发誓不会冒险，又想起海明威《太阳照常升起》中那位在嘉年华到教堂去祈祷节日愉快、公牛勇猛的主人公。他也是一名记者。我站起来准备离开的时候，想起对他而言，嘉年华多少是一场灾难。

我得去赶火车。前一天到威尼斯后，我已经在火车站买了去萨格勒布的车票。我记得在意大利有时你得到另一个窗口去预留座位，但我向售票员询问时，他摇了摇头。他说，不，他觉得我不用这样做，火车上不会有很多人。他说出这番话时，我意识到很可能的确是这样。南斯拉夫地区的战争依旧肆虐。没有太多人会在复活节从威尼斯去萨格勒布。

过了的里雅斯特之后，火车已经空了，接下来有几次停了很久，护照检查、海关检查和安全检查轮番进行。我们从威尼斯出发后，一开始都是沿着海边走，经过不少山间美丽的别墅。现在我们得往西南部走，进入克罗地亚的核心地带，但周围没有战争的标记，只有相当破败的老式火车站以及树木成荫、河水静流的风景。夜幕降临。我读了马克·汤普森的著作《纸屋：南斯拉夫的衰亡》。他就住在萨格勒布，如果他明天有空，我将会去拜访他。他是在此居住多年的英国人，南斯拉夫的灾难山雨欲来时，他写出了这本书。显然，他热爱这个国家，热爱其多样性和混杂性。但现在，这种多样性和混杂性导致了战争，新闻随处可见万斯-欧文计划[①]，这个复杂而精细的分割计划可将波斯尼亚分割成不同的族群区域，这样也就不会再有多样性。但这个计划也提出了妥协，此时已是一九九三年的复活节，纠葛其中的力量太多，他们在妥协中一无所获。

火车到达萨格勒布时已经很晚，我在这终点站里只能辨认出有两名乘客下了车。我走到隔壁的广场宾馆，我已经订好了房间。当时已近午夜。

宾馆大而奢华，装修得十分精巧，房间却是小巧实用型的，浴室就和火车上的浴室一样。我洗了澡，换上衣服，下楼询问广场宾馆里有什么娱乐。前台告诉我，夜总会还开着，赌场会开到四点。

前往夜总会时，我看见了一块板上贴着一张巨大的海报。是用英语写的。上面的大写字母写着："里耶卡，八月一日至二十一日，暑期学校，战争，药，克罗地亚人的经历。"其下方写着："以真理和科学的名义，我们觉得有义务向世界讲述我们的经历，我们希望你永远也不会实践此道。如果你决定参加

---

① 1993 年 1 月 2 日，塞尔维亚总统米洛舍维奇和黑山总统布拉托维奔赴日内瓦参加南斯拉夫问题国际和平会议，讨论国际调停人万斯和欧文提出的包含 10 点内容的和平计划。

‘暑期学校，战争，药，克罗地亚人的经历’，你将会收获独特、高质量的科学思想，精心准备的社会项目以及无穷乐趣。期待今年夏天在美丽的里耶卡见到您。”我等不了那么久。

夜总会中全是镜子和暗藏的灯。一个日本男人独自坐着，一群年轻女人坐在吧台旁，好几个德国人坐在旁边的桌子上。其余的桌子都是空的，但是当我在墙边的桌子坐下时，其中一个女人走过来，告诉我桌子已被预订。所以我在中间的桌子旁坐下，点了一杯啤酒，在半明半暗中坐着，听着周围吵闹的迪斯科音乐，直到演出开始。几个女孩走到台上跟着音乐跳起舞来。她们舞步和谐，显然还是下了功夫的，她们体态轻盈，身材姣好，面容漂亮，吸引了整个夜总会的注意。音乐的间歇我喝了第二杯啤酒。女孩们重返舞台时，几个男人走到走道里站着。这一次，她们上半身什么都没穿，跟随着吵闹的美国音乐，跳得更多、更久。天花板上吊着的银球将光线打在她们身上，女孩们对着我们微笑，仿佛我们是一大群乐在其中的观众。

赌场外面有个小酒吧，四个美国人正在吃晚饭、喝啤酒。其中一人比其他人年轻，每隔一段时间就进入赌场玩一把，时输时赢，但当他向自己的同伴和啤酒走去时，脸上永远自信，双眼放亮，几近大摇大摆。好几次他们都说起了妓女，最后老男人中的一个说他真的很想找一个。看看他会怎么办倒是挺有意思的。

“我只是喜欢谈论一下。”他狂妄地说。

另外三个人谈论着陆军学校里的日子。其中一人讲起了一个二十世纪五十年代在西点军校毕业的故事——他说了具体的日期，但我没做笔记，我只是坐在远处啜着啤酒，假装自己不懂英语。他说，那时他还穿着制服，和朋友一起到了拉斯维加斯，因为穿着制服，可以免费游玩；免费下注，免费饭菜，免费的表演门票，只因为他们是军队里的男孩，是年轻的美国英雄。他说，那时可不一样，如果你穿着制服，去哪儿都能找到乐子。其他人仔细地听着，一言不发。最年轻的男人再次消失，另外三个男人依据几分基本知识，谈论起曾属于南斯拉夫的地方，就像他们谈论上级军官和同僚一样。他们像在自己的国家里，很自在，似乎没有什么能震惊他们。

早上，我给马克·汤普森打了电话，安排当天稍晚在他的公寓碰面。我付了宾馆的账单，走到公交站。我得知每天特定时间会有公交车前往黑塞哥维那西部的默主哥耶。现在已是耶稣升天日。由于战争，去年复活节默主哥耶并不对朝圣者开放。在这遥远之地，据称一九八一年圣母曾向四个年轻人显灵，这些神视者包含三个女孩和一个男孩，据称此后圣母仍持续显现。有的朝圣者能看见太阳在空中旋转。这就如同露德、法蒂玛以及皮奥神甫朝圣教堂之于爱尔兰，朝圣者会在夏天前往，不少人还对此颇具热忱。

公交站是崭新的玻璃钢筋建筑。掌握信息的女人指引我找到了出售去默主哥耶车票的票亭。车在晚上七点出发。他们告诉我，他们也不知道车何时会到目的地，他们似乎很喜欢耸肩，解释道，往南部去的旅程，天晓得要多久才能到达。这里就和火车站以及宾馆一样，你感觉不到战争就在南部二十英里开外进行着。我不知道自己曾预想会见到什么：四处可见的担架，抑或头绑绷带、拄着拐杖的男人？我也不知道这种安静、万物超然的感觉战前有没有出现过。

我截了辆出租车来到萨格勒布的老城区，找到耶稣会教堂，其背后就是展览，展示克罗地亚耶稣会的光荣遗产，满眼老画及宗教物品。外面正是温暖春日，天空飘着轻柔的白云。教堂看上去和昏沉的十八世纪建筑如出一辙，但一走进去，就是崭新天地，让人惊喜。墙上和天花板上的泥灰是纯粉红和白色，内部看起来让人轻松，明亮而悦目，仿佛创造了一种珍视欢笑、和善细节与轻快脚步胜于一切的新宗教。爱尔兰是决不允许粉红色出现的。

我穿越这座城市，来到主广场，咖啡馆、酒吧和餐厅都将餐桌餐椅搬到外面，人们可以坐着享受春天的乐趣。穿着绿色迷彩服的人经过好几次——他们体格强壮，坚定不移，看起来不好对付，但广场上的气氛总的来说还是相当文雅，令人愉悦。咖啡馆里有许多东西可卖，和商店一模一样，还有不少会在市集里出售的商品。此处依旧没有战争的痕迹，只有丰足的痕迹，一座适应商品经济的东欧城市的痕迹，一座已对某些奢侈习以为常的城市的痕迹。

在城市中心建造的方式以及人们在市集的摊位售卖鲜花水果的方式中，我能看到一种轻快的愉悦感，如同耶稣会教堂的装饰。大教堂是巨大高耸的哥特式建筑，被参天石柱支撑。内部阴沉的风格和朦胧的宏伟，被涂上蓝底及金色星星的天花板变得柔和。除此之外，此处和西班牙、法国的教堂无异。

人们或许觉得克罗地亚的天主教会是一种更轻快的宗教，虽然其证据只有教堂内部的装饰有所体现，并且相当靠不住。塞尔维亚人的天主教则是另外一个样子，体现出克罗地亚民族主义，而这种民族主义是一九四一年到一九四六年间，在希特勒手中获得自治权后形成的，当中还涉及对塞尔维亚人的大屠杀[①]，塞尔维亚被迫转向天主教。战后，这成了南斯拉夫官修历史的一部分，在塞尔维亚、波斯尼亚乃至住着塞尔维亚人的克罗地亚地区，要激起公众情感轻而易举，尤其新的克罗地亚政府并不愿意远离战争时期犯下的罪行，并坚持使用克罗地亚原来的国家象征。

这是耶稣升天日的午餐时分。萨格勒布大教堂外排了一条有十到十二人的长队，大多数是年轻人。有几个人窃窃私语，但大多数人都在沉默中等待。我到马路对面吃午饭，此处还会

---

① 在第二次世界大战中，南斯拉夫有170万人牺牲，几乎占当时总人口的1/9，而其中被克罗地亚族伪军“乌斯塔什”杀害的塞族人就达120万之多。

以老派的礼仪服务。餐馆中间的大桌子坐着一家人，他们不停地交谈、大笑。其余的桌子也大都被坐满了。战火纷飞的念头、我在南斯拉夫战争高潮时来到萨格勒布的念头，现在看来只是荒谬的见解，我只能不断地提醒自己。我一直搜寻着相关的迹象与线索，但一无所获。

饭后我来到主要的商业街闲逛。我买了巴赫的羽管键琴专辑，只需爱尔兰价格的一小部分。他们用棕色纸一丝不苟地装起来，让我想起了家乡的商店，店员们都精于处理包装绳和包裹礼物。在一个十字路口，有一个出租车候客站和不少花贩。商店全都十分繁忙，物品也相当丰富。我回宾馆取了自己的包，搭上出租车到马克·汤普森位于郊区的公寓。

他的公寓位于一个新的街区里。我们坐在明亮的厨房里。马克的克罗地亚妻子正在待产。他得顾着往锅中的意粉浇上酱汁，同时试着向我解释我方才涉入的这个社会复杂而迷人的性格。他得不停翻转、搅拌，同时试着向我解释克罗地亚所发生一切的背景，可他又忘记倒入酱汁，只得倒入再次搅拌。我坐着看他，感觉自己或许该在这儿多留几天，边聆听边记笔记。他谈起了一九四一年到一九四六年那段时光的遗产，以及克罗地亚领导者处理这段时期的问题的失败。他们将这段时期看作独立、自由以及民族自决的时刻。但对塞尔维亚人来说，这是一段恐怖的时光，克罗地亚人准备驱逐他们、改造他们乃至消灭他们。

我向马克问起了默主哥耶。他说，他曾到过那儿一次，看到了所有东西——塑像、圣画、出售的念珠。他并不喜欢这个地方，没有停留太久。我能感觉到他对此种宗教的厌恶，但这并没有持续太久，因为他对战争的根源以及地域的特性所知太深，时间又太紧，所以他得说得快些，与此同时还得确保酱汁没有烧干。

他说，默主哥耶在黑塞哥维那西边，自认为属于克罗地亚。在当地显现的圣母说的是纯正的克罗地亚语。这是一个奇怪、荒凉的地方，十分排外，同时对“克罗地亚”这一神秘而抽象的观念保持猛烈的忠诚。在萨格勒布的新政府中，有一个显而易见的黑塞哥维那集团，他们如同黑手党一样运作。

我们吃完饭后，马克开车送我到车站。大巴七点就会离开，但我们被告知，得到明天中午后才能到达。他告诉我，战前你大可在夜里坐火车到离默主哥耶距离最近的大型城市莫斯塔尔去，然后在早上回到萨格勒布。在当时，这是同一个国家中相互分离却又丰富多彩的两种文化，但现在不是这样了。就连陆路都发生争端，无法通行。我能从他身上感觉到，他对在南斯拉夫发生的一切深感痛心。

我没戴手表，但口袋里放了一个旅行者用小钟，我决定这趟旅程中不去看它。这只会让我一路上痛苦地数着还有多少小时能到，心里记挂着这趟旅程耗时多长。车上有好几个人站着，我想知道他们是不是得一路站着，入夜后又得怎么办。乘客中有几个穿着迷彩服的男人，但就我所见他们并未携带武器。车上的座位太小了，我身旁的男人已经占据了我不少空间。我安慰自己：我试着买到杜布罗夫尼克去的飞机票，却订完了，这是我能到默主哥耶去的唯一方法。路途将会漫长、不适且无聊，但我必须走完这段路。与此同时，我感到一种古怪的满足。我并不是到战场上去，而是到一片圣地去，我为这趟旅程感到激动，庆幸此行没有我需要害怕的东西。

几小时后我们到了海边。我能看到将近圆满的月亮倒映在昏黑的大海上。我们在路边的一间酒吧停下。司机和其同伴似乎认识这里的人，他们坐在一起，过了一会儿食物就放到他们面前。剩下的人围在酒吧周围。我点了杯啤酒，静静地站在外面看着明朗的夜空和月亮。

窄路沿着海岸线而建。车里没有灯，人满为患，能让人患上幽闭恐惧症。我旁边的男人睡着了，鼾声震天，不时还会倒到我身上，把我当成枕头之类能让他舒服的东西。我用手肘把他推回去，但没多久他就又倒在我身上。他一度醒来看着我，但我只盯着窗外景色，他又像车中的其他乘客一样睡着了。

巴士遇到了一排卡车，彻底堵在路上，这时大部分人都醒来了，在座位上躁动不安，想知道要延迟到什么时候。坐在大巴前方的司机同伴，走到车外，在黑暗中走到卡车那边去。人们在窃窃私语，一个小孩醒过来了，呜咽起来，而后再次睡去。

车中没有别的声音。半个小时过去了，又半个小时过去了。我也不知道这段延迟的时间是不是算在行程当中，还是说我们会延迟一个小时到默主哥耶。当晚我一直在想这件事。我们已进入一条由卡车、货车、小车组成的长龙之中等待。

突然间，司机的同伴跑回来，声音响亮地让司机发动车子。引擎发动，车里所有人都振作起来，我们开到了相反的车道上，走了大概两三英里，穿越了货车长队。接着我们又被迫停下等待，许多乘客都下车去舒展双脚，司机的同伴走上前去和官员交涉，试图给我们找到一条出去的路。

这天晚上，有好几幕场景都像是梦境一样。天空明朗，下方的月影也清晰可见。道路仍沿着海岸蜿蜒。有时候我能看到前方好几英里的路，我能在月光下辨认出货车长龙的形状。其目的十分明显，尽管有战争，贸易也得继续，货物得在国家中来回传送，除了被围攻的地区，不会有短缺发生。我们一次又一次得到优先照顾，司机的同伴真是一位熟练的外交官。但我们的行程依旧缓慢，总是被迫停下，然后向前稍作行进，接着又得被迫停下，最后我无聊得只想睡觉。

深夜我们又被堵住，得迅速开到路的另一端疾驰，最后我们看到渡口，以及远处狭长的岛屿。我在地图上看到过它，这一小段海岸被塞尔维亚占据了。没人确定我们能否通过。显然，我们唯一的选择便是坐渡轮到岛上去再继续。这解释了我们为何会延迟。我们排队等待渡轮，身后还有二三十英里的车在排队等候。我们的英雄、司机的同伴成功劝说当权者让我们前进，我们全都激动地站起来，观看、评论。他回到车上时，我们为他欢呼起来。

直到黎明破晓，我们的进程都很缓慢。车中一片寂静，大多数人都睡着了。我身旁的男人将头靠在椅背上，不再靠到我身上了，但他并不安静，我根本没法睡着。

我们在斯普利特又停了半小时。我旁边的男人拿起包下车了，另一些人上车了。我想现在差不多是早上八点。此处仍然没有战争的痕迹。人们似乎正在上班，商店也照开无误。这是晴朗的一天，有几分暖春的温热。我们朝南开去时也经过了不少小村，商店仍然营业，人们则在街上闲逛。乡村逐渐变得荒芜，田野中满是岩石和矮树，远处是树木繁盛的山岭，更远处则是积雪盖顶的山峰。

我们曾经过一座已被摧毁的村庄。所有的建筑都已成废墟，石屋还屹立着，但屋顶全都塌落了，有些屋子上还有被烧过的痕迹。车上没有人关心。这可能是被克罗地亚人摧毁的穆斯林村庄或混居村庄。不过，这一定是克罗地亚人摧毁的，因为他们控制了这周围的一切。现在我们可能已经从克罗地亚进入黑塞哥维那。按马克·汤普森的说法，黑塞哥维那比克罗地亚还要克罗地亚。

我将“默主哥耶”这个词写在纸上，交给坐在我对面的男人。现在已经接近正午。他看懂了，点点头，指着前方，示意道，我应在下下站下车，而不是下一站。

下车后，我沿着一条满是新建筑的大街行走。有人告诉过我，这里有免费的房间。我走进一间标记着“宾馆”的大房子，但此处已住满。我说我是爱尔兰人，前台笑了。他们说，这里有好多爱尔兰人来。他们给附近另一间有房间的宾馆打了电话，并指引我过去。

在村里闲逛时，我很难分辨哪些建筑是在一九八一年的显灵之前建造的。教堂显然是一九八一年前建的，还有教堂附属建筑，别的建筑就很难分辨了。我隐约觉得，教堂之前是建在离原来的村落有相当距离的地方，但现在它的前方是崭新的茶馆、纪念品商店、出售宗教物品和明信片的商店。这里还有出租车候车站，甚至停着一排崭新的宝马。我在茶馆外面坐下，听着身旁带美国口音的人谈着去了维也纳的雪莉修女，谈到她如何在山上承诺末日后的黑暗三日。正在说话的女人身上的T恤写着五个词：祈祷、忏悔、信仰、斋戒、转教。

神甫门外已有朝圣者等待。一名年轻的澳大利亚神甫告诉我，他们现在全都很忙，但菲利普·帕维奇神甫会用英语在教堂举行耶稣受难日仪式，他迟些会和我交谈。

我很久没想到耶稣受难了。我在波兰、塞维利亚、巴伐利亚的三次复活节经历，更多的是让我不去想耶稣受难，而非注意它。耶稣受难日仪式所念的祷文选自《约翰福音》：“这事以后，耶稣知道各样的事已经成了，为要使经上的话应验，就说：

‘我渴了。’有一个器皿盛满了醋，放在那里。他们就拿海绒蘸满了醋，绑在牛膝草上，送到他口。耶稣尝了那醋，就说：‘成了。’便低下头，将灵魂交付神了。”

我发现自己竟在仔细倾听，如同童年时分对待类似的故事。我起了兴趣，不知不觉被吸引住了。突然间，我发现这个故事的感人之处，顿时沉浸在这意识当中，如同这座拥挤教堂中的其他人。我们当中的大多数人都是朝圣者。我第一次在家乡看到这样的仪式时，可能还只有六七岁。

帕维奇神甫开始布道。他举起十字架，用美国口音布道。他想要向我们呈现“耶稣在十字架上鲜血淋漓的图像”。他说，教会“一直将十字架作为视觉符号。让我们记住耶稣受难，让我们请求仁慈的主向我们展示这十字架，让它永不离开我们的教堂”。

他继续谈到那“势头良好”、要将十字架从教堂中移走、提供“将圣餐仅仅当作食物”之观念的运动，“这是完全缺乏真正意义的”。他说，我们必须接受“这以鲜血姿态被钉在十字架上的身体”。他仍用双手高举十字架。“耶稣在十字架上击倒了撒旦，”他说，“因此我才降生到这个世界。”他停下来，环视教堂。他盯着我们，然后以最高的音量喊出：“看着这十字架！”教堂里一片沉默，我们都坐着凝视他手中装饰精美的银色十字架，听着他的回声。

“十字架，”他说，“会永远是我们崇拜的核心象征。”他再一次沉默着举高十字架。信众开始唱："他们要钉死主的时候你在哪里？"第二段也唱起来了："他们要将他钉在十字架上时你在哪里？"第三段则是："当他们刺向他的肋骨时你在哪里？"

我并不是为和平而祈祷。相反，展示在我们面前的形象是牺牲、鲜血和暴力。山的那边，或许就在二十英里开外，战争正在肆虐，在接下来的几个月里，战争将会向这里靠近。克罗地亚人会在离这里最近的城镇莫斯塔尔围攻穆斯林，而默主哥耶的人将会切断送往当地的救助和食物，他们会发动攻城，封锁道路。我在耶稣受难日参加的仪式更像是战争的一部分，而不是为了治疗导致战争的仇恨。

帕维奇神甫是有克罗地亚血统的美国人，他的小办公室在教堂旁边的小屋里。他和默主哥耶所有的神甫一样是方济各会修士。他答应和我见面。他说，他第一次来默主哥耶是在一九八五年，两年后他来此待了下来。他说，去年复活节默主哥耶被关停了，因为圣地有被空袭的危险。袭击从一九九二年四月持续到六月。他关停了教堂，将圣体转移到地下室。但到了一九九二年六月二十四日，显灵的第十一年纪念日，显然袭击已停止，圣地是安全的，好几千人拥了过来，教堂从那时起便又开放。"塞尔维亚人打算毁灭我们，"他说，"他们吹嘘要消灭我们。"不过圣地并无物理损伤。

"爱尔兰人总是能知道谁是英国人，"他继续说，"我们也永远知道哪些是塞尔维亚人。我们不相信任何保护我们的人。我们没有组织有素的军队。当地的男人自我动员，有力地保护了这个地区免受塞尔维亚人的侵犯。”

“这个地区，”他说，“在一九四五年到一九九〇年间基本就是伪装起来的大塞尔维亚领地。它完全可以被叫做‘塞尔维亚斯拉夫’。战争之后塞尔维亚人得到了一切。”我问他，塞尔维亚是否全都是东正教。“塞尔维亚东正教会……”他说了起来，变得激动，乃至生气，“完全就是虚构，有名无实。这就是个摆门面的宗教，是好莱坞的布景。但克罗地亚天主教已有一千三百年。”

我向他问起战争年代的事情。“一九四一年到一九四五年间克罗地亚的确有针对塞尔维亚的袭击，”他说，“的确出现了杀戮和对塞尔维亚人不公正的消灭。但他们现在向全世界旧事重提，他们想要的不只是以眼还眼，还想要我们的头、我们的脚、我们的所有。他们将克罗地亚乡村夷为平地，却没有人抗议，没有人反应。”

我想知道他会不会像怀疑塞尔维亚人一样怀疑他的穆斯林邻居。“如果我们不自卫，”他说，“穆斯林也会背叛我们。”他说起了克罗地亚天主教遭受摧残的特性，挤出一个微笑，说：“只有克罗地亚天主教会在这堆石头中存活。”

还有一个爱尔兰朝圣者在等着帕维奇神甫，他想要一个显灵圣牌。他们一起走到旁边的房间，那个男人小声地说出那些同样想在默主哥耶被祈祷赐福的邻居的名字。帕维奇神甫变得温和起来，像大司祭而非政治布道者。他的狂热消失了，他小心地记下每个人的意愿和要求，答应他会如男人所愿准确做到。男人转身回到教堂祈祷。他感谢神甫，离开的时候也对我微笑了。他看起来很满足。我离开的时候，询问帕维奇神甫为什么他不祈祷和平。他说，他猜测大部分人会自己祈祷和平，他只想向信众强调十字架的重要性，因为这在美国已经成为一个问题。

通向教堂展览的门外面聚了一小群人，他们希望能在画框中的圣母像面前祈祷。神视者之一伊万很有可能也会来祈祷——人们对此都很激动。一个爱尔兰女人正在告诉另一个爱尔兰女人她去年是如何去法蒂玛的，但那儿不一样，她说，你并没有想要重返的动力。“这里是活生生的。”事实如此：圣地依然很小，今年由于战争的缘故，人并不多，所有的神视者都二十来岁了。他们就住在这里，可被看见，可被拜访。

这个女人告诉我，晚上会有一次特别的朝圣，人们到教堂外的山顶上朝觐放置于一九三三年的巨大的十字架。圣母曾告诉神视者她会在当晚的十点半出现，所有的朝圣者都打算成群结队前往。两个女人一直站在门边观察着，看有没有机会能被带入展览厅。其中一人说，她曾把从默主哥耶带回的石头放在床下。它本来覆盖着泥灰和黏土，但过了几个月后她再去看，却发现所有的泥灰和黏土都消失，干净无瑕。

我之前曾交谈过的澳大利亚神甫来到展厅的门口。我挥手让他注意到我，他示意我跟上他。我可以进去。两个爱尔兰女人请求我替她们祈祷。神甫另外还放了几个人进去，然后关上门，留一小群人在外面等待。我们沿狭窄蜿蜒的楼梯而上到达展厅，已有大约五十人在对着圣母像祈祷，口中念着写在其下方的“和平女王”。地面上放着鲜花、信封和包裹。一个深肤色的男人在画像旁边跪着。我猜测他就是神视者，他跪着全神贯注地祈祷，我则仔细地观察着他。

时间在流逝。大多数人都带了念珠，你能看到他们祈祷时嘴唇在动。此处有可供依靠的长凳，所以有的人腰弯得十分低。突然间，门边穿来一声喊叫。听起来就像是有人发脾气。我不知道为什么所有人都转向那个方向，最后我旁边的人小声说“伊万”，我才知道刚进来的人是伊万，而不是前方那个深肤色的男人。

伊万和我想象得不一样，看起来不像个神视者。他穿着白色绣花衬衣、灰色长裤、淡绿色运动夹克，系着花式领带。他的头发梳成二十世纪五十年代的美国发型。他挺英俊，皮肤晒得黝黑。他就像个夜总会歌手或者电视台主持人。

他站着审视房间，明说他想要人们移动一下，这样他可以直接走到圣母像前面，而不必从人群中挤过去。显然他已习惯于此。他言说的方式有礼而温和。在这个房间中，他拥有权威，其中又散发出一种谦逊的骄傲。我注意到他精致的领带别针。他走近了，我开始怀疑他的肤色不是太阳晒出来的。大多数人都带了相机，他在圣像前跪下、双手紧握时，他们纷纷开始拍照。一名修女走进来给他拍了张与圣像交相映衬的脸部照片。

大家跟着他跪了下来。人们把便笔交给他。很难想象他曾见到过圣母，他给人的感觉更多是曾到过美国，但人们现在却在他身旁狂热地祈祷。他跪着祈祷，如同我们中间的明星。

祈祷结束后，他站起来，如同摩西过红海一样从人群中走过，触摸人们的手，微笑，注视着房间里的每一张脸。他示意我们离开，包括那些正奔向圣母像并触摸它的人。我和他握了手。他用带美国口音的英语和我后面的一对情侣交谈，说他曾在澳大利亚待过三十五天。他手中拿着一串钥匙，可能是车钥匙，不过我逐渐搞清楚这是楼下的门钥匙，他想在我们走后锁门。

他没有被显灵所震惊的乡下人身上会有的那种与世无争的天真。他站在门边和人们交谈，其穿戴和风度都完美无瑕。但他的笑容中有几分疏远，迷人之中有一种冷淡的温和。他独自离开了。

我在晚上八点半前后来到山边。我可以看到半路上的火炬。朝圣者正在向山顶走去，并在指定的地点停下祈祷，将这趟旅程变成一趟苦路。今天和伊万待在一起让我轻松了些，它舒缓了帕维奇神甫布道和交谈中的暴戾之气。我想，伊万穿着这样的衣服，在这样一个荒芜、崎岖、贫困、连领带别针或淡绿色夹克本身都能成为一个小型显灵的地方担任明星的角色，当中也自有一种天真。这为他赋予尊严，将他和凡人分开，如果你是一个小村庄的神视者，这或许是重要之事。

我没有火炬，便跟着三个带了火炬的法国人。爬山不难，到达山顶的时候已有一百多人，坐在巨大的石十字周围。多云的天空中挂着一轮半月，天气也变得刺骨寒冷。

我静下来倾听。我肯定自己听到了远处的枪声，不少人也停止交谈倾听。远处的山峰传来轰隆声，这模糊的声音或许只是雷声，但更像是枪火声。一个美国人告诉我，现在莫斯塔尔形势紧张，随时可能爆炸，枪火声可能来自那儿。但很快声音就消失了，当晚再也没有枪声。

到达的朝圣者越来越多，美国人中的一个女人开始说话。这个女人告诉我们，圣母说她会显现十二年，所以这是她显灵的最后一年，而我们将看到的这次显灵，可能就是最后一次显灵了。这群美国人都点了点头。他们全都期待看到圣母。我还以为只有神视者能看到显灵。

我站起来，向十字架走去。我听见有人在用英国口音说话，我问他，显灵预计几点开始？他和我一样所知不多，他也很困惑，为何来到这里的所有人都期待看见圣母？他说，他从英国开了一卡车的补给物来这里帮助人们，并和当地家庭待在一起。

他告诉我，他们屋子后面的棚完全就是军械库，全都是防空枪支和远程导弹，还有其他轻型武器。他轻声细语，似乎十分迫切要将这一切告诉他人。他说，这些人在打仗，但大多数朝圣者都不知道。

就在这时，朝圣者开始朝十字架走去。十字架上刻着日期“33–1933”，这是耶稣受难的一千九百年纪念日。大多数人都还举着火炬，祈祷着，闪光灯不断闪烁。接着人们相互传话，火炬得熄灭，相机也不能使用。时间到了。

所有人都站起来看着十字架。一片肃静。闪光灯亮起过一两次。我们全都站着，一言不发，感觉更冷了。沉默还在继续，大家也继续将注意力集中于十字架上方的天空。一分钟过去。两分钟。或许更久。圣母的祝福开始了，大家都放松下来，圣母有信息，这一信息瞬间传遍人群：“马利亚说，现在是时候选择上帝了。”

“生或死，”我身旁一位中年英国人说，“这是在选择生或死。”我们开始走回村里。“你做出选择了吗？”他问。但我觉得他并不期待有人回答。我紧跟着他，因为他和他的两个同伴每人手上都握着火炬，他们是好教徒，认为没带火炬的人应该得到照顾。一路上，他们用火炬为我照亮路面，确保我不会滑倒。有些地方很难走。他们交谈着，中途其中一人开始祈祷，诵起《天主经》和《圣母经》，并在下山时大声念了出来。

现在已经一点多了。大多数人在等出租车和小巴来接他们回住所。我想走路会更快，我走近村子的时候，偶遇一间还在营业的酒吧。三桌本地人正在玩牌，其他人或站在周围看或喝酒闲聊。全都是男人。这就是一个普通欧洲村庄周五晚的典型图景。除了暴躁的酒吧员工，人们都闲散随意。他最后给了我一杯啤酒，我站着看他们认真地玩着纸牌游戏，每张牌都被记下，就像记录上涨的价格或是道德问题，打出的下一张牌又会被记下，所有人的眼睛都会盯着牌。酒吧里的好几个男人喝醉了，但桌子旁的男人却很清醒，虽然他们也在喝酒。

我喝第二杯啤酒的时候，一个美国神甫和两个我认出是神学院学生的年轻人走近酒吧，成功怂恿酒保给他们每人一杯啤酒。他们也去了山上。他们十分友好愉悦。我想，大概因为我是爱尔兰人，或者因为我来到了默主哥耶，所以他们认为我是个虔诚的天主教徒，这让我感到有些不舒服。不过，我还有件事情想了解，刚才下山的时候都没问。他们真的看见圣母了吗？显灵真的发生了吗？我觉得问也无妨。神甫说他看见了。他微笑的样子阻止我请求他描述所看见的一切，仿佛这是私人得无法描述的东西，而且在这样的时间、这样的酒吧并不适合讲这样的东西。我问他知不知道她出现和离开的确切时刻？他说，他知道，他目睹了一切。但那两个神学院学生就和我一样什么也没看见。其中一人说他还没准备好。我们离开酒吧回自己宾馆时，纸牌游戏还在继续。我觉得我已经在默主哥耶待了好几周。

我需要睡上两个晚上，当早上在狭小的宾馆房间里醒来时，我可以在床上待上一天。但我知道神视者马利亚九点将在她屋子外面接见客人。我叫了出租车，只消向司机说出她的名字，便可到达。对出租车司机而言，神视者的家是主要的景点。这几分钟的行程要四美元。

她家外面已经有一群人，或许有三十人，全都说英语。她不说英语，但附近有个翻译。她的屋子是一栋小而方正的双层建筑，大概建于二战后。她走出来，对我们微笑。她的衣服整洁，头发笔直。她和伊万不同，看上去更害羞，少了几分泰然自若，更像是小村庄里谦逊的女人。

她开始说话了，告诉我们，圣母想要的是坚定的信仰，而不只是用语言祈祷。她用克罗地亚语背诵了《天主经》，其间有一个邻居经过，她便在祈祷中途挥手微笑，并无不逊之感，却好像她将经过的人融入了她的思想和祈祷。“将荣耀归于天父，”她说，“感谢他赋予的一切，无论好坏，这让我们知道我们必须接受一切。只是知道要用心祈祷是不够的。你们要去实践。圣母说：亲爱的孩子，你们全都有困难。你们以为耶稣和我远离了你们。圣母说：我们就在你们身边。你们必须敞开心灵。如果我们不放下罪过，并且不再犯罪，她是不会感到开心的。如果你们能重新在家中祈祷，她将会更开心，这样撒旦对我们无计可施。圣母说撒旦十分强大。”

“圣母建议我们穿戴一些圣物。”她继续说，强调了弥撒和忏悔的重要性，还诉说了年轻人的问题。她说话时一直微笑着，让人感到真正的温暖和关切。“圣母希望我们成为和平的使者，”她说，“首先获得内心的平静，然后是家中的平静。我们一起为世界和平祈祷。”我四处环绕，好奇那个英国人所说的军械库是否就在附近。“当圣母出现的时候，我会向她推荐你们。”马利亚结束时说。她脸上仍带着微笑。

人们将愿望写在小纸片上折好，放在她家门前的阶梯上，此处堆了上百张纸片。马利亚站在一对情侣前方，将手放在他俩的头上，为他们祈祷，更多的人带着他们的请愿书过来了。我们排队等她为我们祈祷。轮到我的时候，她走近我，左手放在我头上，右手放在我旁边的女人头上。她按住我的头盖骨，手指力量很大，将所有的力气都按在我头上。她开始轻声祈祷。我能感觉到她在全神贯注。我试着让自己头脑放空，什么都不想。虽然后面还有人等待，她却并不匆忙。她按住我们的时候，我们俩站在她家前面，所有人都在看着我们。当她松开手，我发现自己在颤抖，只想转身离开，尽快回到一个人的世界中。

第十二章

斯洛文尼亚之春

那天早上晚些时候，我和方济各会神甫托米斯拉夫·珀尔文谈了起来。他第一次到默主哥耶是在一九八二年，圣母显灵后正好一年。他是个十分严肃、易动感情的男子，将近五十。他说，他相信显灵，在他看来，早期对默主哥耶的攻击，一方面来自共产主义宣传，另一方面则来自掌管这一教区的方济各会信徒以及并无权力的当地主教之间萌生已久的龃龉。“这一切都是欺骗、逆反教会以及疾病的产物。”主教声称。

关于显现的话语很容易流传开，既可通过紧密联系和十分克罗地亚化的社区，也可通过方济各会强大的国际网络。南斯拉夫是开放的，旅客不需要签证。珀尔文神甫目睹着村庄的变化。大多数男人在德国工作，寄钱回家，当地经济一度依赖于此。现在教区里的情况完全不同了。朝圣者蜂拥而来，也带来了硬通货（“哪里有钱，哪里就会有撒旦存在。”珀尔文神甫说），这为人们带来了诱惑。

我向他问了好几次战争的情况。他相信西方应该干涉，使塞尔维亚人解除武装，只有这样，协商才有可能开始。我问他，塞尔维亚人信仰什么呢？他笑了，而后又叹息。他说，受洗的东正教徒连百分之十都没有。大多数人并无信仰，却很迷信，教会现在与政府关系过密，是波斯尼亚被占区的意识形态领袖。他指东正教会是战争的幕后黑手之一，还是教会默许战争发生？“这当中《旧约》的思想在起作用，”他说，“种族清洗的思想即来源于此，比如《以赛亚书》。”

他现在住在莫斯塔尔，克罗地亚人和穆斯林的关系很紧张。他说，穆斯林并不打算接受任何协商。“几个世纪以来，穆斯林都很强大，我们为之服务。我的祖父就是穆斯林的仆人。”

为什么在一九八一年六月二十四日的圣母显灵后的两天里，会有多达五千人来到默主哥耶？他反问。他说，这是为耶稣及其诞生奠定基础的施洗者圣约翰[①]的节日。他说，预言是“先知的”，我们生活在世纪末，将要进入新的千年，但此时西方世界却建造在金钱之上，毫无道德价值。他说，神视者和圣贤、使徒一样也是人类。他自己什么都没看见，但他觉得这并不难相信。他说，默主哥耶就和《启示录》一样，如其中的第十二章和第十三章。

---

① 据《圣经》记载，圣约翰是耶稣基督的表兄，耶稣基督开始传福音之前在旷野向犹太人劝勉悔改，并为耶稣基督施洗。同样他也是伊斯兰教的先知。约翰在约旦河中为人施洗礼，劝人悔改，是基督教的先行者，宣传犹太教需要改革，并预言上帝将要派重要的人物降生，要比自己重要千百倍，为耶稣宣讲教义打下了基础。

前一天，我在教堂前碰到了一个美国记者。她看见我在做笔记，便好奇我是不是同行。我们一起喝了咖啡，谈起了圣地的事情。她聪明而机敏，才华和好奇心漫溢。采访完珀尔文神甫后我和她再次碰面，我有许多东西要告诉她：马利亚如何将手放在我头上，酒吧里漠视神迹玩牌的男人，昨天晚上山上熄灭的光，远处的枪火声。她也一直在工作，我们交谈的时候，我突然回到了我怀疑的世界之中。我们谈了很久。我们并没有质询神视者的真诚和朝圣者的信仰，只是在质询我们是否适合来到这里。起身的时候，我也不知道自己还会在这里待上多久，还要与这具有中世纪色彩的信仰共处多久、假装我与他们共享这信仰多久。

我在昨天晚上听说，前天碰到的盛装出席的神视者伊万将会在五点用英语发表演讲。四点四十五分，我拦下出租车赶往他家。他家比马利亚的家还要远。我们必须穿过一条泥渣路，来到一片小屋前。一个女人站在其中一间屋子前面，告诉我们这就是伊万的家，然后进去请他出来。走出来时，他仍穿得很精致，看上去像个流行歌星。他解释道，他不会在这里和朝圣者碰面，而会在教堂里进行。他半小时内会到达那儿。他转身回到屋中，就像被打扰的大忙人。我坐出租车回去了。

我碰到了一个美国神学院学生，他也想见伊万。我们交谈的时候，他好几次用虔诚的术语提到了圣母和主。他说，他整个下午都在教堂里祈祷。他似乎觉得我也应该做了相同的事情，我觉得应该向他解释，我自童年开始就没祈祷过了，但我不确定该怎么说出口。

我们走进教堂旁边一间现代建筑，找到了座位。房间里全是说英语的朝圣者。伊万到达时，身上穿着棕色夹克，系着淡棕色印花领带，配着相应的手帕。“她昨晚出现了，”他说，“为我们所有人祈祷。她说：‘亲爱的孩子们，今天晚上你们的母亲以一种特别的方式召唤你们：你们必须选择上帝。’我自忖，这是很明确的信息。你们都知道，十二年前，圣母给了我们很多信息，其中最重要的是和平和祈祷。我们问，她是谁？‘我是圣母。我是和平女王。和平，和平，和平，亲爱的孩子，你们内心的和平，家庭的和平。’这是她在这个世界上传给我们的第一条信息。”

他停下来，看着我们说，他准备回答我们的问题。房间里四处都有人举手。第一个问题是：“圣母怎么看待世界上的青年？家长呢？”墙上挂着巨大的《玫瑰经》念珠，每一颗念珠都有一个奇异果那么大。我正在盯着它看，全神贯注于此，因为这个问题太陈腐了，而伊万的回答也是老一套。他谈到了毒品、酒精、大众媒体、道德的问题，以及这些东西对年轻人的影响。他谈及父母和孩子共处、教导他们祈祷的需要。他说，四岁的时候，你就可以教他们念三遍《天主经》和一遍《圣母经》，五岁时可增加到四遍《天主经》，到六岁时可以念七遍《天主经》，到了七岁就可以念完整段《玫瑰经》。

他说，年轻人成群结伴并不是坏事，他自己有时也这样，但他补充，留在家中是很有价值的。他提出建议时听起来就像个温和的年轻神甫，而不是一个能看到神迹的男人。

接下来，一个美国人谈到了美国的神视者接收到的消息中的消极性。她说，这里接收到的信息却是希望。她提出了自己的问题："圣母是否提及过末日的三日黑暗？""没有，"伊万说，"我对此一无所知。我并不害怕，或许你害怕。我们必须祛除灵魂的黑暗，这才是最危险的东西，我们要让光明照进灵魂。"

"她出现时是否哭泣？"这是接下来的问题。伊万说："她对耶稣受难日这样的事情还是有一点悲伤，但通常她是不会伤心的。""她出现时是否金光闪闪？""是的，节日时是如此。""你是否被带去过天堂、地狱和炼狱？""只去过天堂……""天堂是怎样的？""天堂很难形容。每个词语都如此贫瘠。正是《圣经》向我们描述的样子。你到了天堂就会知道。我也必须和其他人一样努力，没人拥有特权。"

"她是一个人出现的，还是和天使，或者耶稣一起出现的？""在圣诞节的时候小耶稣会枕在她膝盖上，有时候天使也会出现。""我三岁的孩子看见圣母了。她说天使有着发光的翅膀。天使真有发光的翅膀？""是，我们可以这样说……这个孩子是她母亲的好榜样。"他抬头看，对着提问者温柔地微笑。

“圣母有没有提到教会的环境?”“如果我们无力，那么我们的教会也会无力；如果我们强大，教会也会强大。我们必须增强自己的信仰，以葆教会之强大。”“照相的闪光灯会有影响吗?”“圣母降临时我们处于狂喜之中，看不见周围的任何人，也看不见闪光灯，不过这不是拍照的好时机。”

他再次微笑。他不再接受问题，虽然房间里还有很多人踊跃举手。我前面的年轻男人直到伊万离开都还在举手。我问他的问题是什么。他带着美国口音说：“我想问圣母有没有对神学院学生说的话。”他十分真挚，我也能想象伊万回答中那种预料得到的真诚。他看着我，似乎我要说些什么。但，上帝原谅我，我脑中在想的东西只能和那位美国记者说。我可不会对那位神学院学生说，圣母给他留了特别的信息：“她知道你在做什么。她看见你在做什么。她的信息是：停止吧。”我们一起走了出去，我得确保他不知道我在想些什么。

那位美国记者也来到伊万的问答环节。我们靠着教堂的墙面而坐，比较彼此的笔记。我们一致赞同，如果圣母也对我们显灵，我们会更激动一些，我们的描写也会更生动一些。我告诉她，当我在思考圣母会有什么信息留给那个神学院学生时，我心中想到了什么。她大笑起来。我说，这是魔鬼的错，不是我的错。我们笑得更厉害了。这时，那位澳大利亚神甫走过来，停下，不悦地看着我们以及我们的不敬。我们便立马立正，停止大笑，就像在学校里一样。我们被他逮着了。他走了过去，没有回头。我们闲逛到教堂后面的露台。

昏暗的阳光正在西边的天空降落。白天只剩下一两个小时了。云朵也是淡淡的。但这时有一大群人（主要是美国人）在盯着太阳看，还用手指着。“看，天啊，快看，它真的在旋转。”一个女人用美国口音说。我们也看着太阳，但它并没有动。只有平淡无奇的迟暮太阳。它一动不动。或者说，对我来说，对我的记者朋友来说，它并没有动。但对我们周围的人来说，它正在空中旋转，他们凝视着，在震惊与赞美中叫起来。我再看它：它确乎没在旋转。

我知道今晚还会有一场特别的弥撒，所有人都会去，那些严肃对待信仰和未来的神学院学生也会去，我采访的两位典型克罗地亚天主教的神甫也会去，我昨天在酒吧里碰到的神甫，还有逮到我们大笑的澳大利亚神甫，他们都会去。我决定现在就离开，我在默主哥耶留得够久了。我离开了正看着天空的美国记者。

我来到出租车候客站，问他们到一百五十公里之外的斯普利特要多少钱。他们谈论了一会儿，最后一个男人说，我出一百美元的话他可以载我。这比我预料中要多，但我想到那儿去，便同意了。他载我回到宾馆。我退了房，朝北出发。他不会说英语，但听懂了我想去斯普利特的机场。

车开了好几英里，路上全是矮树和岩石。这片土地上寸草不生，也没有动物，只有乡间的一片荒芜，以及村庄里的新房屋和餐馆，男人们则在广场上玩着滚球游戏。但开了十公里后，便可见一片狭长而肥沃的山谷。我们在一个检查站被拦住了，对方告知要开回去五公里左右检查证件，再回到这个站。司机也没有争执。不久，我们又被拦住了，司机被要求将出租车的标志拿掉，放到后备箱里。又开了五十公里后，土地变得崎岖不平，荒无人烟。我们在黄昏中驶过山路。路上寸草不生，荒凉得超乎现实，超乎想象。一英里接着一英里全都是布满岩石的土地。

我记得神甫曾说过，只有克罗地亚人会栖居在这片土地上。这让南斯拉夫的战争有种独特的苦涩：这里的确有好的土地，就如我们方才经过的肥沃山谷，但旁边就是不毛之地。所有的入侵者都会把贫瘠、难对付的土地留给被征服者，他们只能留在这里。整个欧洲都曾在某个时段被侵略，人口遭到清洗。但这里就和爱尔兰一样，其景观都有非欧洲的一面，这意味着当地人可以居于高地之上，在严酷环境下，变得不屈不挠，充满愤恨。而侵略者，那些英国人和土耳其人，却可以利用好的土地。结果，死敌就住在咫尺之间。这就为漫长和复杂的内战提供了绝佳条件。

在白日的最后一刻，我们来到海边，逃离刚才永无休止的贫瘠土地让人如释重负。我们沿着海边行进，在螺旋状的道路上攀爬，而后下坡，司机开着快车，自信对每个转弯了如指掌，车头灯全都开着，而我们也更感愉快。这里和里维埃拉[①]有几分相像，我对抛在自己身后的一切感到高兴：我集中注意力想了会儿马利亚放在我头上的手，以及它带来的感受。我很庆幸这已经结束。

最后四十公里路，我们又回到了欧洲的高速公路双行车道。机场还开放着，我们在九点三十分到达，我还来得及订票赶在第二天早上飞回萨格勒布。出租车司机帮我问了下，得知朝城里开去五公里路就有一家宾馆。他把我送到那里，我付了钱。我数钱的时候，他微笑了。

宾馆在一条林荫路上，从外面看上去安静且朴实。走进去则有长柜台和宽敞的大堂酒吧。酒吧和大堂里肯定有至少两百个士兵坐着。他们全都穿着制服，大多为二十多岁，金色头发的平头，蔚蓝双眼，有一半人在抽烟，所有人都在喝着罐装啤酒，一部分人在玩牌，其余的则在交谈。我离开一个全是朝圣者的村子，来到了一个全是日耳曼士兵的宾馆。接待处的人告诉我，他们有空余的房间。在我询问之下，接待员告诉我，这些士兵都是比利时人。

我在一个灰蒙蒙的雨天早晨回到萨格勒布。已经是复活节了。在街角转弯处，我经过一个黑暗覆盖的地带，就像一个小

---

① 里维埃拉，从意大利沿地中海到法国戛纳一带的避寒胜地。

洞穴。一个中年女人正在大声地读着一本旧祈祷书中的连祷文，手中还拿着放大镜来辨认字句。两位老妇则应答着祷文。这是个圣地，角落还放着圣母像。在这下着毛毛雨的早晨，人们面对着圣母像和许愿蜡烛站着祈祷。墙上还安放着牌匾，上面写了许多名字，我猜测那可能是死者的名字，他们的亲人将其写到这小小的纪念碑上。

我朝大教堂走去，如同置身于中欧任一城市的周日早晨。我感到一种奇怪的愉悦，我并不属于这里，在大多数本地居民醒来之前在这里闲逛。大街上没有人，也没有车。然而，大教堂外聚集了一群人，喇叭在转播弥撒。他们正在修复教堂的正门，这意味着只能从广场上那条狭长的入口进入教堂。我在人群中穿行。到里面后，我发现教堂正在进行大弥撒，灯光全打开了，有的人还在排队忏悔，通道里站满了人。我站在一个男人和他儿子旁边。他儿子用手臂勾紧父亲的脖子，观察着一切：粗大的柱子直抵绘满图画的天花板，彩色玻璃窗户，管风琴，合唱团在唱着连祷文。

大教堂附近就是一座面对着街道的教堂。其钟声敲得巨响，人们正在陆续进入，但当我过去的时候，似乎已经没有位置了。我看到了祭坛上的圣像和蜡烛，但我身后的门却还没关上。我身后又来了一对情侣。“天主教的？”我指着祭坛问他们。“这是希腊正教会的，”他说，然后指着大教堂说，“那才是天主教的。”于是我从他前面走开，走了回去。

现在是十一点四十五分，弥撒将近结束。风琴正在演奏，合唱到了高潮，我们能从喇叭里听到音乐。附近的广场上，人们在卖着水仙、水果和复活节饰品，教堂外面，人们在相互问候，他们或成群结队，或独自站立，或聊天，或四处张望。面对着教堂，穿过广场，我们能看到爱尔兰乡村周日早上的景象：男人们悠闲地站着聊天，双手插袋，看着每一个人，用眼睛余光仔细地看着人们的一举一动。他们就像秘密警察一样。

在复活节，人们从大教堂来到主广场。即使雨天朦胧，咖啡馆还是把椅子放到了外面。儿童电车上坐满儿童以及他们的父母，玩具铃铛响起，表明车就要出发了。他们全都大笑着挥起手来。

突然间，这座城市又空了。只有昨晚弥撒回家的人。商店全都关门了。整个地方都变得荒凉和停滞，与世隔绝，似乎人们历经多年已经学会不对街道抱任何希望，反而主要待在家中。我走到城市美术馆。它似乎关门了，这让我觉得很奇怪，现在还没到一点。我最后还是找到了门铃，按了好多次。一个年轻的男人开了门，有礼貌地解释美术馆关门了。“为什么？”我问他。“关闭了，”他说，“因为战争，画作都被取下来了。”那一刻我差点问：“什么战争？”

我走到洲际酒店吃了个汉堡。我注意到，外面的停车场上停了不少联合国和联合国难民署的吉普车。而酒店里，此刻酒吧里只有美国人的声音。一个美国女人正在和侍者谈着她的儿子："我希望他不会是个太令人讨厌的家伙，但你做的三明治和他在家吃的一样。"

我得知两点会有一班火车到的里雅斯特，我便搭出租车到了火车站。我想要一直行进，将默主哥耶远远抛到脑后。车站似乎是城中最大的雇主了。站中有一个专售二等座票的办公室和一个专售一等座票的办公室。货币兑换办公室里坐着三个人：一人计算，一人数钱，一人看着顾客和他的两个同事。

火车几乎是空的，开到了斯洛文尼亚的边境才停下。一名警察走进车厢，向我索要护照。看到"爱尔兰"，他笑了，把护照还给了我。读了马克·汤普森的《纸屋》中的那章《斯洛文尼亚之春》后，我一直对斯洛文尼亚很感兴趣。汤普森引用了一个斯洛文尼亚朋友的话："关键不在于这个国家多小，而在于它所在的地方就那么点大。"他补充道："斯洛文尼亚小得恰到好处。"这国家还不到两百万人口。"在斯洛文尼亚，"马克写道，"农业部只有一条电话线路，国家电视台的足球评论员在周一到周五是家庭医生。遍览国家美术馆的作品只需半小时。"

斯洛文尼亚没有战争。读到这里，我觉得这就是虚构之地，或许是博尔赫斯虚构的国度，或者哪个戏谑的中欧小说家和微型图画画家的杰作。这个小地方本可能会消失不见。在斯洛文尼亚和意大利的国境，三个穿着不同制服的斯洛文尼亚人来到我的车厢。他们的制服和他们的举止一样完美无瑕。他们检查了我的护照、行李和车票，我觉得他们完全代表了斯洛文尼亚，确保穿梭于克罗地亚和意大利之间的旅客知晓他们国家的存在。我决定到这里看看。

两天后，远离东欧的诡异，我在的里雅斯特大快朵颐，在酒吧和咖啡馆里度过长日，休养够了，便和住在的里雅斯特的朋友尼克·卡特一道开车去卢布尔雅那[①]。

天还下着雨，的里雅斯特与卢布尔雅那之间的高速公路十分阴森，我们来到城市的主干道停下车，结果发现这座城市看上去也不容乐观。把斯洛文尼亚和那些在柏林墙倒塌后才出现的国家区分开来的，是其纸币。它们以最古怪、奢华的颜色印制。五十托拉尔纸币的背面以蓝色和渐变为棕色的紫色构成，背景还有星球和银河系的图案。纸币具超现实风格，制作得时髦而富有想象力，极具视觉冲击力而又保持低调。克罗地亚的纸币看上去不光乏味，而且所有面额的纸币背面都印着萨格勒布大教堂，其政治含义不言而喻，就是在表明克罗地亚即将成为天主教国家。而斯洛文尼亚的纸币却暗示着一个充满可能性的世界。

我们朝着河流走去。大桥上的风景更像安徒生作品中的场景，而不是博尔赫斯的虚构。河道狭窄，水流缓慢，弱柳沿岸而生。这座桥本身可供通行，但河上还另有两座供行人通过

① 卢布尔雅那，斯洛文尼亚共和国的首都和政治、文化中心。

的精致小桥。房屋都有双重斜坡屋顶。码头沿岸遍布小酒吧和餐馆。此处的气氛端庄而舒适，曾伤害欧洲其他地方的战争并未触碰这座城市。现在天就要黑了，来自城市上方城堡的灯光以及河边的灯光，让桥梁与柳树看上去如同梦境中或是插画中的一部分，而非一座真实存在的、置身于战争高潮、置身于一九九三年复活节周的南斯拉夫城市。

我抬头看着老城的窗户，试着想象早晨漫步此处的愉悦。我开始想象自己坐在房中台灯之下阅读，转身看向窗户，看向温柔的河流和美丽的树林，就像窗户里的人所做的那样。当晚，我们在女修道院改建的酒窖里吃饭。我们所到的每个地方都能看到一种仪式感和礼仪感，让我们觉得很不真实，就好像在电影中一样。这样的城市会产生怎样的政治，抑或说怎样的政治会产生一座这样的城市？我知道斯洛文尼亚已经在不到五十人丧生、较为温和的十日战争中脱离南斯拉夫。它似乎将那个庞大的国家甩开了。

第二天，我还在闲逛，尼克已经回的里雅斯特，在春日阳光下，此地看来更像奇迹。宾馆对面有一个书店，里面满眼尽是崭新的当代欧洲小说斯洛文尼亚语译本。这些书籍就和纸币一样，设计精细，体现灵巧质感和精湛技艺。

我有好几个吃早饭的地方。人们可以坐在窗边，吃着蛋糕、喝着咖啡度过一整个上午。城市中并无宏伟之物，一切的大小都恰到好处。如果这是座想象而成的城市，那么城中应有的政治也会对规模、平凡的市民持有同样的尊重，珍视平凡人、小市民的价值，珍视秩序和容忍。我四处闲逛，只觉置身于一座革新教会派的北欧城市。我感觉不到天主教会的痕迹，甚至在教堂里面。在这座逍遥自在的城市中，你很难找到宗教的痕迹。这座城市更像为市民的方便而建，而不是为统治者或神灵的权威而建。我对此十分好奇。我重读了马克·汤普森的书中与斯洛文尼亚相关的章节："此地人口比起其他任何共和国来说都更为同质化。一百九十万斯洛文尼亚居民中超过百分之九十是斯洛文尼亚人，南斯拉夫中百分之九十八的斯洛文尼亚人都住在自己的共和国中……斯洛文尼亚人利用南斯拉夫壮大了自己，他们是南斯拉夫衰亡的唯一受惠者。"

我给住在萨格勒布的马克打了电话，问他，我在这里可以找谁谈谈。他让我去找帕维尔·甘塔尔。他是大学助理教授，专攻城市社会学，会说英语，还卷入了十日战争。我给他打了电话，安排在翌日中午见面。

到了晚上，我却发现了另一个卢布尔雅那。二十世纪八十年代，这座城市诞生了不少朋克摇滚乐队。河对岸有一条满是咖啡馆和酒吧的长街。夜色渐长，酒吧中逐渐可见彻底的反主流文化。表情、饮料乃至耳环的质量都可以让你将人辨别开来。整个气氛弥漫着性感：他们喝啤酒，微笑，找桌子，其中无不散发着性感。但你也觉得，这里没有人惺惺作态，你没办法惺惺作态。他们看起来就是如此，说话就是如此，他们就是如此昂首阔步地走进酒吧。这是城市的另一面，与其建筑的轻盈相对的黑暗一面，却让此地变得更强健，甚至接近可怜的老浮士德将被带走之际在幻象中见到的东西。

我抱着极大的兴趣期待着城市社会学助理教授的来访。大概早上十点，他来到我的宾馆。他是个四十出头的高个子男人，穿着随意的牛仔装，带着一股在图书馆和教室中度日所沾染的轻微烦乱。我问他，比方说十年前，他是如何想象未来的走向的？他还记得一九八四年的时候，他在伦敦的酒吧里向一个朋友解释南斯拉夫的未来。那时，他相信南斯拉夫有一部分会走英国议会制模式：市场经济，自由主义政治。但他也相信，有一部分会更趋于苏联模式。

铁托去世后，他们试着追求一种“没有铁托的铁托政治”，但没有成功。一九八八年和一九八九年，根本没人预料到分离发生得如此之快。一九八八年到一九九〇年间，许多旨在解决南斯拉夫问题的观念和方案涌现，百花齐放，但塞尔维亚人似乎坚信，南斯拉夫绝不会被允许解散。

我问他，那斯洛文尼亚的民族主义者又如何？他对自己的国家、自己的民族又有何情感？他说，他对作为民族的斯洛文尼亚并无多少个人情感。他语气冷峻，不带感情。他希望斯洛文尼亚成为一个自由的民族吗？他说，他从未被问过这样的问题。他对斯洛文尼亚经济脱离贝尔格莱德确有强烈的民族情感，但脱离南斯拉夫的观念不出于此。他告诉我，脱离南斯拉夫的观念，并非由民族主义情感激起，而是由保护日常生活的欲望所激发。脱离南斯拉夫成为必要之事。

他说，经济学家很怀疑脱离南斯拉夫的好处。斯洛文尼亚产品的半数市场会丧失。但一九九〇年初，控制贝尔格莱德经济的塞尔维亚在一系列的经济改革中，以其他共和国的利益为代价获利，这被卢布尔雅那的经济学家看在眼里，记在心上。从那时起，他们觉得，要保护其经济，斯洛文尼亚得在三四年间消极地脱离南斯拉夫。

一九九一年七月二十五日，斯洛文尼亚宣告独立时，他在何方？他说，他当时就在卢布尔雅那，第二天晚上他就和朋友们出外吃晚饭庆祝了。他的朋友们或多或少都是理性主义者，因此没有激情洋溢的演说，或情感迸发的时刻。他到两点三十分才回家睡觉。八点钟他被电话吵醒。电话的另一端让他赶紧到军事基地去，他是当地军队里的动员指导。他打开了广播，得知南斯拉夫军队已经动身。边防哨所已经被斯洛文尼亚所占，南斯拉夫军队收到命令，要重新抢占回来。

动员花了七八天，只有两起志愿者躲避或回避征兵的事件。他说，有人开玩笑，如果那些天里交通正常运转，丧生的人反倒会多一些。

短暂的战争过后，政治登场了。帕维尔说，他四十三岁，但他要是在政府里，将是最老的一员。崛起的政治精英和部长年纪在三十四五岁，甚至更年轻。我提到精美的纸钞，他笑了。他说，这是伊斯特拉半岛人设计的，在伦敦印刷。承印方看到设计时相当意外，他们觉得设计者肯定来自一个不了解货币印刷技术问题的国家。但设计者其实很了解用力之度。帕维尔再次满足地笑了。

他又说回独立的事情。他说，情况本可能完全不同，因为导向这一结果的事情是无法预测的。这并非明确的、计划好的变革，而是一系列由不同角度而发的渐进行动。现在法律上还很混乱，旧法律架构中的某些部分还在运转；私有化的机制也有严重问题，经理们大可辨别出商业中可盈利的部分后将其买下，却让其余的行业分崩离析，导致更多的人面临失业。

我问他，那教会又如何？天主教会涉入独立的进程吗？他说，和克罗地亚相比，这里的教会更温和，更少涉及政治。他告诉我，斯洛文尼亚人从来都不是狂热信徒。人们参加弥撒，完成日常的天主教任务，但如果神甫想要教会的权力更进一步，比如强行推广天主教训导，虽然斯洛文尼亚是个天主教国家，大多数人也还是会拒绝。他说，比方说流产和同性恋在斯洛文尼亚都是合法的。一切都很自由。

这个国家文化发展迅速，尤其是非机构的文化，比如舞团和小剧场。可现在有十二万五千人面临失业，建造新邦的成本也得由少数人分摊。如果八十五万人失业，那么国家就难以运营诸如外交部等部门及其官僚体制。他称之为“政治空间过密”

的情形也存在着，在这个小国家里人们都互相认识，交往密切，因此有时很难推行合理的政策。他说，他自己就认识政府里一半以上的部长。

我问他，如果你的妹夫身陷囹圄，你会打电话把他弄出来吗？他说，现在不行了。要是以前的政府掌权，他犯的又只是醉驾之类的问题，那或许还可以，但要是发生事故，他也没办法。他说，不过现在靠近权力的人的确捞得着好处，商业和政治之间也有着紧密联系。

我问他，斯洛文尼亚如何发展出一种如此理性的方式，而克罗地亚乃至爱尔兰都难以抵达如他所描述的那般理性的政治？他说，首先，斯洛文尼亚人对于其民族并无强烈情感。其次，自二十世纪八十年代中期起，人们就已经大量讨论公民社会应为何种形态，民主又能带来什么。他说，早在七十年代末期，我昨日所瞥见的朋克摇滚以及硬摇滚运动在卢布尔雅那十分盛行，并引发了讨论。乐手、知识分子和观众之间建立起了联盟。激进派杂志《马拉蒂娜》那时很有影响力，它的一名编辑和两个供稿者于一九八八年入狱，发行量剧增至八万份。对记者的审判也成了异见者的焦点。当时大学和艺术家中间还有许多别的运动，比如同性恋权利运动、和平运动，一旦条件具备，这一切全都能进入政治运作。

他说，在此期间教会的作用并不重要，和民族主义一样。教会对国家忠诚，丝毫不展现出政治性。它曾作出过道德宣言支持民主，但来自乡村地区的神甫没有真正卷入他刚才所描述的运动。

为何斯洛文尼亚的天主教和克罗地亚的版本如此不同？为何它就不是民族灵魂中的重要组成部分呢？此中的差异何在？帕维尔继续说的时候好像突然想起了什么，但他也不确定。他说，这很容易解释。斯洛文尼亚经历了宗教改革，但克罗地亚没有。他说，斯洛文尼亚出版的第一本书是路德教徒在十六世纪印制的。宗教改革带来了理性主义的精神。在经历过宗教改革的地方，宗教不会设法进入你生活的每个角落。他说，他就来自本国一个新教十分强盛的地方，新教一直持续到十八世纪。斯洛文尼亚的反宗教改革运动更多是政治上的，而非神义上的。协定同意将领土归于罗马教廷。但他说，如果没有协定，那么这个地方大部分都属于新教了。

第十三章
天鹅绒之声

第二天，我坐上火车，沿二级铁路来到济达尼莫斯特，然后转车到了萨格勒布。这一次，边境再无巡逻。事实上，我也不知道边境到底在哪儿。看来，斯洛文尼亚力量的展现只会在主级铁路出现。一路上，我都可以看到树木茂盛的山峰顶部教堂的尖顶。我们经过了许多小农田，其旁便是状如巨型算盘、用于干燥草木的棚。我们每经过一个站点，穿得完美无瑕的火车站长都会走到月台上，向火车敬礼。

来到萨格勒布，我将包存好，买了张去维也纳的夜车车票。我走到主广场区，此地在寻常工作日的傍晚，看起来完全不同：人们在等有轨电车，街上更繁忙，商店全都开着灯。没有了毛毛细雨，大教堂附近的广场高处的咖啡馆也显得更高雅。我在广场上闲逛了好几个小时，这里本身就像个小城市。白日将尽，城市中的日常感不时会被一群疲惫的士兵干扰，这些彪形大汉横穿广场，却无人注意。在咖啡馆里，我看着一群朋友到达旁边的桌子，他们起身问候，重新坐下，看着菜单，和侍者对谈，自有一套礼节。他们让人感觉十分富有，一直以来都如此行事。我从平板玻璃窗户望出去，广场上的繁忙放缓下来，逐渐进入傍晚的沉静。

火车站的走道上不少模样阴郁的人在闲逛，要是你没钱，这里便是城中唯一的取暖地点。我看着他们其中一个四十多岁的男人拐进酒吧。一个克罗地亚士兵慢慢走向他，有礼地按住他的肩膀，把他拉回走道，让他的同伴们颇感好笑。

在克罗地亚和奥地利的边境，一个士兵推开我包厢的门，将手电筒照在我脸上，问我有没有威士忌或烟。我告诉他没有。第二个士兵要查看我的护照。我又睡着了，再次醒来的时候，车已经快到维也纳了。半小时中，我找到了去布拉迪斯拉发的路线，并在中午赶到。现在正是复活节周的周五。我住进一间能俯视多瑙河的宾馆，给一个叫尤拉伊·米哈利克的男人打电话。据信他是了解斯洛伐克最近变化的好向导。

我在布拉迪斯拉发走着，感觉它作为首都比不过布拉格。这对一个新国家来说一定颇为棘手：外面世界的人一来就会将它和捷克共和国对比。有些老建筑还是庄严高贵的，但每条街道都似乎在修复和重建，所以闲逛的时候几乎很难看到这座城市没有水泥浆搅拌机和货车的样子。我走进崭新的国家美术馆，努力不去回想布拉格那座位于山上的国家美术馆，回想那纯粹的壮丽，来反衬出这座小建筑的朴素。它所在的这座多瑙河畔的城市本来只是地方首府，突然间就出人意料地成了一个新国家的首都。

我的宾馆附近还有一座美术馆，显然在二十世纪六十年代被修复过：这本是一座俯视河流的十八世纪建筑，却被加装了一个巨大而古怪的东西，就像机场里将你从一个航站楼送到另一个航站楼的走廊，将这建筑每层的两翼连接起来。它自成一体，就像干涉主义者建造的建筑。

当晚我坐出租车到了尤拉伊·米哈利克的公寓。他家就在离市中心不远的山坡上，位于一座巨大的水泥屋中。他四十出头，友好、轻松、坦率。他公寓的主人房，就是你会在不少外国城市中看到的房间：半明半暗的空间，墙面涂成白色，房中放着画作，给人一种在夜里舒适自如的感觉。尤拉伊的妻子塔娜也在房间里，她穿着牛仔裤和宽松的上衣，没穿鞋。他们都显露出强健的身体。他们身上没有一盎司的赘肉。他们就像住在曼哈顿公寓里的美国人。

我们喝了一杯，然后坐下。尤拉伊开始谈话，穿梭于斯洛伐克的历史与新近的政治剧变之间。塔娜不时打断他，让他更详细地解释，或者加上自己的评论。我一开始想知道他们对斯洛伐克在战争期间的遭遇的看法。我也不知道为何觉得这是个开始对话的好话题。尤拉伊说，斯洛伐克或多或少是站在希特勒这边的。捷克斯洛伐克是在一战后建立的，但捷克共和国更富有，斯洛伐克总是被当作东边的小弟弟，两者之间一直紧张。

他说，斯洛伐克在二战时发生了历史性的转折，甘愿成为希特勒的傀儡国家、它变成了一个自由的国家、一个法西斯国家，总统是个天主教神甫。六万名犹太人在战争初年被放逐到波兰，但后来一旦发现他们是被送去集中营，驱逐行动也就停止了。不过斯洛伐克和德国一样也有对犹太人不利的法律。

主要的战争结束前，斯洛伐克境内都没发生过战争。这个国家被美国人和俄国人解放。在二十世纪五十年代的学校里，法西斯时期的斯洛伐克历史被彻底忽视，教师集中于战争末年的暴动和共产主义者的英雄主义。尤拉伊说，那时上教堂是违法的。如果你去了教堂，就会惹上大麻烦，丢掉工作，你的孩子也进不了中学。在五十年代，只有老人、退休的人，以及工作糟糕的工人才上教堂。他们已经没什么可以失去了。他告诉我，其体制试图影响教会，也的确有神甫被体制笼络，但很多神甫没有。他自己就没有参加初次圣礼，但不少人参加了。他们到乡村里，偷偷地完成了仪式。一九七一年，他的姐姐结婚了，婚礼就在一座小山村的教堂里举行。

领导布拉格之春的杜布切克是个斯洛伐克人，说斯洛伐克语，和那些到了布拉格就只说捷克语的人不同。不久后，他就逐渐认识了杜布切克，并钦佩他的正义感，欣赏他的幽默感。在布拉格之春后的昏暗年月里，他的确不曾想过有一天会和杜布切克到华盛顿出游。他说，在联邦里做一个斯洛伐克人一直很难。布拉迪斯拉发的人若想改善职业前景就会搬到布拉格去。

外交部门的工作人员只有百分之四是斯洛伐克人。尤拉伊在布拉格有些好朋友，他们都面临一个共同的问题——共产主义。

在俄国的侵略中只有七十人丧生，在随即而来的余波中也没人入狱。但情况是慢慢变糟的。尤拉伊的父母不是共产党员，所以他不能进入捷克斯洛伐克的美术学校，最后他在克拉科夫找到了一席之地。

一九七五年，他被一个家庭邀请到美国去。他说，人们一直有机会拿到出境签证，但不会有太多人出境。他很爱纽约。当时他正在布拉迪斯拉发艺术学院学习，回国之后就被开除了，原因是他会对同学施加帝国主义的影响。而官方的理由则是“突然丧失才华”。

虽然他现在将教宗保罗二世的上台看作至关重要的事件，但当时他只将此看作波兰的重要事件。布拉格与布拉迪斯拉发的关系也依旧如此。要解决重要的问题，只能到布拉格去，布拉迪斯拉发有的只是山河湖泊。布拉迪斯拉发是个贫穷而原始的地方，工业和财富掌握在捷克人手中。布拉迪斯拉发没有大使馆，布拉格的西方大使馆为不同政见者提供去西方的联络通道，这在布拉迪斯拉发也无迹可寻。签署《七七宪章》的有上千个捷克人，却只有五十个斯洛伐克人。

他说，斯洛伐克的确发生过依靠教会发动的不同政见者运动，以及环境保护运动，这比《七七宪章》或外国渠道的支持重要。一九八三年，尤拉伊被允许制造和销售花瓶，在戈尔巴乔夫上台后更宽松的气氛中，他开始出口陶瓷到奥地利。一九八九年，他再次来到美国，这次却颇感失望。在他随后出版的关于天鹅绒革命的《天鹅绒之败》里，他写道：“在美国的这段时间，我对这座人间天堂彻底失去幻想。我和不同的人交往，尤其是‘低下阶层’的人。我根本无法想象部分美国人生活之艰辛。纽约公车的司机每天工作十小时，却付不起医疗保险，独居在曼哈顿的私人公寓里。我认识了一个来自布拉迪斯拉发的商店店员。他在酒吧斗殴中丢了门牙，只因为嘴里有个丑陋的洞，第二天他就丢了工作。他没钱补牙，也没钱付房租，最后无家可归。”

斯洛伐克第一场对抗政权的公开游行是通过天主教会组织的，发生在一九八八年三月二十五日。人们被要求走出教堂，聚集在城中的某个广场上，呼吁人权和宗教自由。他们还被要求带上点燃的蜡烛，并且保持沉默。尤拉伊说，整个气氛很可怕。警察包围了广场，还带了水枪和警犬，但什么都没发生。第二年十一月他正驱车回布拉迪斯拉发，得知天鹅绒革命发生了。他在布拉迪斯拉发的老朋友，那些艺术家和演员，成了革命的领导者，在新民主体制下组建政党。

尤拉伊说，刚开始，瓦科拉夫·哈维尔还受到大家的喜爱，捷克斯洛伐克两边的问题也还没浮现。他写道：“一九八九年前我还没有强烈的民族感。事实上，我讨厌斯洛伐克民俗。它过去一直以损害现代世界文化为代价得到共产主义者的支持，幸而已被禁止。我既不觉得自己是斯洛伐克人，也不觉得自己是捷克斯洛伐克人……我唯一有归属感的地方是布拉迪斯拉发。”

革命发生后，有人认为联邦的首都应定在布拉格和布拉迪斯拉发中间的布尔诺。但他们真的觉得，捷克人并不懂斯洛伐克人的敏感。他震惊于此类事情无关紧要、建立市场经济才是当务之急的观念。他当时相信哈维尔也知道问题所在，在民主体制下事情不能像处在共产主义体制下那样发展。

革命之后，尤拉伊成了革命协调委员会的成员，这是个由十二人组成的机构。他的英语说得比其他人好，便专事国际关系问题。一九九〇年二月，他敏锐地察觉到哈维尔和斯洛伐克人之间的问题。哈维尔组织了一趟访问华盛顿及其他北美国家的旅程。代表团由二百一十人组成，这是史上第二大访问华盛顿的代表团（第一大是由戴高乐领衔的）。最初代表团里还有八个斯洛伐克人，但新政府从布拉格打来电话，将这一数字削减到四人，在抗议之下才恢复到八人。

接着他们去了以色列。这次一个斯洛伐克政治家都没有，代表团里的两个斯洛伐克人是作为犹太人社区的代表出席的。对尤拉伊而言，能有斯洛伐克政客代表出席，为二战期间犹太人在斯洛伐克所受的不公待遇道歉，并澄清新的斯洛伐克不带反犹情绪，是至关重要的。最后，尤拉伊的好朋友、布拉迪斯拉发革命领袖、演员米兰·克纳日科到那儿做了演讲。

“米兰·克纳日科是哈维尔在布拉格城堡里的斯洛伐克顾

问，”尤拉伊在书中写道，“他的故事足以说明问题。他接受了这一职位，本来随后会成为副总统——要是走到这一步，斯洛伐克会欢迎的，但这并没有发生。事情走向反面，克纳日科和哈维尔及其团队时常意见不一，他强势地捍卫斯洛伐克的利益。如此几周之后，他便失去了直达总统的通道，有时他得等上好多天，哈维尔才同意见他。”

国内共有一千万捷克人和五百万斯洛伐克人。一九九〇年整一年，布拉迪斯拉发的统治阶级都逐渐觉得，他们被当作好农民对待——他们居于山中，所知不多，无法参与天鹅绒革命后的壮阔前景，他们摆脱法西斯与天主教会的教育将任重道远。布拉格甚至没有意识到斯洛伐克的问题正在溃烂。布拉格没有斯洛伐克报纸，哈维尔身边也没有斯洛伐克政客。美国的斯洛伐克移民指出，在西方媒体看来，斯洛伐克根本不存在。

在布拉格，原来统治阶级中的老共产党员逐渐重返权力系统，但在布拉迪斯拉发，“公众反抗暴力”组织里的人都没有政治经验。尤拉伊写道：“我们关于外界的政治、外交、安全的知识更多来自冒险小说，而不是经验或逻辑。我还记得当时自己有多天真，竟同意去维也纳的美国大使馆联系中央情报局，让他们来‘公众反抗暴力’组织总部检查我们有没有被窃听。当他们听到我要求和情报组织联系时，简直不敢相信自己的耳朵，只能说此处没有这样的人。最后，一个负责安全问题的男人过来见我。他或许是中央情报局派来的，但肯定不会说出来。他给了我一家奥地利公司的地址，他们可以提供类似的服务，但他警告我，他们的收费很贵，然后送我出门。”

一九九〇年春天，人们开始讨论新联邦的名字，以及“捷克”和“斯洛伐克”之间是否该有短横。不少捷克政治家公然取笑斯洛伐克人，并说短横可以在布拉迪斯拉发用，在国际上则不必了。斯洛伐克人建议将自己的地名放到前面，变成“斯洛伐克捷克”。在布拉格，这被看作一个笑话。但尤拉伊在一九九〇年仍觉得联邦可以维持，他也仍想成为捷克-斯洛伐克公民，不管中间有无短横。

但到了一九九一年初，他改变了看法。三月十四日，人们在布拉迪斯拉发举行了一场游行，以纪念一九三九年斯洛伐克的建立。参加者有两三千人，当然相比起革命时期十余万人参与的游行，这个人数不值一提。尤拉伊还记得，当时有两千名激进的斯洛伐克人，他们由法西斯主义者、共产主义者、反犹者和民族主义者组成。对他们来说，瓦科拉夫·哈维尔是真正的敌人。尤拉伊还记得，当时报道游行的新闻记者和摄影团队人数多得惊人，于是他明白了一切。尤拉伊口中的“公民”哈维尔没有通知斯洛伐克内政部，就来到了斯洛伐克远足，而此时正值游行时分。游行者袭击了哈维尔，朝他吐痰，踢他，辱骂他，电视台把这些东西全都拍下来了。尤拉伊说，他们拍下了斯洛伐克人袭击这位世上最受敬爱的政治家的清晰图像。他相信，哈维尔一定知道他们会拍下这样的场面。他怪罪哈维尔，那天他不该来布拉迪斯拉发。

他对他的斯洛伐克政治家朋友受到的对待同样感到气愤。他还记得他的一位朋友因为反对哈维尔的斯洛伐克政策，就被指控在旧政权时代担任警察的线人。他也注意到，掌权的朋友也变得越发傲慢。他在书里就写到一位前同事："我到布拉格拜访他，试图向他解释一些他还不能接受的事情，结果他问我有没有意识到自己是在和联邦的内政部长说话。另一个例子则是：一名导演在街上被她朋友的儿子下意识地问候，她却教导对方'时代变了，你不能直呼我为苏珊娜'。我们在山上度假时，一个部长的妻子希望我们'尊重她丈夫的官职'。"

他坚信，斯洛伐克的政治主流人物并不希望从捷克斯洛伐克分离出来，但，比如当哈维尔宣告他的国家将不再生产武器时，他其实没有考虑到斯洛伐克这个生产武器的地方。军工厂突然倒闭，会对斯洛伐克的经济产生毁灭性的影响。

尤拉伊相信，即使在分离之后，反对斯洛伐克的运动也仍在继续。捷克人优秀、进步、聪明、机智，而斯洛伐克人多变、反犹、老派、亲共的观念也不停被提出。

他说，捷克人和斯洛伐克人之间的确有差别。捷克人更雄辩，有着悠久的文艺传统，他们就和新教徒一般世俗，更重视意识形态。而斯洛伐克人更保守，其中百分之七十的人为天主教徒，更务实，不太愿意被意识形态影响。他说，因为我们是天主教徒，所以捷克人这样对待我们，倒也相安无事，要是换了穆斯林，就会发生战争。他告诉我，在斯洛伐克，人们从没有那股想要报复在共产主义统治下遭遇的冲动，他们已打算原谅一切；但捷克则相反，他们会翻查档案，追究责任。他说，他们更理智，对钱更感兴趣，我们则比较情绪化。两个民族不必分割，但当时也没有更好的办法了。

他自己则决定远离政治，拒绝了好几个邀请，包括文化部和华盛顿大使的职位。他想要建立自己的企业，并笑着表示，他很庆幸自己不必在早上起来开会。

他说了好几个小时，我一直在记笔记、提问，塔娜也在旁聆听、补充细节。我们都精疲力竭。已经很晚了。我觉得，他们仍认为自己在新斯洛伐克发挥了作用，而与我交谈、从斯洛伐克的观点出发将事情告诉我，也是这种作用的一部分。我们喝了啤酒。尤拉伊打了个电话，发现在一九九〇年的选举后曾进入联合政府现在却在野的基督教民主政党“基督教民主运动”正在开年会。他说自己去不了，并解释道，共产主义衰落后的分离岁月在布拉迪斯拉发导致了不少私人恩怨。不过他打算在午餐时分带我去那儿看看发生了什么。他和塔娜还讨论了好几个可能出现的人物，他们多年前曾一起共事，想到尤拉伊突然出现在党会上的情形，他们哈哈大笑起来。

得知了那么多信息，我根本没法睡着。尤拉伊和塔娜带着遭遇意外或丧亲之人身上会有的那种独特的激动，谈论着发生在他们身上的一切。我试着去思考，把一切弄清楚，但第二天中午我见到他们的时候，觉得他们根本没离开过我。尤拉伊的公寓外面停了一辆豪车，我们坐进去，驱车前往他的工作室。看得出来，他很享受拥有一辆这样的车。他放了一盒磁带，开车穿越城市，拐进狭窄蜿蜒的路，一路攀爬。

他的工作室位于街道的尽头，自成一体。我从没问过他生产的究竟是何种陶瓷，他的公寓里似乎也没有样品。但到了这里，我就能看到他的产品，也就明白为何他会如此成功。他的产品是精致而轻松的作品：就拿他的茶壶来说，并不十分实用，却能成为不错的旅游纪念品或礼物。它做到美观与趣味兼具。我能理解，制作这样的东西并推销它们，比担任斯洛伐克驻华盛顿大使更有趣。

尤拉伊回想着可能在的基督教民主党人，思考应该让我见谁。“被逐出权力中心，基督教民主党人感觉很糟。”他说着便轻声笑出来。我们驱车返回市中心，停在开会的摩登大楼外面。他说，现在是午餐时段，应该有空闲的人在。

我们一走进大厅，我就明白为什么尤拉伊不是基督教民主党的成员了。一群男人四处站着，那些没到中年的人看起来也好像马上中年了。他们全都有那副加入了中立派政党后的轻微疲惫、谨慎小心的表情。尤拉伊就像这些西装革履之人的任性孩子，尽管他和当中不少人年龄相仿。他自信地穿着休闲服，发型也很入时。他在大堂里十分引人注目。他问候了不少人，然后和一个男人说起话来，对方很快就走开了。不少人看着他。

我就站在门边。他走过来，说事情并不简单，但他觉得还是能帮我找到一个会说英语的高层人物。他说，一个他曾共事过的男人没理他。我告诉他我看见了。

过了一会儿，我们被带到了一个装修得很舒适的长条形办公室。我感觉得到，能回到这里，尤拉伊还是很激动，他期待看到政客扬·恰尔诺古尔斯基和外国记者说话。恰尔诺古尔斯基五十多岁，是个清瘦的男人，带着谨慎和严肃的表情。他说，他的父母都是教师，但他的父亲在二战前就是政治活动家，并在战争期间支持斯洛伐克。战后他试图组建一个天主教政党，却被捕入狱。

恰尔诺古尔斯基被抚养成天主教徒。他会在周日去做弥撒。他说，他身边的每个人都反共。他并不觉得斯洛伐克有谁亲共，虽然的确有人入党了。但是只有一个青年组织是由共产党员运营的，他也是成员，几乎所有的年轻人都是成员。因为他父亲的政治活动，他有三年没上学，他不被允许进入中学。他能接受中学教育，完全是因为他父亲在国家的北部有朋友，他能到那儿去上学。共产主义者还没有组织严密得遍布全国，知道他的身份然后不让他上学。

他并不支持布拉格之春。他的家庭依旧反共，政权的软化是由共产主义者主导的，这对他已经足够了。他还是读上了书，成了一名律师，专攻劳动法，比方说，如果有教师因为做弥撒而被辞退，或者送孩子进行宗教训导而被辞退，抑或高级医生做了弥撒而被辞退，他都会代表他们的权利。他说，这个国家有很多不成文的规定，因此也能在法庭上挑战之。

之后，他为签署《七七宪章》的人辩护，但一九八一年他被禁止执业。他为工厂开过一阵吉普车，后来成为工厂的律师，接着又成为一家农业合作社的律师。一九八七年开始，他再次失业，接下来几年，他开始秘密地编辑和分发基督教民主党的宣传册。他说，八十年代的后半叶，斯洛伐克逐渐兴起有组织的天主教运动。以一九八七年为例，有六十万人参与斯洛伐克的朝圣，正是通过这样的活动，自觉的天主教运动逐渐成形。国家允许、也在某些方面鼓励官方的教会，但这场朝圣是由秘密教会组织的，而一九八八年三月的第一场游行亦如此。这是一个秘密的、由神甫和业余活动家组成的教会组织。

一九八九年他又入狱了。十一月革命发生时，他正和人同住于一个小小狱室之中。他知道柏林墙倒塌了，也知道布拉格和布拉迪斯拉发举行了游行。有一个晚上，他竟能听到人们聚集在外面鼓掌、大叫。那是一九八九年十月二十三日，五千人正在监狱前游行。（“我也在其中。”恰尔诺古尔斯基描述当时的场景时，尤拉伊插嘴道。）两天之后他被释放，独自遣返到大街上。他坐有轨电车回了家。几天之后，他进入和政府协商的代表团，要求在自由选举之后的新政府中保证反对派参与的权利。他是十人代表团里唯一的斯洛伐克人，但在当时这还不是问题，他说，在当时，反对共产主义才是目标，每个人最重要的目标。

十二月十日，他被释放两周后，政府解体了。他突然就成了捷克斯洛伐克的副总理。他有车，有电话，还有一个秘书。他在对抗国家二十五年之后，突然要投入到国家各个方面的事物中去。他说，似乎一切都如此轻易地发生了，他立马就改变了看法。他掌控着新的立法权，通过了诸如《出版自由法》这样的法律。尽管他还在布拉格，却开始组建布拉迪斯拉发的政党。他说，他一直都意识到捷克人和斯洛伐克人之间的问题，他描述二者的区别，和尤拉伊的看法一模一样。捷克人更理智，更西方化，而斯洛伐克人更感性。

他说，这两个民族间的矛盾，是由捷克人面对斯洛伐克的不满时冷漠的态度导致的。他并不是一个斯洛伐克民族主义者，对于他来说反共更重要。他说，作为一种动员群众的手段，民族主义颇易被误用。他说，不少前共产主义者很快就成了民族主义者。他自己则希望两个地方的关系能按照欧盟的模式运作。

我向他问起战争年间的情况。他说，二战期间斯洛伐克第一次真正独立了。他说，当时斯洛伐克在经济、文化、政治上都颇为成功。他说，当时的总统约瑟夫·蒂索是天主教神甫，天主教徒对这个国家很有好感。恰尔诺古尔斯基当时相信，斯洛伐克有两个选择：一是被波兰、匈牙利、德国分割；一是成为希特勒的傀儡。他补充道，这段时间争议此起彼伏。

我只提问，不争辩，在他说的话下面画线：斯洛伐克在经济、文化、政治上都颇为成功。我曾想到他会留有余地，或者敷衍了事，但他似乎没意识到这种技巧的重要性。

克罗地亚人也面临着同样的问题：如何处理希特勒赋予他们傀儡政权、而他们又接受了的历史，如何处理仍被塞尔维亚人和犹太人记忆为暗无天日的残忍时光、却被克罗地亚人和斯洛伐克人看作首次成为民族国家的历史。

现在西方基督教民主党只会将希特勒时期的历史看作倒胃口的东西。恰尔诺古尔斯基很天真，刚刚接触这段历史。但我一直觉得，他需要像其他国家在战后那样，了解希特勒对犹太人、吉卜赛人和同性恋意味着什么，而傀儡国又如何承担责任。我们离开大楼后，我以为尤拉伊也应该有着相似的感受，我和他说话的时候，还假定我们有着共同的政治观点。但他不理解我在说什么。他说，战争年间发生的事情和我们无关，我们对这段时期也了解得不够多。我和他一起走到车旁，然后前往他的工作室。

当天下午，我在工作室附近那间带有大花园的屋子里度过。尤拉伊和塔娜的朋友在组织烧烤。人们过来拜访，喝了一杯，然后就走了，接着会有别的人来。尤拉伊和塔娜有工作要忙，但我留了下来。所有人都三十多岁的样子，生气蓬勃，穿着得体。烧烤挺好吃，虽然天空中布满苍白密云，但空气足够温暖，我们可以坐在走廊里。一对美国情侣在银行里当志愿者，他们告诉我，现在布拉格到处都是美国人，如果你想要融入社会，布拉迪斯拉发会是更好的地方。

暮光初现，一对夫妇到花园里接回正在玩耍的孩子。他们和其他人不一样，更高，更有魅力，也更年长；尽管他们不怎么说话——男人几乎没怎么说话，只是看着一切微笑，他们仍好像是事物的中心。我很好奇他们到底是谁，是做什么的。我好像在电视上见过他。他四十出头，身着黑衣，他妻子一头金色长发，优雅大方。他看起来感到有些无聊，坐着喝啤酒，似乎心在别处。他身上散发着一种焦躁的满足感。

塔娜回来后，我才知道他就是米兰·克纳日科，那位领导布拉迪斯拉发革命、在一九八九年十月所有的会议上发表演讲、以其在场的权威统摄群众的演员。如果群众前排有人不舒服，需要被抬到后面去，他就会大喊“快让出一条过道来”，最后这句话都变成了名言。他在革命之后掌权，在一九九〇年到一九九一年间错综复杂的阴谋中失去了权力，现在又传言他将重返政界，谁也说不准。我想，你曾有过领导你的国家、吸引你的群众的岁月，却得认识到这样的日子已一去不复返，此后的一切都将沉闷而渺茫，这是多么痛苦的事情。人一旦尝过权力的滋味，就很难放下它。他问我在写什么。

“天主教欧洲。”我说。

“我是路德教徒。”他回答，笑了，似乎在为自己帮不上忙而道歉。他站起来想要离开。他们接到了自己的儿子，我突然意识到，他们要回家了，今晚再也不会出来应酬，只会静坐家中：政客永远不会这样。几年以前，打来找克纳日科的电话会响彻日夜。

现在天气变冷了，派对也结束了。塔娜和我打算走路进城，但离开的时候我在屋子前方发现了一个猎物。这是个洞穴，蜡烛在圣母像前点燃，一个女人正在跪着祈祷。洞穴周围布满了树木，为其提供庇荫，突然吹来一阵风，林木飒飒作响。我看见有个女人正站在树后面祈祷。石头上钉着许多牌匾，上面写着德文、匈牙利文和斯洛伐克文，有人名以及世纪初的年份日期，塔娜为我翻译道，这里的一些人感谢圣母让他们的疾病痊愈。多么奇怪啊，我在这儿站了一下午，却浑然不知附近有个这样的洞穴。

我们回头上楼梯走到路上，我听到了远处的叫喊声，似乎有足球赛。塔娜说，这是酒吧的声音。它还在营业。所有的顾客都坐在外面的桌子旁，大部分都是年轻人，烂醉如泥，吼着歌曲和口号，在窗口前排队继续买大杯啤酒。塔娜说，这里的啤酒很烈，很容易让人喝醉。夜幕降临后，天气冷得刺骨，但这不能阻止喝酒的人。我们喝了点酒，试着不顾其他桌子传来的可怕而响亮的歌声交谈。我不太确定，这一幕，以及刚才洞穴旁女人在树中阴影祈祷的场景，到底是梦，是电影，还是想象而成的东西。但此时的寒冷是真实的。我们往回走，同时聊起了政治。

塔娜告诉我，克纳日科是著名的影视戏剧演员。革命后，他到布拉格成了哈维尔的顾问。他对哈维尔幻灭之后，便成为斯洛伐克议员以及外交部长，但又在独立后的派系之争和性格冲突中失去了权力。她说，他在革命中表现甚佳，在群众面前光芒四射，但对掌管国家应当运用的系统和结构却不感兴趣。

我告诉她，听到恰尔诺古尔斯基对战争时期以及斯洛伐克傀儡国问题的回应，我有多么吃惊。她摇了摇头说，在布拉迪斯拉发，大家对这段时期都没什么了解。他们也不知道哪些是共产主义宣传，哪些是真相。她说，历史学家还要多做些研究。我无言以对。

我们回到了塔娜和尤拉伊的公寓。他们相交多年、不涉政事的朋友们前来拜访，闲坐着彻夜长谈。我问他们知不知道布拉迪斯拉发哪里有较晚打烊的好酒吧，他们给了我个地址，就在我的宾馆附近。我回到宾馆，读了会儿书，洗了个澡。此时已近午夜，大街上空无一人。这是理想中的东欧，一切都在门后发生，一到夜晚便万物沉寂。整个世界像被关停一般。我出发，到达城中无数小巷的其中一条，却仍无生命迹象。然而，这正是他们告诉我的地方。我看见有扇门开着，透出灯光，我便朝里凝视：里面有一条通向地窖的楼梯。我走了下去。我能听到远处摇滚乐的鼓声。突然间有人打开了门，音乐变得更响亮，我知道我来对地方了。我走进一个被改造为迪斯科舞厅和酒吧的地窖。此处满是衣冠楚楚、外表时髦之人。我走到酒吧，喝了一杯啤酒。

布拉迪斯拉发的周日早晨，我在街上闲逛，仍有微弱宿醉，但我此时已适应它的朴实无华。尤拉伊告诉我，这座城市如何被穿越老城而过的高速公路毁灭。这条新路几乎没有给大教堂留出空地，车从旁边开过差点要擦到教堂。因此大教堂前面没有广场，也没有到高速路对面的老城区或者犹太人区的便捷通道。多瑙河似乎永远都在远离市中心的地方。我不由得想，他们在布拉格就不会这样干。

我准备回家了。即将离开前，我四处闲逛消磨时间。市中心的一座老教堂旁，人们做完弥撒走出来，即将再次消失在城市的家庭生活中。我看见一个书摊在卖约瑟夫·蒂索写的以及关于他的书。一九三九年到一九四五年间，他为希特勒经营斯洛伐克。这些书看起来破旧不堪，粗制滥造，都很便宜。两位老妇坐在书摊旁的椅子上，几个男人站在她们身后。他们看着人流从教堂中汹涌而出。没人注意他们，没人在书摊前停下，也没人买他们的书。他们有种属于旧世界、属于早已消失的过去的气息。一九九三年复活节后的第一个星期天的早晨，约瑟夫·蒂索博士的书籍没能让布拉迪斯拉发城中做完弥撒回家的人提起兴趣。

第十四章
英国，他们的英国

二十世纪八十年代中期的一天，在我都柏林家的起居室里，我正和一个我喜欢并乐于与之共事的英国女人一起坐着。我们翻阅相册，我向她展示了前几年拍的关于爱尔兰天主教徒在圣地祈祷的照片。他们沉思的模样被捕捉下来。他们在圣像附近跪下，或手握念珠，专注祈祷，发自本能。我指着其中一张脸。

“是啊，”我的英国朋友说，“肮脏。”

肮脏？这些人伴随着我的成长，这是我出生和生活的世界。我之所以将这些照片给她看，是因为它们模糊且令人不安。她却误会了我，以为我和她一样对爱尔兰天主教徒充满反感。我逐渐认识到，这种反感处于英国性的核心层面。或许我是错的。

她所出生的国家里，王位继承人不允许和天主教徒结婚，君主是国教的领袖，首相在任命主教方面亦有发言权，国教的变动——如女神甫的“授职”①，会在议会引起争论。

---

① 英国圣公会在 1994 年任命首位女神甫。

天主教徒就和穆斯林或无神论者一样，都有权对官方的英国感到陌生。从爱尔兰的视角看，英国的国教就和英国的阶级系统、上议院抑或君主自身一样：这是英国梦的一部分，那设计于许久之前的事物的一部分，它稳定而传统，自有一套模式，虽古怪也令人钦佩，但从其宪法和现状来看，这令人难以置信。

在他们远离的世界里，人们在贫困中长大，向受到敬仰的圣贤、圣像、物质遗迹祈祷，不接受《圣经》的权威，而是接受当地神甫的权威，用来自罗马和天国的律令将暴力叛乱及对抗政权、对抗君王的背叛行为合法化，人数渐增，移民，举止软弱。

换句话说，这就是传统的爱尔兰天主教徒。

八十年代末期，有一天我正在伦敦和一个记者吃饭。她告诉我，她有多么喜欢收集《玫瑰经》念珠。她将其中的一些变成了手镯和项链，其他的就继续当作古董。她继续说，问题在于，爱尔兰的老妇总是坚持带着念珠入土，这对认真的收藏家来说是噩梦。

我告诉她，所有的天主教徒入土时手中都会缠着《玫瑰经》念珠。我继续说道，不管怎么说，这都是被祝福过的物品，是神圣之物，不能被当作珠宝来收集。突然间，我发现自己在捍卫《玫瑰经》念珠的观念，并且怨恨起我的英国朋友对天主教物品的迷恋。天主教及其装饰品不知怎么就成了我的一部分。我隐约觉得，英国性和天主教没法融在一起。这是他们永远不能明白的。

十六世纪开始，英国历史不断受到天主教徒威胁的困扰，包括他们的不忠，以及他们与国外力量联合的能力。盖伊·福克斯[①]的形象一直都是英国人对天主教之恐惧及怀疑的核心部分。一九九三年的“盖伊·福克斯之夜”，我去布赖顿附近的刘易斯观看纪念、游行以及篝火。活动的导游册里如此介绍其起源：“一六〇五年十一月五日凌晨二时，盖伊·福克斯在上议院的地下室里被捕，当时他正守卫着柴火下的三十六桶火药。他是天主教阴谋组织的成员……福克斯的任务是点燃引线，这将摧毁议会，杀死詹姆士一世以及所有参与国会开幕庆典的人。在紧接着的混乱中会爆发一场天主教起义……其目标为掌握权力及扶持天主教君主。”

“詹姆斯一世的政府，”它写道，“敏捷地做出了反应，并惩罚了和福克斯同一宗教的人，通过了两条法案，对罗马天主教

---

① 盖伊·福克斯（1570—1606），天主教“阴谋组织”的成员，该“阴谋组织”企图实施火药阴谋，计划刺杀詹姆士一世（新教徒）和英格兰议会上下两院的所有成员。为了完成刺杀，他们将在1605年议会开会期间炸掉上议院。盖伊·福克斯主要负责后一阶段计划的执行。但是，在未完成任务时被发现。盖伊·福克斯在后来的审判中被处死。后来，人们把每年11月5日的夜晚称为“盖伊·福克斯之夜”或者“篝火之夜”。那天晚上，英国举国同庆。人们点燃篝火，把盖伊·福克斯的人物模型付之一炬。除此之外，烟花表演也是那晚不可缺少的，许多地方政府会组织盛大的烟花表演。

徒施加了约束和排斥，他们被和其他英国人分隔开来。在阴谋之后，反天主教情绪爆发也以官方形式出现，即在一六〇六年一月通过了第三条法案《每年十一月五日公开感谢上帝法案》。该法案宣称，阴谋的发现应‘被永久记忆’，十一月五日是‘一个感谢上帝保佑并厌弃天主教徒的永久性节日’……在大众的心中，爱国主义和反天主教总是难以避免地连在一起。”

感谢上帝保佑的游行在刘易斯还保存着，在其他地方都消失了。“在一九一三年之前，”导游手册写着，“教宗庇护九世和其继任者利奥十三世的肖像也会被烧掉。”

这些年来，大多数参与的组织似乎都想要废除公然反对天主教的象征，只有一组人坚持，并且每年都举着“反对罗马天主教”的标语前行。

这是刘易斯一个明朗的冬夜，月亮几近圆满。我在七点钟左右走到主干道上，看见一块牌匾，写着：在火柱上烧死的十七个新教殉难者有十人葬在这座建筑的墓穴里。我曾见过一张殉道者纪念碑的照片，就和英国乡村里的普通战争纪念碑一样大。显然，在刘易斯，人们颇为认真地对待他们的新教殉教者。

人们站在商业街边观看游行。男人们有的打扮成印第安人，有的戴着非洲人的面具、羽毛、珠宝，穿着豹皮外衣走过。其中一个男人的鼻子上还穿着一根假骨头。这和其他时分、其他地点的盛会无异。到处都有警察和组织者，给人秩序与谨慎之感。

刘易斯正属英国南部那种美丽、保护妥善的富裕小镇。老建筑被一丝不苟地保护起来，商业街沿线的商店、餐馆、酒吧都精心装饰过。爱尔兰的城镇总有股随意、凌乱和贫穷的气息，这让我在刘易斯的大街上闲逛时，内心充满了惊奇。

戴着墨西哥帽的男人经过，接着便是穿着十七世纪的服装、拿着火炬的女人，还有人拉着装了轮子、装着火药的半边桶。一幅标语写着“死亡或荣耀”，另一幅则写着“滑铁卢之胜”。军乐响起，一支乐队还奏起了《西班牙之眼》，打扮成印第安阿帕切族的人越来越多，散发出火药和硫磺的味道。街上烟雾弥漫，有人穿着同盟国士兵的制服，还有一人穿着新教主教的教袍，另一人则扛着插在棍上的盖伊·福克斯塑像。

只有一人的标语上写着“打倒天主教”。我看着它，但觉得别人并不在乎。人们对滚动的火药桶、火炬和街上燃烧的柱子更感兴趣。街上有小丑，有标语，还有乐队在演奏德沃夏克《新世界》中的慢板。这个夜晚是为游客、从伦敦而来的年轻人、齐聚的家人准备的。这和北爱尔兰的“橙党”游行毫无关系。乐队在演奏着《何时，何时，何时》《当我六十四岁时》而非宗教赞美诗。不会有天主教徒被游行所惹恼。在我看来，尽管仍有“打倒天主教”的标语和篝火，但在纪念活动中，其原始意义已被移除，我们已经处在一个后工业、后帝国、后新教的英国。

小镇外靠近悬崖的地方，人们点起盛大的篝火。烟火爆炸，绽放成不同的色彩，在悬崖上回响。巨大的十字架安放在火焰之中，火苗卷于其上，然后在木头上燃烧起来。福克斯的肖像被扔进火里烧毁，人们都赶过来观看。

当晚的刘易斯，法律与秩序战胜一切，发生的一切都无精打采，一切都被控制，一切都很谨慎，这既是文化遗产产业，也是一个已不再为历史而烦忧的社会。但之后我仍好奇，英国的天主教徒会过得怎样？于是我去和几个罗马天主教信徒聊了起来。

我从未在英国生活过，也没在此处待过太久。我常拿伦敦来开玩笑，它多么美丽，建筑、广场、大街是多么精妙，运输系统又是多么高效；我们爱尔兰人建造了伦敦，是多么正确啊，我们的挖土工、劳动者、移民工人参与了如此宏伟的工程，又是多么聪慧啊。我在一九九四年的春天第一次来到牛津，和特里·伊格尔顿[①]在最早上演《哈姆雷特》的其中一间酒吧碰面，这时我意识到，我们倒和牛津的建筑毫无关系。我为此地的宏伟所慑服。它建造之时，英国尚未涉足爱尔兰，剩余资本仍被用来建造文化中心，而非扩张帝国。

---

① 著名文学理论家特里·伊格尔顿出生于曼彻斯特索尔福德的工人阶级爱尔兰移民家庭。

特里·伊格尔顿是牛津大学凯瑟琳学院的教授。我在酒吧里和他碰面，他看起来不像个教授，毫无架子，我也没注意到他的英国口音。他穿着随意，说话时时常微笑。我想，他应意识到我们的政治差异——我想他要比我左得多，还是个爱尔兰民族主义者，而我不是，不过我们不谈及政治差异。

他说，他的祖父母从爱尔兰来到兰开夏郡的一个工业城，后又搬到曼彻斯特，融入当地一个接近贫民区的地方。他母亲一系有着爱尔兰共和主义的传统。他七岁就能唱出爱尔兰革命时的歌曲《凯文·贝瑞》(老爱尔兰的又一殉难者，国王的又一谋杀者/国王的野蛮法律可以杀死爱尔兰人，却不能打倒他们的精神)，他父母将爱尔兰看作神圣的土地。

他们是相当虔诚的天主教徒，他在拉萨尔基督兄弟会上学，学校里七百个孩子全都有爱尔兰名字，但他们不强调爱尔兰的遗产。他们的教育面向英国社会，教师主要是爱尔兰人，却教导他们忘掉爱尔兰之根。他还记得，他们做得十分不错。

我问他，他觉得自己在英国得到了充分的权利吗？他说，不，他从不觉得自己是完全的英国人，因为他是天主教徒，身处少数群体，但他觉得自己掌握了真理，感到高人一等，这让他被边缘化。他说，英国并不是你真正的祖国，女王也并不是你真正的女王，你和英国人有着一样的口音，却用爱尔兰口音来嘲笑教师。你将天主教和迫害联系在一起，会唱英国天主教的圣歌《先贤之信》。

我一直都以为这是爱尔兰圣歌。在恩尼斯科西，我们会在每年的圣体游行时唱起这首歌。（“我们将矢志不渝到老。”）我们要是知道这是首英国歌曲，唱的时候不知道还会不会有着同样的热情。特里·伊格尔顿背了一段颂词，然后写在我的笔记本上：“先贤之信，圣母祈祷 / 将我们的国家带回于你 / 上帝的真理告知 / 英国终有一日自由。”在爱尔兰我们没有这一段。

在曼彻斯特，他们会在圣灵降临节的游行中唱起这首歌。神甫戴着礼帽，穿着礼服，学童列队经过索尔福德主教身旁，对着他举起学生帽。

当地也有意大利、乌克兰和立陶宛天主教徒，但是爱尔兰天主教徒感觉自己不一样，他们多少有些英国气息，或者说，他们比起欧洲的天主教徒更具英国气。他们具有旺盛的求知欲，家长也希望孩子利用教育系统得到提升。他学校的七百个孩子全都被英国同化，他们有着爱尔兰名字，接受天主教教育，记得父母如何谈及爱尔兰，却成了英国主流的一部分。

他在二十世纪六十年代初期来到剑桥，此时激进而时髦的思潮正在发酵。他加入由剑桥多米尼加人领导的天主教左翼，在一份叫《私见》的杂志工作。如果你是天主教徒，还是工人阶级，那你永远也不会理解英国的自由主义，而剑桥系统的根枝末节都基于英国的中产阶级自由传统。他在剑桥的导师会在下课时说“好吧，我不知道”，对伊格尔顿来说，这种不可知论太奇怪了，他所接受的训练便是求知，因为求知是要紧之事。

这些年里他一直在思考和写作关于“在英国当一个有着爱尔兰天主教背景的工人阶级”的问题。他说，工人阶级让你天生缺乏自信，但是又被天主教所带来的智识傲慢所平衡。作为天主教徒，你相信自己拥有真理，英国左翼有不少如他一样的前天主教信徒，在宗教课堂上接受训练习得严谨而系统思考的智识习惯，而他们现在都被掷入开放而非系统性的英国社会。

我还记得宗教课颇为无聊，总是缺乏热情。我什么都没学到。但他说，他们在学校里研习圣奥古斯丁和教义。我在想，英国天主教学校里的宗教训导会不会更认真，毕竟在此宗教不能被忽视。

他说，不经自由主义阶段洗礼，直接从天主教转移到托洛茨基主义，似乎并非难事。其中的道理有些曲折。无论是成为天主教徒还是成为社会主义者，其实都和英国的传统智慧相悖。《私见》在一九七〇年停刊了。北爱尔兰的问题和解放神学[①]双双爆发，在当时，一份在剑桥郊区出版的左翼天主教知识分子杂志似乎不合时宜。他也脱离了天主教会。

但他的背景挥之不去。他并未经历当时盛行的俄狄浦斯式的狂暴与反抗，也并未彻底脱离其爱尔兰性以及天主教。爱尔兰的麻烦还在继续，他相信他比英国人更了解这个国家，尽管

① 解放神学，20世纪70年代以后，主要在拉丁美洲天主教界成形的一个神学主张。主张上帝的历史任务是将人类从种族、经济或政治压迫下解放出来。

他已被英国同化。对他而言，爱尔兰变得越发重要。他有着自称为“在一个拥护撒切尔夫人的后现代主义者的世界里寻找身份认同”的乡愁冲动。他花了颇多时间才在智识上解决了这个问题。他觉得自己终于能全力处理他的爱尔兰背景，处理他的英国教育交给他的这些东西。

他现在在牛津大学图书馆里读着十九世纪的艰涩读物，多是关于爱尔兰撤销合并运动以及饥荒的书籍和小册子——许多在爱尔兰印刷，送到牛津履行版权法。这些书页从未被翻开过，它们安于此处，未曾被触碰，未曾被阅读。他说，在英国，他们对爱尔兰一无所知，也不想去了解，毫无兴趣。他在写一部关于饥荒的剧，我们还就此谈了一会儿。我没法想象书写爱尔兰的历史。我没法想象要如何书写爱尔兰的历史。但他在试图重新发掘那个我可能太过熟悉的爱尔兰。或许日日生活于此，我丢失了某些东西，正如他在祖父母的流亡之中，也失去了自己的国家。我挺羡慕他，还能拥有一个梦想之地。

他已是牛津大学凯瑟琳学院沃顿英文和文学理论讲座教授。他并没想过会得到如此头衔。他身处英国最自由、卓越之地。但他依然在情感和理智上感觉居于主流之外。他相信这是英国天主教徒深植于心的。

到伦敦两天后，我去见了皮尔斯·保罗·里德，这位英国小说家现在仍是天主教徒，他在英国报纸上发表的文章，在我看来可以算作右翼观点。他住在伦敦中心良好地段一所大而明亮的房子里。和大多数爱尔兰人一样，敲开并不相熟的英国人的门，总会让我感到社交恐惧。你会有种不属于此地的感觉，一切都会被人看到，被人记下（之后被人当作笑谈，至少也会被人讨论）。没什么是理所当然的，乃至你起码拥有站在此地的微小权力都值得商榷。在内心深处，你觉得或许会有人报警。而且英国人讲话的方式精确、短促、清楚，他们有独特的方法让一个紧张、略微口吃的爱尔兰男人感到极不舒服。

我心里想着这些东西，皮尔斯·保罗·里德开门了。他五十多岁，穿着整洁，镇静自如。他把我带到一个地下室的房间，这样我们谈话时就不会被打扰。他的父亲是艺术批评家赫伯特·里德爵士，母亲混杂爱尔兰、苏格兰、德国和意大利血统，并已改信天主教。里德在约克郡长大，然后去了安普尔福思学院，这是英国最杰出的公立天主教学校之一，红衣主教休谟曾是院长。他觉得，英国天主教徒的暧昧位置他们也能理解，在学校里他们不厌其烦地向女王表示忠诚。安普尔福思学院更多是在试图成为一所英国公立学校，而非天主教学校。

他还记得，他的母亲对宗教颇为迷信，而他的父亲敬仰现代艺术的神殿，却接受不了二十世纪六十年代的流行艺术以及其他流派。他自己则从未质疑天主教会的真理。他去了剑桥，比特里·伊格尔顿稍早，也还记得《私见》。相比起宗教，他对政治更感兴趣。他沉默着朝窗外望了一会儿，然后转身平静地说道：“当你的信仰加强时，你就意识到，这更多关乎永恒之事，社会事务则相形见绌。”

曾有人评论他，他越是有钱，就越靠近右翼，但他觉得这么说不公平。说出这番话的时候，他没有微笑，更没有大笑。他说话的时候，脸上带着沉着、一本正经的表情，如同戴着面具。有时候我根本不知道他是认真的，还是只打算让我震惊或困惑。他告诉我，他曾支持过英国劳工党，但对欧洲的劳工党失望后，他变成了欧盟赞成者。在约克郡，保守派都是当地的势利眼、傲慢的伊顿公学校友、家中有男管家的人；可是撒切尔夫人和特比特上台后，他开始赞赏起保守派，他认为他们是平民主义者，他们会说，如果你已经找到水管工，还要找个水管工的助手，那就是荒谬之举。

他仍然相信他们对英国有着积极的能量。他也赞成，很难想象撒切尔夫人会双膝跪地向神甫忏悔，她的新教背景对其感召力是至关重要的。是的，他感到英国存在着根深蒂固的反天主教思潮，有时还会带着反爱尔兰的气息，将爱尔兰人视为孩子众多、总是喝醉、争吵之徒。他评论，不过英国也有时髦的天主教徒。

有的人认为，只有违背教义，你才能成为一个好天主教徒，他不赞成这种观点。他说，他的小说就持天主教的视角。他十分担忧解放神学，并且拼命抵抗之，他也抵抗从教会内部而生、扭曲教会讲义的运动，它们试图将超自然的层面抹杀掉。我问他是否相信圣餐变体论。“我相信，你呢?”他说完便看着我。我摇了摇头。

他却相信此道，他相信要崇敬圣餐仪式时圣体匣中的圣体，相信弥撒是十字架祭祀的重演。他相信上帝恩典及其改变人的力量。他没法想象自己会为书的成功或者电影版权售出这样的问题而祈祷，但也许会为孩子通过考试而祈祷。他想了想，耸耸肩：有的人会为每件小事祈祷，你也不知道。

他相信地狱。他说，地狱很可能存在。如果耶稣之死是为了拯救我们，那么他肯定是把我们从某些东西中拯救出来。那他怎么看待《人类生命》，以及教堂关于避孕的训导?他说，他一直觉得教会是正确的。他觉得生育控制的教导颇难接受，尽管如此，他也反对他称之为“避孕心态”的东西，在他看来，这导致了婚姻破裂，男孩在没有父亲的环境中长大。他说，他相信强大的信仰和权威。

但他很难理解在爱尔兰和欧洲盛行的圣母崇拜。爱尔兰有那么多人还是天主教徒，他也感到困惑。他觉得，他们生来就是天主教徒，但他是自己选择了天主教，他是个有着坚定信仰的天主教徒。如他过去那样，在英国接受信仰，与众不同。信仰属于他个人而非他的种族。

他说，四十多岁时的他，作为一个天主教小说家，还是低调的，但是现在女权主义和同性恋抬头，他觉得他有责任作为一个天主教信徒出来说话。教会在英国没有天主教知识分子。

主教和神甫都不以智识的敏感著称：宗教秩序抹除了最优秀的心智。

他觉得他会改变吗？或许变得更为自由主义？不，他坚信他不会改变。他觉得教宗在有的方面太自由主义了。他觉得，道德训导方面的自由主义已经造成了很大伤害，所以他敬佩那些朴素地讲着老派道德问题的爱尔兰神甫。他说，现在伦敦涌现出一批新的传统神甫，六十年代的激进派已名誉扫地。

我问他，他对于权威，对于罗马教会、保守党、玛格丽特·撒切尔权威的兴趣，会不会出于个人的原因，出于他内心的需要？我问这个问题的时候，他一直盯着我。他望向远方，点点头。是，很可能是这样，他的父亲是非常强势、非常独裁的人物。他回头凝视着我。显然他认真地考虑了这个想法，这似乎没有困扰到他。我起身离开时，问他是否感到被隔绝。他说，没有，他是天主教作家协会的成员，他三分之一的朋友均为天主教徒，伦敦也有许多天主教中产阶级。九十年代初期，英国的报纸刊发了不少关于改信天主教新浪潮的文章。有人似乎是为了其仪式主义、严格律法以及安全感而加入的。也有人是被英国国教的改变所推动。莫名地，成为天主教徒已是英国的时髦。

一九九四年三月十三日，《周日电讯报》刊登了编辑查尔斯·摩尔的一篇文章，讲述了他为何即将改信天主教。他写道，孩提时他已见识过“当地的天主教堂，这是座典型的丑陋红砖大厦，我知道我们不信仰于此，我们也曾听说天主教徒和我们稍有隔绝，他们对圣母以及面包抱有奇怪的想法……但是，当我阅读历史，游历欧洲大陆之后，我不禁注意到了天主教徒，他们在我的人生中似乎一直处于边缘，但他们显然是基督教精神的主要体现，远胜于其他人，塑造了这个我们也位居其中的文明，比起我们，他们似乎祈祷得更多。我震惊于穷人竟会在没有礼拜仪式的时候上教堂，点燃蜡烛祈祷。我从没在英国的教堂看见过这样的情景。”

但是作为英国国教徒，摩尔感到满意：“我仍然觉得《英国国教祈祷书》是最好的英文祷文……我喜爱礼拜的良好秩序，英国国教教区生活的温柔特性以及理智习性……在过去的约十年里，我看得很清楚，英国教会处于错综复杂的情形。其传统的中庸之道，已经从理智之境堕落到心智的虚弱。”女神甫的普遍化在他看来是一个重要问题。“我不确定——也无从知道，女性可以成为神甫。但我知道这只能由教会普遍赞同后决定，而不是由英国中产阶级会议上的三分之二人决定。”

摩尔决定成为天主教徒。“要离开我的祖辈、我的家庭以及我的国家的教会……”他写道，“让人感觉悲伤。但我将做的事情看来是必需的。我正在接受天主教信仰的重重难题中最复杂的部分：这就是真理。”

他的文章发表后，我去伦敦和两个从英国国教改信罗马天主教的女人交谈，试图弄清离开祖辈、家庭和国家的宗教是什么感受。

吉尔·勒斯克在《非洲机密》杂志工作，生于英国中部，在国教环境中长大。村中学校被国教把持，她每周日都得上教堂，尽管她的父母不去。多年过后，她已是大人，脱离了英国国教。八十年代中期，当她在苏丹居住的时候，却被宗教吸引，每次她回家休假，都会去书店看宗教书籍。她开始收集宗教书籍，比如神学大部头，尽管她大多数都没有读。

她慢慢产生了改信天主教的念头。她开始被天主教会中日复一日的明确道德和宗教基础所吸引，她同样也为其献身与投入的强度所吸引。我问，既然她一开始的宗教情感就是模糊的，那么她有没有考虑过重返国教？她觉得英国国教就是一群祈祷的中产阶级。天主教会则更普世、国际化。她曾潜到威斯敏斯特大教堂的后面感受其圣洁的气氛，她喜爱蜡烛和焚香。一九八七年她决定接受宗教教育。在和她交谈的时候，我知道她并不是易受权威影响、热爱秩序之人。我无法理解为何她会如此轻易就转信天主教及其教义。

她说，改信之后，她每天都去做弥撒、领圣餐。但她很少忏悔。我向她问起圣母的事情，但她说，在她的天主教义里圣母并不重要。那么她相信圣餐变体论吗？她觉得这不是问题，因为上帝无所不在。她一直都直接和上帝沟通，而非通过圣贤的中介。

对她而言，英国天主教会的历史及地位是很重要的。她更希望它保留成为无产阶级的教会，带有反叛的色彩，是历史上的失败者。这吸引了她，英国国教则和英国帝国主义绑在一起，教堂中满是军旗、盾牌以及战争纪念品。她再次说道，她从未想过重归英国国教。它无趣而又普通，她在寻找崭新的东西。

她曾到沃尔辛厄姆，这个圣地离诺里奇不远，由国教徒和天主教徒共同经营。她和一位修女一同前往。她喝了圣水，为户外弥撒、美丽的长袍以及祭坛上的八位神甫所打动。但是一下起雨来，大多数人又逃回到长途大巴里，让她很生气。

然而在过去几年里，她在天主教方面的兴趣却被消磨。既然她改变了一次，那么就可以改变第二次。她依旧喜爱天主教堂，教堂里永远有人，教堂是社区的一部分。她还沮丧地提起神甫做弥撒的日常工作，似乎她已是教会一员。她说话时让人觉得她还没彻底决定是否转教，但我觉得，她不会安守在天主教会的限制之内。

她说，教会让她略感沮丧。她不喜欢将巨大的精力投在天使和针尖的问题上，而不关切生活的意义。她觉得教会回避了重要的问题。她说，天主教会的普世性吸引了她，但她现在在想自己是不是过分乐观了。

给下议院的安·威特库姆打电话时，我觉得自己就像个现代版本的盖伊·福克斯。就连拨出号码、等待她的秘书，都让我觉得不舒服，好像我很快就会被发现。我留了信息和我在都柏林的号码，接着等待。当天下午，我的电话响了，我被告知，大臣会在一周后在她的办公室里接见我三十分钟。

她在议会附近的一座庞大而现代的大厦里工作。我早到了十五分钟，但她同意马上接见我。她的语调友好而认真。她显然很喜欢表现得活泼，同时精确地措辞，她身上体现出的傲慢完全由于她明白自己的聪慧，而不是出于羞辱其采访者的欲望。我们面对面坐在老式的扶手椅上。

她说，她很小的时候就和天主教会相遇了，她是在天主教学校里上的学，因为这是当地最好的学校。所有的教师都是爱尔兰天主教徒。当时她是坚定的新教徒。她说，她不接受天主教的迷信。她不接受圣餐变体论，不接受圣母崇拜和教会中的那些崇拜。她也厌恶六十年代天主教的压抑特质，天主教徒竟不能进入非天主教的教堂。她赞赏新教神殿中休·拉蒂默、克兰默和里德利[①]的遗产。

她对作为英国国教的圣公会感觉如何？她说话的过程中语气一直都很坚定。她十分赞成。她觉得，有了国教，英国才能

---

① 1555年10月16日，根据信奉天主教的玛丽女王命令，坚持新教信仰的沃斯特主教拉蒂默和伦敦主教里德利被烧死在火刑柱上。那天，同样坚持信奉新教的坎特伯雷大主教克兰默被逼观看这两人的受刑过程。5个月以后，克兰默也在同一地点被烧死，这三人史称“牛津殉道者”。

宣称自己是个基督教国家。她说，她是个十分开心的新教徒。她第一次觉得有问题，是在一九六七年或一九六八年，休·蒙特弗洛尔宣称我们没有理由假定耶稣并非同性恋，三周后他就成了主教。当时她就在伯明翰大学，第一次意识到英国国教的妥协性。她感到沮丧而恶心。对她而言，《第三十九条信纲》《公祷书》以及英国国教传统依旧是至关重要的，尽管她开始厌恶当代崇拜的陈词滥调。

杜伦主教（她一直直呼其为“杜伦”）质疑耶稣复活、圣母的出生，近年来还质疑起灵魂的永生，她感到很惊诧。她觉得英国国教在反堕胎运动中没发挥重要作用，对离婚也持模棱两可的态度。有好几年她陷入不可知论，但到了八十年代她慢慢重新开始上教堂，开始担忧发生的一切。

我问她，她的政治观点是否曾像其宗教观念一样发生过改变。比方说，她有没有想过加入劳工党而非留在保守党？她正襟危坐，变得更活泼。她说，她此生不曾有一分一秒支持过镇压共产主义的个体。这似乎回答了问题，她看着我，等待着下一个问题。

我问，她在接受宗教教育的时候有没有遇到爱尔兰神甫，伦敦还是有挺多爱尔兰神甫的，那么她又如何看待她在学校里碰到的爱尔兰天主教，比方说盲目的顺从及迷信行为？她说，她知道我的意思，但她在改变的时候只和威斯敏斯特大教堂的神甫打交道。她说，希望她的话听上去不会太势利。

她知道，如果国教任命女神甫，她就会离开。这是最后一根稻草。那何不让男人来扮演圣母马利亚？她说，毫无疑问，英国国教也会这样做的。如果你信任神职，那么绝不会接受女神甫的念头。如果这样的争论是神义上的而非世俗的，如果曾发生过“基督的本质在于其人性而非男性本质”的争辩，那么情况会不一样。她知道她即将失败。有人建议她留下来战斗。但她说要离开，她用了五分钟便决定离开国教，然后用了四个月决定接下来要干什么。

决定转教的时候，她有没有碰到她不愿意接受的教义？她说，有，比如圣餐变体论、圣母马利亚、炼狱，以及和崇拜有关的器物。

她曾和一位神甫多次谈过天主教义。她发现自己真的很难接受炼狱的概念。[①] 她觉得只要做出“完整、完美和充分的牺牲”就可以上天堂。她为此踌躇了三四个月。

她去找了红衣主教，问他从国教改信天主教的人数有多少，他们会得到什么帮助。最后五分钟，她提到了自己的问题。他告诉她，如果你已准备信仰某种真理，不必要求自己百分之百地相信一切。

她决定转教。她意识到，天主教会允许不同的个人偏重不同的方面。比方说，热爱圣母之人常念《玫瑰经》，但她不是。

---

① 炼狱是天主教用来描述信徒死后灵魂暂时受罚的地方（或状态），是天主教教义之一。

她对圣母并无如此多的热情，但她对耶稣很忠诚。那么圣贤呢？我问她。“他们不入我的眼。”她清楚地说道。

那么她如何对待忏悔？她说，向活人忏悔而非向上帝忏悔反倒成为犯罪的阻碍，这不应是好榜样。

她会为自己想要的东西祈祷吗？不，她惊慌地说。那她会为赢得选举而祈祷吗？她回道，她会祈祷自己不被政敌挫败。说出这番话的时候，她没有微笑，泰然自若，接着加了一句：“祈祷的效果棒极了。”她还是极其严肃。她补充道，她每天都会为首相祈祷，他是个高尚的男人，却为大量无知的批评所困扰。她会祈祷，希望他能获得力量。她也会为女王祈祷。

她真的不会祈祷自己能赢得选举吗？她承认，她的确曾祈祷保守党赢得最近的选举。她说，劳工党的领导者是无神论者。如果她弄丢了什么东西，那么她会向圣安东尼祈祷找回东西吗？她强调，她从未向安东尼祈祷得到任何东西。她继续说道，但最近她正在起诉某人，她并未祈祷胜利，而是祈祷正义降临，她相信正义站在她这一边。她的语调确凿而讽刺。

我说，所以你不是为宗教仪式和圣贤加入教会的？她笑了，回答道，不是。但她也不打算否定一切。她说，新教徒会排出整齐的队伍，有时在仪式上，一根针掉落地面你都听得到。她极为不悦地说，天主教堂的集会中却只有混乱，在圣餐仪式上，人们东倒西歪，相互推搡。只有混乱，骚动。这很难向天主教徒解释，但这对整个系统会是冲击。我说，保守党的内务副大臣竟试图清理天主教的宗教仪式，这很可笑，她也觉得这很可笑，她解释道，她觉得她的厌恶，源自和曾共谈新信仰的朋友们一同参加的集会。

她觉得最近的教宗通谕是极好的档案，它说清了什么是对的、什么是错的。事实上，她在通谕发布之前就已看过。她在和红衣主教交谈时，相信自己在和耶稣门徒的继承者交谈。她喜欢这种和早期教会的联系。

一九九三年三月中旬，她申请成为天主教徒，四月二十一日她被教会接受。仪式在威斯敏斯特大教堂的早上八点进行，记者和摄像机都能进入，但此后在下议院的地下室里还有私人的仪式。

虽然她相信任命女神甫是有问题的，但她不否定已婚神甫的观念。她觉得自己此前对天主教的看法都是基于她在学校里对爱尔兰天主教的看法。我说，现在有许多神甫和信众都想追随她从国教改信罗马天主教，她觉得她对他们有影响吗？她坚持说，没有，并没有。她只是向人们展示，这事可以做得既私人化又快捷。

但其他想要改信的人会面临不少问题。他们会被要求学习天主教信众运营的课程，但这些人对国教一无所知，他们的知识也不足以教导神甫以及饱经世故的凡人进入新的宗教。安·威特库姆说，人们会对他们的无知感到厌烦。不过，现在英国的基督教重新洗牌了。她觉得十年后罗马教会是这个国家的人最自然的选择，而国教的命运则风雨飘摇。

她觉得自己无论是宗教还是政治方面都是正确的。我很好奇她能否熬过混乱的人群以及罗马教会的规矩。她的语调太英国化，太过传统。现在，她也加入了盖伊·福克斯以及其他叛逆力量所属的宗教。她和我一起走到外面的办公室，她一进房间，她的职员就抬头看我们。“我在努力让她变成爱尔兰天主教徒。”我对他们说。她再一次笑了。“我太拘谨，太英国化，不适合。”她反驳道。

第十五章
意大利万岁

棕榈主日，我人在巴勒莫。早上九点，罗马大街上两个男孩骑着破旧的小型摩托车走过，后面还拉了一头驴。驴已按棕榈主日仪式的要求打扮好，头戴红色蝴蝶结，鞍上绑着红布。小型摩托车上的乘客一路上用绳子拽着这可怜的动物，驴蹄在光滑的路面上滑行而过。

市中心所有的教堂都在出售棕榈叶。绿色已经消褪，好像被洗过或者在太阳里暴晒过。有些叶子还被涂上银色。沿着维托里奥埃马努埃莱街去圣米歇尔教堂的游行队伍里，跟在神甫后面的人全都带着棕榈叶。我刚从都柏林来到这里，过去三四个月里，我都在北方阴沉而吓人的天空下度过，还得面对无休止的风雨。而这里却给人纯粹的欢乐：我朝大教堂走去，只见湛蓝的天空，干净温暖的空气。我坐在阳光中看着造就伟大建筑的各种式样——诺曼底风格、加泰罗尼亚风格、土耳其风格、意大利风格。这儿稍后也会有游行，带队的是红衣主教，他会向信众布道，讲述信仰和罪恶。

但是当天西西里还发生一些不为人所注意的事情，它们与复活节前一周里多彩的仪式和传统格格不入。这便是选举日——这是意大利自二战后最重要的选举。一战后成立、曾在教会全力支持下打击共产主义的老天主教民主党已经腐败，其大多数领导者都已丧失信誉，有的还被投入监狱。在天主教民主党留下的一个政治真空中涌现出一个奇迹。这几乎算不上是个政党。它的名字“Forza Italia”[①] 更像是足球队口号而非政党名字。它既没时间也没意图去概述其政纲。

它的领导者和指导力量是西尔维奥·贝卢斯科尼，他是个白手起家的巨头，拥有意大利六所电视台的其中三所，还有数家杂志社、一家报社、一家大出版社、一个足球队、一个电影院连锁机构、一家广告公司、一家保险公司以及别的产业。在竞选期间，他无耻地利用自己的电视台宣扬他的政党。他没能成功地打击意大利公共生活的两大威胁——黑手党和新法西斯主义者，也没召开新闻发布会。有传言说他卷入过意大利的阴暗面，但似乎没人把这些话当真。

贝卢斯科尼是位大人物：富有、神秘、强大、健壮。在战后的意大利，政治意味着两极分化和腐败。贝卢斯科尼来自政治之外，他来自金钱的世界，人们热爱金钱更甚于政治。他代表着光芒和魅力、成功和粗野。选举的最后两周已不能进行民

---

① 直译即本章标题“意大利万岁”，此处指 1994 年 1 月由西尔维奥·贝卢斯科尼创建的意大利力量党。

意测验，所以到了这个棕榈主日，没人知道他能否赢得足够的坐席组建政府。

仪式遍布整个岛屿，为复活节做准备。但是在这天，巴勒莫一所由教会所有、控制的建筑不出售棕榈叶，没有棕榈主日的游行，也没有关于信仰和罪恶的步道。这是栋现代化的建筑，最近还被军队保护起来。不过在棕榈主日的早上，这条以《风流寡妇》的作曲者弗朗兹·莱哈尔之名命名的街道上还没有军队的影子。

我按响写着“詹尼·迪杰纳罗”的门铃。我对着对讲机说话，蜂鸣器响了一声，门开了。他正站在门边等着我。他是个年近四十的男人，穿着套头毛衣和便裤。他告诉我，他来自那不勒斯的中产阶级，十九岁加入耶稣会。他一开始在意大利工作，然后在哥伦比亚和当地印第安人一起工作，五个月前回到巴勒莫。他没有布讲福音，没有领导游行，也没有倾听忏悔。他加入耶稣会是为了完成自一九八六年开始的使命——对抗黑手党。

这座建筑是干吗的？我问他。他在英语和西班牙语间切换——这两种语言他都说得很好。他说，这是耶稣会的政治学校。他们的抱负是用政治和社会事务教导巴勒莫的平信徒，希望能鼓舞他们承担政治义务。学校里有五名全职耶稣会士，每一人都有具体的任务，也会有外聘的专家。他们试图破除黑手党力量的核心部分——神秘性。

他继续说道，重要的是，人们应该理解黑手党文化，中心议题应是这一组织如何运作、它又做了什么。这个中心就是为研究黑手党而存在的，但它也有别的功能：出版文章，安排会议，提供分析。它和其他对抗黑手党的组织，比如意大利的地方长官保持联系。“我们和其中一些组织保持非常紧密的联系。”迪杰纳罗神甫说。

巴勒莫的耶稣会没有公共的教堂，没有教区，和城中人民也无直接联系。相反，他们为整个西西里服务，并且对无信仰的人开放。他们要对抗黑手党，提供的不仅是道德上的支持，还有对黑手党策略的理解。政客们会来到中心寻求真实信息以及行动指导。耶稣会已经开始分析黑手党在当地经济中的活动。“我们的目标是训练群众。我们希望长期进行，迎来新时代。”迪杰纳罗神甫说。

他们也遇到过困难。平塔库达神甫在两年前离开了中心。巴勒莫市长莱路卡·奥兰多曾是平塔库达的学生，向他学习神学，平塔库达支持他成为市长，并一直支持他的政党“网党”，但依罗马耶稣会以及其在巴勒莫的同僚的看法，这损害了中心的中立性，于是他被停职。迪杰纳罗神甫说，做出这一决定十分困难，因为他和学校的联系如此紧密，他在城中也名气颇大。

“那你在这里主要负责什么？”我提出，“试图改造巴勒莫的统治阶级吗？”他点点头。这和他的神甫身份有何关联？他说，教会决心对抗贫穷和犯罪。耶稣会正在审视犯罪和资本主义的后果。他说，教会参与社会的层次各有不同。西西里的传统教会力量很强，他们是许多人参照的中心。但人们也可以用不同的方式表达信仰。

我们说话的时候，钟声响彻全城。隔着窗户我们都听得很清楚。迪杰纳罗神甫没被干扰，谈起了意大利天主教徒的发展和转变，他们觉得没理由仅仅因为教会的意愿便给天主教民主党投票，或给堕胎、离婚投反对票。他觉得，现在在西西里，黑手党的权力正在慢慢消退。他说，三四年前，光是谈论黑手党都是无法想象的——这个词本身就没法公之于众，现在人们可以公开谈论黑手党和正义了。

他说，这段时间很奇怪。那些控制古老家族的群体还在，有组织的黑手党还在，但已不像十五年前。审判已经开始，许多东西已被披露，包括其运作和结构。耶稣会会无限期地在这方面下功夫。他说，事情变化得很快。选举前的社会气候和三四个月前都有所不同。现在更自由，危险更少了，他们也没那么需要门口的军队守卫。但他也指出，这只是暂时的。

他送我离开。我们站在门口，对面的公寓大厦阳台可以俯瞰前花园，如有狙击手，那我们都是完美的靶子。被黑手党谋杀的法尔科内大法官曾开启了对黑手党的新一波调查。迪杰纳罗神甫说，他已成为良知和正义的象征，成为许多年轻律师心中献身的象征。在他曾经的住所附近，人们为纪念他装饰了树木。我应该去看看。

在法尔科内大法官的《荣耀之人》中，他写到了一九七八年重返巴勒莫的情形，距他离开已有十三年，他发现整座城市已被改变：“市中心几乎完全被遗弃。巴勒莫自由街区的宏伟别墅（建于十九世纪末二十世纪初）已被拆除，被丑陋的公寓楼替代。我发现这座城市面目全非，粗俗不堪，在一定程度上丧失了身份。我住在诺塔巴尔托洛街，这条街道往下走就是巴勒莫的心脏自由大街……有一天我回家时，在鸣警笛的警车和持枪的警卫的护送下，我无意间听见一个行人在轻声说：‘被那样保护，他一定犯下了滔天大罪。’”

“和西西里的政客谈到黑手党，”法尔科内注意到，“我时常会被他们的无知震惊。”他在书里描述了他们的仪式。“在宣誓仪式上，每个男人都会被问，他用哪只手握枪，那只手的中指会被戳出一滴血，涂在神圣的图像上：通常是圣母领报的情形，这会在三月二十五日纪念，她是黑手党‘科萨·诺斯特拉’的守护神。图片会被点燃，宣誓者逐一传递，努力不让火熄灭，并庄严宣誓自己不会背叛‘科萨·诺斯特拉’的法规，否则就会如这图像一般被焚毁。”

“我明白了，”法尔科内写道，“黑手党的逻辑既不传统也非不可理解。这就是权力的逻辑……有时候，我觉得在这个疯子遍布的世界里，这些黑手党成员似乎成了唯一理智的生物。”在书的最后一页，他写道：“要是独自一人，或卷入无法理解的事，你可能会死去。要是没找到正确的同盟，没有得到帮助，你也会死去。在西西里，黑手党会杀死国家无力保护的公务员。”

一九九二年五月二十三日，他和妻子、三个保镖从机场开回巴勒莫，却被黑手党炸掉了。他从罗马回来时坐的是一趟未经安排的秘密航班。他去世后一个月，在一九九三年十月的本地选举中，反黑手党政党“网党”的领袖莱路卡·奥兰多被选为市长。人们现在等着看奥兰多和贝卢斯科尼在西西里的普选中会发生什么。

一九九四年棕榈主日的下午，我在法尔科内所说的“面目全非，粗俗不堪”的市中心走着。狭窄街道和狭小广场上的房屋都在摇摇欲坠，丧失维修的可能性，虽然有几栋房屋还挂着正在维修的牌子。一切都显得穷困潦倒，荒无人烟。这片地区位于港口以及十九世纪修筑的直街罗马大道之间，过去曾密布教堂与豪宅。在意大利其他城市里，老城镇的中心区已被重建，被小心保护起来。但这里却已破败萧条，没有酒吧，没有可以坐的地方，只有几个人在闲逛，无从改变的感觉占据心头。

第二天，我前往法尔科内从前的住所，去看看屋前的树。这种强壮的树可以在地中海街道的干燥土粒里生长。它被两个背着机关枪的年轻士兵守卫着。树下方还生长着花朵：唐菖蒲、菊花、倒挂金钟、迎春花、仙客来。树上挂着各式各样的纪念品：海报、照片、雕刻、干花、诗句、布片、纸片。其中一张钉在树上的便笺写道，法尔科内是为我们而死的，他在对抗黑手党中牺牲了生命。我在细察此树时，那两名士兵站着监视街道。大选为期两天，现在是大选的第二天。

当天下午我飞到罗马，在朋友位于城外村庄的家中观看选举结果。选举后的民意投票偏向贝卢斯科尼，而选举结果的确也是如此。如果他能和支持意大利南北方政治自治的北方联盟党以及宣称墨索里尼是二十世纪最伟大领袖的新法西斯党达成交易，那么他就能成为总理。他在西西里获得巨大胜利。意大利力量党大可取代天主教民主党成为意大利的中间偏右翼政治的中流砥柱。天主教会是天主教民主党的基石，正如电视台是意大利力量党的基石。

我们看着电视台，等着贝卢斯科尼出现。他出现时，脸上似乎戴着面具：我们很难辨别他年方几何、英俊与否、有无微笑。他握着麦克风开始演讲。我们换了一个又一个电视台。六个台都在播放他的演讲。过了一会儿，我们发现，他没说什么新东西，但似乎没打算停下来。他在讲着政治上的陈词滥调，含糊其辞地谈着意大利及其未来。两个国营电视台开始重新播放选举结果，另外一个国营电视台播以贝卢斯科尼的讲话作为背景，展开一场摄影棚里的辩论。但他所掌控的三个频道则一直播放到他结束谈话。摄像机一动不动，拍摄角度没变过，也没有特写镜头。摄像机一直和他保持距离，只拍到他的上半身，就像是东欧独裁者出现在从前的电视里一样。这场面更像科幻作品或者有关电视的梦境，抑或是新版本的《一九八四》。我们在惊讶的状态中看着后天主教的意大利迎来美丽新世界：媒体巨人成为上帝，总理拥有三家电视台。而在人民广场的某处，新法西斯主义者正在集会狂吼欢呼："元首万岁！"

耶稣升天日我飞到南部的巴里，然后坐火车到位于靴状意大利的脚跟部的港口城市塔兰托。《米其林指南》附上了这座城市的地图，看来让人向往。老城区位于岛上，可经由堤岸来到新城。这天天气很好，海面上的天空是纯净而丰饶的夏日蓝色。我走到岛上，沿着海滨漫步，看着直抵旧城中心的狭窄街道。远处的旧城中心显得阴影朦胧，破旧残败。

我走到朴实的教堂前，前面的部分正搭着脚手架。我在附近的站立式酒吧喝了杯咖啡，看见破败的广场上一辆灵车正在等待。哀悼者从教堂里走出来，酒吧的主人赶紧将门前的铁格栅拉上一半，以示尊敬。他站在门外。我透过窗户看着一切。

一个男人用手臂扛着一个白色的童棺，将其放在灵车的后部。亡者的母亲三十来岁，头发蓬乱，大衣敞开，看起来很强健。她正心烦意乱，喊叫，啜泣，另外两个女人支撑着她。她的声音低沉而响亮，在广场上回响。她的丈夫站在她的左边，我只能看到他是个肤色偏暗的男人。他用手帕捂住脸哭泣。灵车的后门关上了，驶过狭窄的街道离开。哀悼者缓慢地跟在其后，他们没有交通工具。

我等了一会儿，喝完咖啡，跟着葬礼队伍行进的路线，跨过桥朝新城走去。去桥边的蜿蜒长路显然在十八世纪和十九世纪早期发挥着重要作用。而现在，你可以在那些黑暗的门廊中嗅到贫穷的气息，看到关于海洛因的涂鸦，感受到无尽悲苦。这座岛屿在指南上看来颇为吸引人，事实却是一座新贫民窟。

但一旦跨过桥，我就来到了崭新的塔兰托。下午到了，这座有宽敞街道通向码头的城市变得更繁忙，午餐过后，商店都重新开门了。不难看出为何岛上的旧城区会被抛弃，以追求秩序和新鲜空气。

在意大利时常能看见墙上宣告死亡的黑边海报。在此地，人们也会用这样的海报来宣告忌日，海报上写着死者的名字，家属的名字以稍小的字号写在下方。每条街道上都能看到四五张这样的海报。我路过市中心一家棺木店，店里展示着不同型号、不同颜色的带雕刻棺材。我想，在耶稣升天日见到如此多死亡的图景倒也适合。

当晚十一点，乔万尼二十三世广场的教堂前出现了穿着寿衣的男人。他们戴着蓝色宽边帽，帽子的细线绑在脖子上。他们腰上的皮带挂着圣牌和《玫瑰经》念珠。他们全都光着脚，头上包着白色裹尸布，仅在眼睛露出一个小小圆孔。这些古怪而鬼魅般的人穿过广场朝教堂走去，行进时身体前倾，好像在划船一般。

之前，我被困于网格状的街区，搞不清自己在朝哪个方向走，我请求一对情侣给我指引去老城区的路。男人说，那儿很危险，特别是在夜里。我问，那今晚怎样，那儿不是会整晚游行吗？他耸耸肩，意思是那也一样危险，然后他给我指了正确的方向。

大教堂仍在开放。人们从前门挤入教堂，沿通道走上前去观看祭坛下的壁画，并排队观看带有丰富巴洛克色彩的小礼拜堂那镀金的墙面和涂有壁画的圆顶，然后在侧门离开。

圣多梅尼科教堂位于旧城大教堂外一个狭窄的T字路口上。十一点四十五分，圣母塑像已被扛到街上。通往教堂门口的双边阶梯扶墙顶端上放置着点燃的火盆，火焰在夜晚的风中熊熊燃烧。圣母像已被扛到花车上。她身着黑衣，戴着绣金边的黑色面纱，一只手握着手帕，另一只手握着圣心。她面容苍老，皱着眉头。她脚下是十九世纪的灯台以及鲜花。四个男人在前方扛着花车，两人身着军装，而后面的两人穿着晚礼服。四人的头上都戴着荆棘皇冠。依塔兰托的传统，人们可以投标获得扛花车的权利。

街上人潮翻涌，人们边看边争相向前。教堂对面临时搭起的舞台上不同的电视台拍摄着发生的一切。一切事物都沐浴在强烈的射灯灯光中，让场面带上一种可怖的重要性，我们仿佛在目睹重要时事发生，仿佛有什么纪念意义重大的事情将要发生。

我还是成功地挤到教堂的阶梯上，得以看到花车后的吹奏乐队。而前面的乐队则被二十四个人带领着，他们穿着白斗篷、黑色束腰长袍，头戴荆棘皇冠，黑色帽子绑在他们的脖子上。一个小时过去了，游行队伍几乎没有移动，有人正在录像，忙着寻找新的角度，还有人扛着大概有三英尺高的大蜡烛。

我们等待着。我不知道我们在等待什么。我问其中一个人即将发生什么，他在我的笔记本里写下“nazzicata”这个词。他说，乐队演奏的时候，圣母像会摇晃起来。我有没有注意到？我的确听到乐队在演奏伤心的咖啡馆音乐，但我什么都没看到。他说，你下次留意一下。乐队再次开始演奏的时候，花车摇晃起来，就好像被风吹开了，每个人都聚精会神地看着，仿佛有奇迹会发生。似乎这就是奇迹了：悲伤的圣母随着音乐摇晃起来。乐队停下来后，人们重新开始相互交谈，或者重新摆弄起摄像机来，年轻人还会相互抚摸亲吻。

游行队伍开始行进了，人们点燃蜡烛跟着。行进速度依旧缓慢。到了两点三十分，花车还没有到达不到一百码开外的波尔图大街。人群依然聚集在广场里。周围的房屋全被遗弃，无人居住。戴着斗篷的男人光脚行进，一个男人扛着古怪地装饰着微型的锤子、长矛、鞭子、圣杯和荆棘皇冠的十字架。音乐响起，我们可以看到圣母在远处摇晃，但人们还是交谈和欢笑。这晚人们游荡在外，甚至有孩子在来回走动。

凌晨三点，游行队伍再度停下，在不远的喷泉广场上，有货车在卖冷啤酒、爆米花和其他点心。

现在游行队伍周围的人群逐渐变得稀疏。天气已经变冷。电视台的灯光也已经熄灭，使游行队伍的魔力消失了，街道黑暗而苍凉。手握燃烧蜡烛的女人逐渐增多。现在大概有一百个女人耐心地站在花车后面。她们中有的成员十分专心，她们一整晚都会在外度过。她们和教堂周围的人以及广场上的年轻人都不一样。她们看起来严肃、坚忍，做好了等待的准备，她们站立的方式中有股引人注目而原始的气息，她们仿佛是希腊戏剧里的女性合唱队。她们穿得不错，但看上去并不富有。我向下看，发现她们全都光着脚。

早晨到了，虽然今天是耶稣受难日，但新城中的所有商店都开了。其中一条主干道上，那尊身着黑衣、一手握着圣心一手握着手帕、皱着眉头的圣母还被扛着。我认出了扛花车的人以及吹奏乐队中的几人。他们已经进行了十二小时。人们站在街道两旁观看着。有的人在录像，而有的人则在逛街。我在旧城里看到的女人并未出现，类似的人物也不在场。乐队奏响，圣母又开始摇晃。但生意照做，人们在时髦的商店里进进出出。我意识到自己所看的这场盛会，是在贝卢斯科尼的意大利发生的，由天主教主导，保守，但人们也深陷物质主义，会为贝卢斯科尼及其帝国所提供的闪光和财富之可能性所激动，也会在节日遵循传统和游行，在传统和贝卢斯科尼的贿赂间保持极佳平衡。

大白天下摇晃的圣母像，更像又一个可被拍摄的景观，一个无害的消遣，而不是神秘之物或古老的奇迹——就像昨晚废弃旧城中电视台的灯光熄灭之后的情境。现在，在生气勃勃的塔兰托新城中，乐队停止了演奏，游行队伍开始前进，而后又停顿下来。它得再花上一个小时才能回到旧城。

周六晚八点，我加入罗马圣彼得教堂午夜弥撒的长队。这里就和其余欧洲天主教国家一样，将午夜弥撒调到了九点，这意味着不会有醉鬼大喊，也不会有争吵。这里的仪式会持续三个半小时，人们回家时还不至于看到破晓。

有的人搞到了票，但其实不用票也可以。每个人都会被搜身，被认为是危险的东西都会被拿走。八点三十分，大教堂里还有空座位。我一坐下，一位矮小的教堂官员便指引我们坐到教堂前面，他会给我们找座位。他身上有着身负职责的平信徒常有的忙碌而专横的警觉。在接下来的时间里，他和他的同事不停找到空隙，并用人填满，他看着我们，以防我们言行不轨。

意大利语、英语、西班牙语广播响起，这会是场烛光仪式。“今天晚上，死亡向生命过渡。”喇叭传来的声音说道。它也警告我们不要在灯光熄灭后使用闪光灯。

大家全都转过头去，看着红衣主教僧帽的尖顶从教堂的后方出现，我周围的人站到椅子上，以便更好地看见中心通道上跟在主教和祭台助手后面的教宗。人们将闪光灯对准了他。他缓缓走向教堂，看起来疲倦而冷淡。

现在人们该将放在塑料管里的蜡烛点燃了。教堂中的光线变暗了，但教堂太大了，人也太多，气氛还没能形成得如此之快。“基督之光。”喇叭中的声音诵道。信众们则回复：“感谢天主。”

仪式完毕，灯光突然亮起。这一切发生得太快，人们眨着眼睛，惊讶四顾。教宗坐在圣彼得宝座上，上方是黑金混合带有雕花的青铜华盖。他开始用拉丁文歌唱，我认得这抚慰人心的声音。我注意到有个男人在教堂圆顶下突出的檐部移动。他显得微不足道，却超凡脱俗，他的下方，正在讲述着《创世记》、摩西开红海、亚伯拉罕和以撒、《出埃及记》这些基本的故事。

教宗用拉丁文祈祷起来。我抬头看着屋顶——金白混合。《新约》已经从圣保罗讲到了《罗马书》。钟声响起来了。合唱团和信众唱起《荣耀归于主》，我这才发现，如果闭上眼睛，我就会像回到二十世纪六十年代初的恩尼斯科西大教堂一样。《荣耀归于主》的安排就和曾经我们的编排完全一样。这音乐如此普通沉闷，我一直觉得它只属于爱尔兰的偏狭小镇，现在看来它也属于罗马。

一切如昔：“上帝与你同在”后面接着“也与你的心灵同

在”。而我已经有三十年没有听到过“以心对天国”了。在英文的祈祷中，这已经变成了“提升你的心”。但对我来说最重要的，是在圣彼得大教堂的仪式中或站或坐，将我带回了恩尼斯科西大教堂那漫长童年中的无聊与专注混杂的时刻，随便什么都能让你分心——屋顶、钟声、屋檐上的男人，而祈祷和仪式又会将你拉回来。你可以沉思脑海中涌现的一切，不会有人知道你在想些什么。

恩尼斯科西的合唱团会带着由衷的激情演唱《哈利路亚》。教宗用刺耳的鼻音念出了这个词。风琴奏响了，他将双手放在自己的脸上。其他宗教显要和祭台助手都离开了祭坛，只留他一人。我们听着他用意大利语讲述起复活的故事。

我知道接下来是洗礼，猜想罗马人会将新生儿带到梵蒂冈，送到教宗面前受洗。我以为婴儿的哭喊声会穿透人们的祈祷之声，但没有哭喊声。我问身旁的男人孩子在哪里。“没有孩子，”他说，“是给新基督徒洗礼。”接受洗礼的全都是新基督徒，来自意大利之外的成年人，转信者。我们重复着洗礼誓言和宗教信条，他们则等待着。这些人当中，有一部分是女人，韩国人和日本人尤多，他们穿着鲜艳的服饰，由各自的教父带着，逐个靠近教宗，教父会将一张纸片交给他身后的神甫。教堂里的每个人都看得见他们，推测着他们的国籍，看着他们的服装，女声合唱团则引吭高歌。转信者会三次通过主祭坛，他们的罗马之旅物有所值。

现在是时候做弥撒了。教宗的宝座撤去了，红衣主教和主教加入祭坛。而现在响起的《赞美诗》也和三十年前的恩尼斯科西如出一辙。我心里还记得献祭仪式上的拉丁词，大都在三十五岁以上的信众也记得。听着这些词语，我仿佛回到了一九六〇年父母的房子里，地上铺着亚麻油地毡，窗台挂着红色锦缎，角落里放着收音机，如同突然看见房中的污垢，或是发现凳子缺了角，抑或周六火堆旁的旧晾衣架。抑或看见了三十年前的老照片，看见老式的发型和汽车。“这是我的身体。”教宗举起圣体，信众按照全世界天主教学校通行的教导，抬头看了一会儿，而后低下头。在这个时刻，成年人，尤其是中年女子，显得十分端庄，严肃郑重。

我事先被告知，圣彼得大教堂不会采用将圣餐分发到手中、不直接放到嘴里的新习俗，以防不敬的游客将圣餐带回家做纪念。但实情并非如此，我看见神甫在分发圣餐时，实际上还是会让信徒决定如何接受。

十二点二十分，仪式结束了。教宗及其随从，还有瑞士卫队，沿着中心通道走了下来。此时，信众鼓起掌来，他们站到椅子上以便看得更清楚，拍起照片。教宗手持银色十字架缓慢走着，看起来疲惫而痛苦。

第二天早上十一点，我重返此地进行复活节弥撒，教宗还会在圣彼得广场上向罗马及世界致辞。我搞到一张特别的通行证，这意味着我可以坐在祭坛旁，而万千游客和罗马人却得站在倾盆大雨中。但是很快也没多大区别了，椅子也湿透了，我得和其他人一样站着。杰出作曲家的作品再一次被忽略，就连帕莱斯特里那的作品都没有，这就是场拉丁文弥撒，合唱团唱着我耳熟能详的东西。

这非我所愿，亦非我所望。我期待宽广广场上的人群、复活节早晨的教宗以及这座伟大的城市，能将我带到一个崭新的地方，给我一种位于万物中心的感觉。相反，我被带回家中，只觉得家乡似乎成了中心。附近就是在修复的西斯廷教堂，艺术作品蔚为大观的教堂、公共建筑以及古罗马废墟。但是在复活节之晨的广场上，或昨夜的午夜弥撒中，这些宏伟之物并未出现在气氛之中。或许我在等待着某个图像、某个时刻，来展现意大利政治与教会的变革。或许我已经看到了，只是没有辨认出来。或许这正是仪式中的平凡，它们已太深入我的经验和背景。或许这是重要而有启发性的。我也不知道。

弥撒过后，教宗离开祭坛，走到阳台上，开始祝福世界。他念出国家的名字，让广场上来自该国的人们喊出问候，鼓起掌来。他念出了他能想到的语言，包括爱尔兰语。雨已经停了。结束时，他站在阳台上朝我们挥手，乐队在演奏，人们在欢呼。他还停留在那儿，仿佛无法决定何时离开。接着，他转身走回梵蒂冈。

第十六章

历史的终结

我的父亲曾写过醋山。从我们房子的窗户看出去，越过山谷便是。“这座地标象征着历史精神，这是一七九八年那残酷而英勇的抗争的纪念碑。”他在一篇论及城镇及其历史的文章中写道。关于那场我们被击败的一七九八年的恩尼斯科西起义，有不少事情——我不敢贸然说是“事实”，我是自孩提时就知道的。英国人扛着步枪，我们却只有长矛；他们将沸腾焦油浇在爱尔兰人的头皮上，待焦油干后将其剥开，而我们这边的爱尔兰农民天主教徒，却高贵而勇敢。我们周围城镇村庄的名字都被写入历史书中，被写入我们在学校习得的歌曲中。这些地点正是战争发生、暴行肆虐的场所。

但有一个地方，我到了二十岁才知道它和一七九八年的事情有关。此地名为斯卡勒布。写下这个地名时，它都会给我带来一种奇怪的共鸣。正是在这个地方，我们这方将一大群新教男女孩童驱入棚中，将他们烧死。我们这场由当地不满与法国大革命观念引发的起义变成了宗教问题。斯卡勒布的名字没出现在歌曲里，我也不记得我父亲谈起过，书写过。在一个天主教孩童对一七九八年之事应有的了解中，与之相关的记忆被抹除了。它成为我们荣耀历史中的复杂问题。

我们的荣耀历史包含重新定居与开垦农场。一五四〇年到一六四〇年之间，三分之二长期居住于此的爱尔兰人以及老英国业主都被迫离开，取而代之的是英国种植园主。诗人兼冒险家罗利和斯宾塞在镇中待过。肥沃的思兰尼谷边的农场由新教徒所有，天主教徒流离失所。两个社群一直被分隔开，天主教徒逐渐变得难以驯服，而新教徒一直忠于英国国王。

有着富裕腹地的恩尼斯科西逐渐变成了市镇。我长大的时候，恩尼斯科西有一个蒸蒸日上的磨坊、一个麦芽厂和一个培根厂。其中三个都为家庭所有。我的两个姑妈就在磨坊办公室里上班。镇上的许多家庭都靠这些工厂谋生。在特定时日你能听到猪在进入工厂时的尖声长叫。在夏日，烟尘与磨坊、麦芽厂附近谷物的气味久久不散。二十世纪六十年代，这些小工厂都扩张了：麦芽厂在铁路桥梁的驼峰上方建起新的“铁肺”，磨坊在谷仓旁建起新的部门。

业主们很有教养。磨坊的业主老布朗先生对人疏远而极端有礼。他身上有种钢铁般的直率。他是英格兰人或苏格兰人，自然就该拥有磨坊。

而麦芽厂的主人有些神秘，他们曾住在城镇中心的城堡里。六十年代培根厂的主人曾在城外俯瞰河流之处建了一所巨大而现代的房屋。大家从没见过有人用上那么多玻璃。

这些人继承了土地，我们继承了我们的居所，而我们的居所位于他们所创造的世界之中。但事情发生了变化。现在四处可见已被废弃的老旧石仓库，因为交通更方便了，储藏谷物以及其他材料已经没那么重要。城中的旧磨坊还有部分残留，标志着技术的改进，在电气化时代水磨轮已经被淘汰。

但这些时代变迁的遗迹并没让我们准备好面对即将到来的一切。一开始还只是名字的小变化，新的合伙人和投资者加入了旧名字的行列。没人想太多，这是现代化不可阻挡的步伐。

现在培根厂不在了，磨坊和麦芽厂缩小了规模，最后也关停了，不是因为利润下降或市场变化，而是被接收了。欧盟这美丽新世界里的大集团进入城中巩固其垄断。小城里的工厂已是历史中的事物，于是它们倒了，不会再开放了。

同时，虽然恩尼斯科西的历史走向终结，道路却改善了，人们对新的高速公路、环状交叉路、桥梁啧啧称奇，它们均由欧盟资金支持建设，旨在让恩尼斯科西为未来做好准备，让集装箱车进入。城镇变成了通往他处公路上的一点。

在新的桥梁上，你仍能看到新教教堂和天主教教堂的尖顶。一七九八年后，来之不易的和平维持到独立战争时期，战争中许多新教徒的房屋被焚毁，而到了内战，新教教堂被爱尔兰共和军占领。在一九二二年成立的爱尔兰共和邦，新教社群在恩尼斯科西仍是强大的。他们在山谷边拥有农场，在城中还有商店，似乎适应了新共和国，所以北爱尔兰的暴力和宗教仇恨对其影响不大。

但在某种程度上，两个社群还是隔绝开来。天主教女人会烫头发，穿高跟鞋；新教女人留着直发，穿平底鞋。而他们的教名和姓也会有所不同。天主教徒和新教徒会一起玩高尔夫球和橄榄球。但是凯尔特人的比赛，比如爱尔兰曲棍球和足球，总的来说还是只有天主教徒参加。周日的早晨做完弥撒回家时，你会看到做完礼拜的新教徒，他们是一个从我们城中古怪地隔绝开来的小而紧密的社区。

我们的教堂建于山顶上一块更大的地上，为巨大的塔形结构。它开放于十九世纪四十年代，这一定是人们第一次有理由去做这些事情——注意钟表，在同一时间来到一个地方，在漫长的时间里保持肃静，一起站立，一起坐下，让别人经过，等待轮到自己。文明开化由此开始。

我的父母在这座教堂里结婚；我在此受洗；我看着我父亲的棺木被抬入教堂，看着棺木前的祭台助手扛着着巨大的镀金十字架。教堂的墙是用中世纪的方济各会修道院的碎石所建。“表面的石头，”一位本地历史学家、我父亲的神甫朋友写道，“许多还没人的拳头大，你很难在墙面找到一块大于一平方英尺的空间。不过这些灰蓝到深绿的石头被安放得很漂亮，整座建筑都在向那些建起这座教堂的手艺人致敬。”

一九九四年，教堂显然需要大量修复。人们进行了筹款，并决定在复活节前关闭教堂。弥撒在当地的女修道院和凯尔特运动协会的大礼堂进行。但爱尔兰新教教会也为我们提供了他们的教堂。我从来没走进过恩尼斯科西的新教教堂。梵蒂冈第二次大公会议之后的许多年里，天主教徒严令禁入新教教堂，即使朋友的葬礼也不行。

一九九四年四月十六日星期六，拥挤的信徒在恩尼斯科西的新教教堂进行晚弥撒。进入教堂时，许多人在拍照，记录神甫口中的这一"历史时刻"。新教教堂比我们的教堂小得多，形状更方正。教堂中有一个漂亮的大理石布道坛，诵经台上还有个鹰头。彩色玻璃上画着身着红衣的耶稣抱住羔羊的情形，而其他的长窗则装了淡绿色玻璃。教堂中只有两三块纪念匾。

在新教教堂里看见熟悉的天主教徒面容，感觉实在奇怪。我们一直站着等到弥撒开始。他们宣告，这次弥撒将不会有布道。自宗教分隔以来，双方各自的不散阴魂一定在好奇这到底是怎么回事。我的视线转移到了我左边墙上的牌匾。这是纪念阿切博尔德·汉密尔顿·雅各布的，他是皇家醋山骑警的最后一任队长，在一八三六年十二月去世，年方六十六岁："作为地方治安官，他是公正的；作为国民，他是忠诚的；作为士兵，他是仁慈而勇敢的。"

一七九八年醋山上的战役，他一定也在场，参与了稍后的屠杀，我孩提时已经听够了屠杀的故事。但我们现在身处在他的教堂，我们被邀请前来。新教的礼拜仪式和弥撒会在早上进行。没人对这块牌匾感兴趣，没人关心宗派的遗产。这块牌匾是过去的纪念物，而我们不会重演过去。恩尼斯科西的历史走到了尽头。

译后记

目前托宾的小说家身份为大家所熟知，但是他在散文、戏剧方面的作品，或许国内读者还相对陌生。这本书是他早年所写散文游记作品，亦见证着他的小说起步之路。这本书中的部分主题，在他后来的作品中还会出现：他的家乡、北爱尔兰问题、西班牙、父亲之死、宗教，等等。

这是我翻译的第二本托宾作品。上一本《黑水灯塔船》是虚构作品，但参照本书一章，可以发现《黑水灯塔船》中亦有自传色彩，如父亲的亡故。在《黑水灯塔船》中，弟弟德克兰睡在床上，而姐姐海伦被叫了出去。在真实生活中，父亲亡故的信息传来时，被叫出去的是哥哥，睡在床上的是托宾自己。其他许多细节，亦有相似之处。虚构与真实，本来就是生活的两面。

说来颇感巧合，这两本书都给了我一丝熟悉的温情与慰藉。接下《黑水灯塔船》一书翻译的时候，我的母亲和托宾的父亲一样，被查出肺癌。此书终于出版的时候，母亲看后虽然欣慰，但只是微笑，说这与她所经历过的一切相比，其实还是稍显平淡。二〇一四年五月二十一日，我突然接到电话，说母亲病情告急。那天坐飞机赶回老家医院，我欲哭无泪，而病榻上形销骨立的母亲突然说起了《黑水灯塔船》，她说，她之前看了余华的《活着》，我翻译的故事固然残忍，但《活着》是残酷。

母亲去世后的几个月里，我学业和经济上又连遭变故，无数个夜晚我都会想起这番话，忍不住哭泣的时候，我偶然会想，现在究竟是残忍还是残酷。正是在这个时候，我开始了本书的翻译。五月二十三日十一时，我对着已闭上双眼的母亲喊道，得等到《走到世界尽头》的出版。在《黑水灯塔船》出版的时候，我自以为时间尚多，任性地没在译后记里感谢父母，想在自己创作的作品中再郑重答谢父母，母亲当时还责怪了我两天。我并没想到，命运的沙漏已经翻转，我已经没有时间，让母亲看到我公开的感谢。

感谢读者诸君允许我利用这三段话完成我一个小小的心愿：感谢我的母亲，带给我生命，以及善良坚忍之光，带给我面对残忍或残酷的勇气。曾在一本学术著作的后记中读到，"从此以后，我期盼有灵魂存在"。我亦如此相信。同时感谢父亲和亲人，以及给了我们家不少帮助的吴德辉先生。

最后，感谢维安、coco、雨竹、家明、叶雨曦和马正心的照顾，感谢智识上的师友付正、胡恩海、黄雨伦、贺碧霄、刘春成、陆倪、S兄、王逸凡、殷晴，感谢黄雨伦和张艺晨对德国和西班牙部分的意见，以及诸位进入我生命之中的友人。感谢托宾让我得以结识国生等读者。没有你们，我将难以度过过去的一年。错误与指教，烦请致信 wenfengning@126.com。生活总要继续，错误亦总要修正。